Les amants du Pacifique

SUSAN WIGGS

Les amants du Pacifique

Jade

Titre original :
THE LIGHTKEEPER
publié par MIRA®

Traduction française de ENID BURNS

Jade® est une marque déposée par le groupe Harlequin

Photos de couverture
Bateau : © KURT DE BRUYN / ROYALTY FREE / FOTOLIA
Mer : © ROYALTY FREE / GOODSHOOT / JUPITER IMAGES
Couple : © ROYALTY FREE / PIXLAND / JUPITER IMAGES
Réalisation graphique couverture : T. SAUVAGE

83-85, boulevard Vincent-Auriol, 75646 PARIS CEDEX 13.
www.harlequin.fr
ISBN 978-2-2808-1361-7 — ISSN 1773-7192

1

Sur la côte du Pacifique,
Etat de Washington, 1876

Un dimanche, l'océan rejeta quelque chose sur la grève.

C'était une belle journée qui commençait comme toutes les autres : le soleil perçait difficilement les brumes matinales, qu'il colorait d'orange et de rose ; le silence n'était troublé que par le bruit des petites vagues qui venaient mourir sur le cap de Désespérance.

Jesse Morgan pouvait voir tout cela du haut du phare où il était monté pour éteindre la lampe à huile de baleine et accomplir ses corvées matinales : ébarber les mèches et nettoyer les lentilles. D'habitude, il ne jetait même pas un regard vers le bas.

D'abord il ne sut pas ce qui avait excité sa curiosité. Il connaissait bien le danger qu'il y avait pour lui à se pencher pour observer le spectacle des masses d'eau explosant sur les rochers : la mer lui rappelait trop ce qu'elle lui avait enlevé. Voilà pourquoi, la plupart du temps, il ne regardait pas, ne pensait pas, ne ressentait rien.

Mais ce matin-là il percevait un désordre dans l'air, comme le souffle, sur sa nuque, d'un étranger invisible. Et alors qu'il sortait d'une sacoche son bidon d'huile de lin et ses chiffons, il s'était brusquement relevé pour regarder. C'était une expérience si étrange, si subtile, que jamais, par la suite, il ne réussirait à comprendre ce qui l'avait incité à saisir la rambarde de fer pour se pencher afin d'observer la langue de terre qui s'avançait dans la mer, au bas des rochers.

Qu'avait-il vu ? Une masse d'algues recouvrant une forme allongée, peut-être un phoque ; un vieux phoque aux moustaches blanchies et aux dents émoussées, venu s'échouer là, exprès ? A l'inverse des hommes, les animaux savaient exactement quand la vie ne valait plus la peine d'être vécue et y mettaient fin avec élégance.

Tandis que Jesse observait, il savait n'être pas mû par la simple curiosité. Et la pensée lui vint que c'était son destin qui l'incitait à se pencher davantage pour essayer de voir mieux, que de toute façon il n'échapperait pas à ce qui se préparait pour lui.

Ridicule ! il jugeait cette idée ridicule, et pourtant il dévalait déjà l'escalier en colimaçon. Ayant franchi la petite porte donnant sur l'extérieur, il s'engagea sur l'étroit chemin conduisant à la plage, toujours en courant. Il n'avait plus éprouvé un tel sentiment d'urgence depuis bien des années.

Quand il arriva sur le lieu de sa découverte, il s'arrêta et n'osa plus regarder. Il avait peur, tout à coup.

Il avait souvent peur, mais aucun de ceux qui le côtoyaient ne s'en était jamais douté. Pour le peuple d'Ilwaco, pour les deux mille âmes qui vivaient là toute l'année ainsi que pour le millier d'autres qui venaient passer l'été au bord de l'océan, Jesse Morgan était un homme aussi solide et aussi indestructible que les rochers sur lesquels était bâti son phare.

Eh oui ! d'aucuns le croyaient sans peur et sans reproche ; il avait bien trompé son monde.

Il n'avait que trente-quatre ans et se sentait aussi vieux que l'univers.

Maintenant il était là, sur cette plage, et de nouveau la peur le déchirait.

Il tomba à genoux, ses mains tremblantes s'agitèrent sans savoir où d'abord se porter.

Les lanières de varech étaient poisseuses sous ses doigts ; il les repoussa, en arracha une partie et trouva une pièce de bois assez longue, bien lisse et plate, vernie ; un morceau de mât ou de beaupré ; il y avait même encore un morceau de corde attachée, dont les extrémités s'effilochaient.

Ses mains continuaient à s'affairer dans l'enchevêtrement des algues, pour dégager le mât dont elles découvraient enfin l'extrémité brisée, ainsi que… ainsi qu'un pied ; aussi froid que la glace ; avec aux orteils de jolis ongles nacrés, comme de petits coquillages.

Jesse Morgan ne respirait plus et à son front perlait la sueur, malgré la fraîcheur matinale ; hors de son contrôle, ses mains devenaient frénétiques.

Un mollet mince, maigre plutôt ; maigre et couvert de taches de son.

Jesse claquait des dents et murmurait. Dans ses moments de solitude, il avait l'habitude de parler à Dieu, mais cette fois il ne s'adressait à personne en particulier ; à lui, peut-être ?

Il était venu au bout du monde pour échapper à son passé. Son passé le rattrapait maintenant et il n'avait aucun moyen de le fuir. Il n'avait même plus la volonté d'imaginer une quelconque échappatoire. L'océan lui rapportait aujourd'hui ce qu'il lui avait pris autrefois, non pour compenser, mais pour se moquer, pour raviver sa douleur.

Car c'était une femme, bien sûr, qui gisait sur cette plage.

Un ange, plutôt.

Jesse prit la noyée par les épaules pour l'attirer contre lui, en même temps qu'il repoussait du pied le morceau de mât auquel elle était attachée et continuait de la débarrasser des algues.

Elle était enceinte ; c'étaient donc deux vies, et non pas une seulement, que l'océan criminel avait prises cette fois.

Le cadavre se plia et une main se crispa sur le bras de

Jesse Morgan qui, pris d'une terreur incontrôlée, se releva brusquement en laissant retomber son fardeau sur le sable mouillé.

La jeune femme se mit à gémir et à vomir de l'eau. Jesse Morgan, qui rarement souriait, s'exclama avec gaieté :

— Ma parole, mais vous êtes vivante !

Il se remit à genoux et ramena le manteau de laine rouge sur les épaules de la miraculée qui tremblait ; il convenait de lui rendre la chaleur de la vie.

— Oui, murmura celle-ci d'une voix presque inaudible ; je suis vivante. Enfin… je suppose.

2

La panique submergea Jesse Morgan ; pourquoi lui ? Pourquoi maintenant ? Pourquoi devait-il sauver cette étrangère enceinte ?

Il savait que c'était une tâche à laquelle il ne pourrait échapper. Douze ans auparavant, il avait décidé de consacrer sa vie à l'entretien de la flamme au-dessus de l'océan. Il avait prêté serment, et n'avait donc pas le choix.

Il se releva et courut à travers bois vers sa petite maison, gravit d'une seule enjambée les quatre marches du perron, d'un coup d'épaule ouvrit la porte et se dirigea vers une chambre où il put déposer son fardeau sur le lit, un lit grinçant et poussiéreux parce que délaissé depuis longtemps. Toujours fébrile, il ouvrit un placard et trouva quelques vieilles couvertures qu'il déplia pour couvrir la femme de nouveau aussi rigide, aussi immobile et impassible qu'un cadavre.

Il voulut l'obliger à boire, de l'eau, du whisky ; mais ces liquides glissèrent sur les lèvres obstinément closes et coulèrent sur les joues et dans le cou.

Jesse Morgan ressortit de la maison et il sonna la cloche pour appeler Magnus Jonsson et Palina, la femme de celui-ci, qui habitaient une autre petite maison à un quart de *mile* de là. Puis, en attendant ce renfort, il ranima le feu dans le fourneau de la cuisine, et prépara un grand récipient d'eau à faire chauffer avant de retourner dans la chambre.

Il devait dévêtir la femme, la débarrasser de ces vêtements humides et froids ; la toucher, donc, l'effleurer. Indécis, il souleva les couvertures et, d'une main tremblante, repoussa une mèche de cheveux mouillés avant de s'attaquer au premier bouton de la robe.

Déshabiller une femme ; à Jesse, cette action paraissait étrange et familière à la fois. Il garda les mâchoires serrées et le regard fixe tandis qu'il ouvrait la robe. Il retira une manche, puis l'autre à l'inconnue inconsciente entre ses mains ; le premier vêtement mouillé tomba sur le plancher avec un bruit mou.

Sous sa robe, la femme portait une longue chemise autrefois blanche, qui lui collait à la peau et mettait en relief ses seins ainsi que son ventre gonflé ; pour ne pas offenser sa pudeur, Jesse la recouvrit d'une couverture, sous laquelle il s'activa afin de la dénuder. Elle avait la peau d'un froid glacial.

Dans sa hâte d'en finir, Jesse déchira la chemise qu'il jeta sur le sol comme si elle lui brûlait les doigts, puis il entassa les couvertures sur la femme. Quand il en eut terminé, c'était lui qui tremblait des pieds à la tête et claquait des dents.

De retour dans la cuisine, il remplit des gourdes et des bouteilles avec l'eau chaude et courut les placer autour de la jeune femme. Estimant alors qu'il avait fait tout ce qui était en son pouvoir, il s'adossa contre la paroi de bois mal équarri et ferma les yeux brièvement. Il en avait fini, pour le moment ; les pires difficultés restaient à venir.

La maison affectée au logement du gardien de phare était moins une maison qu'un simple refuge, une construction sans étage toute petite au milieu des arbres immenses qui l'environnaient de toutes parts. Elle suffisait amplement à Jesse qui n'avait besoin de rien et vivait au jour le jour ; mais celui-ci, qui rouvrit les yeux et considéra d'un œil plus critique le cadre où il évoluait depuis plusieurs années, trouva soudain qu'il se contentait de peu et que la chambre, qui recevait à flots le soleil par la seule fenêtre donnant vers l'est, était minuscule et surtout misérable.

La rescapée gisait toujours immobile sous l'amas des couvertures ; son visage restait pâle mais serein ; ses cheveux blond-roux s'étalaient sur l'oreiller en longues mèches désordonnées, raidies par l'eau salée ; une de ses mains était remontée jusqu'à son menton, et cette main aux doigts effilés était parfaitement dessinée ; ses paupières ornées de longs cils restaient obstinément baissées. Respirait-elle encore ? Les couvertures ne se soulevaient pas, ou si peu.

« Je suis vivante. Enfin… je suppose. »

Ces mots prononcés avec tant de calme, de détachement, obsédaient Jesse. Il pensait avoir détecté un accent, un très léger accent qu'il ne parvenait pas à définir.

— Qui êtes-vous ? murmura-t-il à la belle, certain qu'elle ne pouvait l'entendre.

La belle, exactement ; la Belle au bois dormant, celle qu'un baiser suffit à tirer de sa torpeur. Elle méritait mieux que ce pauvre lit défoncé et surtout elle méritait de voir se pencher sur elle le prince charmant, non Jesse Kane Morgan.

Celui-ci s'obligea à détourner le regard et à diriger ses pensées sur d'autres sujets. Cela lui faisait mal de contempler la ravissante inconnue, cela lui faisait autant mal que de diriger son regard droit sur le soleil d'été, en plein midi.

La tête baissée, les mains croisées derrière le dos, il se mit à arpenter la petite chambre en se demandant ce qui empêchait les Jonsson d'accourir pour l'aider, lui rendre sa liberté en prenant à sa place la veille auprès de l'inconnue. Puis il regarda autour de lui comme s'il était un étranger, et jugea sévèrement le mobilier sommaire de bois de pin, la pendule trop bruyante, la fenêtre sans volets et sans rideaux ; Palina lui avait offert de coudre des rideaux, mais il avait refusé sous prétexte qu'il n'avait pas besoin de fanfreluches.

Le seul élément en sa faveur résidait dans les étagères occupant tout un mur couvertes de livres dont le triste état attestait qu'il les avait lus et relus : romans de Dumas, Flaubert, Dickens ; essais d'Emerson et de Thoreau. Quand Jesse avait quitté le monde, les seules possessions qu'il avait voulu emporter avec lui avaient été ses livres. Il lisait tout le temps avec voracité, car il préférait les fictions à la vie réelle. Dans les années qui avaient suivi sa tragédie, il s'y était accroché comme un noyé à un morceau d'épave ; les livres l'avaient préservé de la folie.

L'impatience le prit et il retourna dehors pour secouer la cloche. Nerveux, il saisit la corde qu'il s'apprêtait à tirer avec force, sinon avec violence, mais il la relâcha aussitôt en entendant les bruits de pas et les voix sur le chemin. Magnus et Palina arrivaient enfin.

Ravi, Jesse écouta les sons gutturaux de la langue islandaise adoucis par l'atmosphère feutrée qui régnait sous les grands arbres. Il s'étonnait toujours, il s'émerveillait de constater comment ces deux êtres pouvaient toujours trouver de l'intérêt et de la joie l'un dans l'autre, après trente ans de mariage ; ils avaient un fils adulte, Erik, un simplet qu'ils entouraient d'une constante affection ; solide comme un jeune taureau, mais lent et taciturne, celui-ci s'occupait à de menus travaux autour du phare et des deux maisonnettes.

Les Jonsson surgirent au détour du chemin. Apercevant Jesse qui les attendait, il agitèrent la main pour le saluer, mais ne se pressèrent pas pour autant.

Magnus Jonsson avait la carrure d'un marin au long

cours. Il est vrai qu'il avait passé plusieurs décennies sur toutes les mers du globe, carguant les voiles et soulevant les lourds filets emplis de poissons, et n'avait consenti à se retirer qu'après un accident l'ayant privé de sa main gauche. Mais alors que tant d'hommes se fussent couchés pour se plaindre et finalement mourir, il avait décidé de trouver d'autres activités afin de vivre dignement.

A côté de ce mari qu'elle adorait, Palina paraissait menue et frêle, mais c'eût été une erreur que de le croire, car elle était aussi solide et résistante que lui. Elle avait une mentalité de pionnière. Les yeux brillants d'intelligence, elle souriait constamment de toutes ses dents, qu'elle avait proéminentes, détail qui ne parvenait pas à l'enlaidir.

— Bonjour, Jesse ! lança-t-elle d'une voix chantante. J'espère que tu apprécies la belle journée que nous donne Odin.

Magnus renchérit :

— Tous les nuages du matin ont été chassés et la brume matinale promptement brûlée par le souffle de Thor.

Habitué à ces constantes références à la mythologie scandinave, Jesse hocha la tête puis répondit :

— La journée commence aussi par une belle surprise.

Il ouvrit la porte et rentra pour se diriger droit vers la petite chambre, sur le seuil de laquelle il se retourna avant de s'effacer pour laisser le passage.

Quand les Jonsson eurent aperçu la belle endormie,

ils se figèrent sur place, non sans s'être auparavant pris mutuellement les mains, comme chaque fois qu'un événement imprévu les laissait perplexes.

— *Hamingjan góoa?* murmura Magnus, la voix très grave. Qui est-ce?

— L'océan l'a rejetée sur la plage, expliqua Jesse. Elle est lisiblement la rescapée d'un naufrage.

Il se sentait inexplicablement gauche, comme dans son enfance, quand il avait reçu un cadeau qu'il n'avait pas demandé, et que, muet d'incertitude, il s'entendait demander : « Alors, qu'est-ce qu'on dit? »

« Merci... » Mais quel rapport avec ce qu'il lui arrivait maintenant? Cette fille n'était pas un cadeau pour lui.

— Elle est toujours vivante, reprit-il, d'une toute petite voix.

Comme Palina, qui s'était avancée pour se pencher au-dessus du lit, semblait inquiète et commençait à s'agiter, il s'enquit :

— Elle n'est pas morte, n'est-ce pas?

Sans se retourner, la brave femme répondit :

— Non, non, mais elle est littéralement gelée, *litla greyid*, la petite. Magnus, il faut ranimer le feu dans le fourneau. Ah, je vois que tu lui as déjà enlevé ses vêtements, Jesse; c'est une bonne idée, mais il faut la rhabiller avec du sec et du chaud.

Puis elle prit la main de la naufragée et la pressa sur son cœur en s'exclamant :

— Ah ! c'est un jour béni que celui-là ! Jamais je n'aurais cru que les dieux de la Mer pussent nous donner un cadeau tel que celui-là.

Un cadeau des dieux ? Folie ! superstition !

Et où Jesse se procurerait-il les vêtements propres, secs et chauds demandés par Palina ? Il n'en avait que deux jeux, un pour l'hiver et l'autre pour l'été, pour son seul usage, bien sûr ; rien de possible pour une jeune femme, d'autant plus que ceux qu'il ne portait pas à cette époque se trouvaient dans la lessiveuse, sur le fourneau de la cuisine, attendant l'ébouillantage de rigueur.

— Vous devez bien avoir quelque chose pour elle, dit-il.

— Ah… non, répondit aussitôt Palina ; mais toi, en cherchant bien ?

Il répondit :

— Je n'ai vraiment rien, mais…

Il s'interrompit et, malgré lui, jeta un regard rapide en direction du coffre posé au pied du lit.

— Non, je n'ai rien, reprit-il, honteux de son mensonge. Maintenant, si cela vous arrange, je peux courir jusque chez vous et rapporter ce que vous m'indiquerez. En dix minutes je pourrais…

Palina lui coupa la parole.

— C'est tout de suite qu'il me faut des vêtements convenables ; est-ce que tu comprends ?

Jesse serra les poings derrière son dos ; *non !* Tout son

être se révoltait, et pourtant il se dirigeait déjà, au pas lent du condamné à mort, vers le coffre qu'il s'était juré de ne plus jamais rouvrir. Il souleva le couvercle et retira le premier plateau.

La bouffée de parfums vieillis qui monta vers lui était si forte qu'instinctivement il rejeta la tête en arrière et faillit se relever pour fuir. Mais il plongea les mains dans les vêtements soigneusement pliés, et du bout des doigts il reconnut ce qu'il cherchait, une longue chemise de nuit en coton qu'il tendit à Palina, sans la regarder. *Pardonne-moi, Emily...*

— Tenez, dit-il, d'une voix cassée par l'émotion. Moi, je vais aider Magnus à entretenir le feu.

Conscient du regard brûlant de curiosité que dardait sur lui la vieille femme, il sortit en hâte, courut vers l'extérieur et s'empara de sa hache comme s'il s'apprêtait à en faire un usage meurtrier. D'un coup de pied, il fit rouler une grosse bûche ronde qu'il attaqua avec une violence inouïe, déchiquetant le bois qui vola en copeaux autour de lui.

Mais, par cet exercice épuisant, il ne réussit pas à chasser les démons qu'hébergeait son âme, et il se reprocha d'avoir cédé trop vite aux instances de Palina en ouvrant le coffre, autour duquel il avait tourné souvent, mais qu'il avait réussi à garder fermé pendant de si nombreuses années.

Bien qu'il n'eût pas osé jeter un seul regard sur la chemise de nuit dont il avait fait don à la naufragée, il pouvait se représenter avec une précision extrême les guirlandes de feuilles vertes et de fleurs bleues qui en constituaient le motif. Pire que tout, il y avait ce parfum piégé dans le tissu, dont les émanations avaient manqué de le faire chavirer ; ce parfum qui continuait de le hanter et ramenait par vagues entières des souvenirs douloureux.

Tant d'années avaient passé et Jesse souffrait comme un damné parce qu'il avait ouvert le coffre qui lui rappelait Emily, sa femme, et l'obligeait à se remémorer tout ce qui avait été leur vie commune, avec leurs espoirs et leurs rêves. Alors, il abattait sa hache, pour s'épuiser, pour s'anéantir ; la sueur ruisselait sur son visage et lui brûlait les yeux, mais il n'en avait cure.

Quand Magnus arriva, il trouva aux pieds du jeune homme un énorme tas de bois massacré. Etonné, il lui dit :

— Tu peux venir, maintenant.

Il faisait chaud à l'intérieur de la maison ; presque trop chaud ; le feu ronflait dans le fourneau ; la robe bleue de la naufragée avait été ajoutée dans la lessiveuse avec les effets de Jesse, qui trouva cela choquant et ne put s'empêcher de déclarer à Palina, mais sans rudesse :

— Vous pensez à tout.

Celle-ci, qui était penchée sur le lit et empilait des oreillers, se mit à rire, simplement. Puis, comme le silence s'installait dans la pièce tandis qu'elle s'activait toujours et qu'il la regardait, elle se retourna soudain pour lui lancer :

— Alors, quoi ? Tu ne me demandes pas comment se porte ta protégée ?

— Bien, je suppose ?

— Pas encore, mais mieux déjà, répondit Palina qui se redressait et croisait les mains sur son tablier blanc ; avec des soins appropriés, elle et son petit seront rétablis dans peu de temps.

Jesse tressaillit imperceptiblement à l'évocation du bébé. D'une voix aussi tranquille que possible, il reprit :

— Nous pourrons utiliser la charrette pour la conduire chez vous.

— Non.

— Dans ce cas, je pourrais la transporter avec…

Magnus intervint.

— Pas si vite, mon garçon ; cette femme ne s'installera pas chez nous.

— Bien sûr que si ! il n'y a pas d'autre endroit pour…

— Elle sera très bien ici, coupa Palina, avec une certaine brusquerie. Pourquoi ne resterait-elle pas dans cette maison, en compagnie de l'homme qui lui a sauvé la vie ; l'homme à qui ce cadeau était destiné ?

— Soyons pratiques, reprit Magnus. Toi, tu disposes de beaucoup d'espace ici, alors que nous n'avons que deux petites chambres.

Jesse partit d'un rire amer et trop bruyant.

— Vous n'y pensez pas sérieusement ! s'exclama-t-il.

J'ai l'habitude de vivre seul, et je n'ai même jamais voulu d'un chien ; alors, une… une…

— Une femme, compléta Palina, le regard sévère ; une femme enceinte ; est-ce donc une expression si difficile à prononcer ?

Jesse sentit la panique l'envahir ; les Jonsson avaient vraiment l'intention de le laisser seul en compagnie de l'étrangère, ce qu'il n'avait pas voulu croire dans les premières répliques de son échange avec eux. Alors, il devrait s'occuper d'elle ; la nourrir ; satisfaire à tous les besoins qu'elle exprimerait ; l'aider à guérir ?

— Elle ne peut pas rester ici, reprit-il, d'une voix blanche. Si vous refusez de la prendre en charge, je la conduirai en ville.

Magnus échangea, en islandais, quelques mots avec sa femme, qui hocha la tête avec gravité et reprit :

— Obliger la pauvrette à voyager serait lui infliger une épreuve insupportable, après tout ce qu'elle a déjà enduré.

— Mais…

Jesse s'interrompit, ferma les yeux et chancela à l'idée qu'il pourrait être responsable d'une nouvelle tragédie.

— C'est la loi de la mer, affirma Magnus en fourrageant de sa main maladroite dans ses cheveux gris et broussailleux. Dieu t'a désigné pour veiller sur cette femme.

Ils se tenaient maintenant tous les trois devant le fourneau qui ronflait ; d'un air absent, Palina tirait quelques fils à la manche de Magnus, très certainement pour éviter le regard de Jesse.

— Je ne crois pas à vos anciennes légendes, déclara celui-ci. Je n'y ai jamais cru, et ce n'est pas aujourd'hui que je commencerai.

— Peu importe que tu le croies, répondit Magnus, puisque de toute façon c'est vrai.

Palina, alors, posa les deux mains sur les hanches.

— Il y a certains dons qui nous sont destinés de toute éternité, et nous n'avons pas le droit de les refuser ; cette jeune femme en est un.

Telle n'était pas l'opinion de Jesse, qui en aucun cas ne voulait de l'étrangère dans sa maison, dans son monde.

— Elle ne peut pas rester, redit-il, la voix vibrante d'angoisse et de colère mêlées. Je peux lui donner tout ce qui est en mon pouvoir pour l'aider, mais il n'y a rien ici qui puisse lui être utile ; est-ce que vous ne comprenez pas cela, vous deux ? Elle aurait plus de chances de guérir en enfer.

Magnus échangea un regard, puis de nouveau quelques mots en islandais avec sa femme, qui s'adressa ensuite à Jesse avec autorité :

— Tu feras ce que tu dois pour le bien de cette femme et de cet enfant. Il y a douze ans, la mer a pris ce que tu avais de plus cher. Aujourd'hui, elle t'apporte peut-être la compensation que tu mérites.

Le couple quitta alors la maison, très vite.

Jesse ne douta pas que Palina savait très bien de quoi elle venait de se rendre coupable : jamais, en douze ans, personne n'avait osé évoquer avec lui le drame qui l'avait amené ici ; c'était grâce à ce vœu de silence tacitement conclu qu'il avait pu tenir jusque-là, survivre…

Fou de douleur et de colère, il courut dehors à la poursuite des Jonsson.

— Revenez ! cria-t-il ; espèces de…

C'était la première fois qu'il élevait la voix contre eux ; la première fois qu'il avait envie de les insulter. Comme ils ne se retournaient pas, comme ils accéléraient le pas, il hurla de plus belle :

— Je vous ordonne de rentrer pour m'aider avec cette… cette…

Alors, Palina se retourna.

— C'est une femme, Jesse ; c'est bien le mot que tu cherchais, n'est-ce pas ?

— Est-ce que tu peux croire cela, d'Artagnan ? demanda Jesse, alors qu'il descendait de son cheval et l'attachait à la barrière devant le bazar d'Ilwaco. Les Jonsson pensent que je dois garder cette bonne femme à cause de certaine légende sur les présents que nous destine la mer ; une histoire ridicule, aussi idiote que de…

— Que de parler à son cheval, c'est sûr, poursuivit quelqu'un qui marchait sur le trottoir en planches derrière Jesse.

Celui-ci se retourna vivement. Le rouge aux joues, il expliqua très vite :

— D'Artagnan est toujours ombrageux quand il vient en ville, Judson. J'essaie de le calmer au moyen de quelques paroles aimables.

Judson Espy, le capitaine du port, croisa les bras sur sa poitrine et hocha plusieurs fois la tête avant de répondre :

— Il me semble que je serais ombrageux si on m'affublait d'un nom à la française.

— D'Artagnan est le héros des *Trois Mousquetaires.*

Judson eut un regard perplexe. Jesse poursuivit ses explications :

— C'est un roman.

— Roman ou pas, si la pauvre bête est si nerveuse, tu ferais aussi bien de me la céder.

— Judson ! voilà dix ans que vous essayez de me l'acheter.

— Et cela fait dix ans que tu dis non.

— Je suis surpris que vous n'ayez toujours pas renoncé, dit Jesse en tapotant l'encolure de son cheval hongre.

D'Artagnan était entré dans sa vie alors qu'il était au plus bas ; alors qu'il avait décidé de renoncer à tout, il s'était laissé convaincre d'acheter un magnifique poulain d'un an pour qui il s'était aussitôt pris de passion et auquel il avait consacré tous ses soins en se jurant d'en faire le meilleur cheval de la région. Les années passant, il avait ajouté à son haras trois autres pensionnaires qu'il avait nommés Athos, Porthos et Aramis.

D'un bond, il franchit la barrière et rejoignit Judson et tous deux martelèrent le trottoir de planches devant le bazar à la porte duquel parut la veuve Hestia Swann coiffée d'un arrangement floral extravagant.

— Hello, monsieur Espy, murmura-t-elle en agitant le mouchoir qu'elle tenait entre le pouce et l'index de sa main gantée de blanc ; hello, monsieur Morgan ; eh bien, en voilà une surprise !

Elle s'était empressée de se placer du côté de Judson, comme pour se protéger de Jesse, qui n'en prit nullement ombrage. Après douze ans, il restait un étranger pour la plupart des habitants, et il ne pouvait leur en vouloir de se montrer circonspects avec lui.

— Bonjour, madame, dit-il en soulevant son chapeau de toile.

La veuve répondit d'une inclinaison de la tête et d'un sourire très formel. Entichée de mondanités, elle savait se souvenir que Jesse avait à Portland une famille très influente... comme si tout cela avait encore une quelconque importance.

— Comment allez-vous, madame ? demanda Judson.

Mme Swann agita son mouchoir devant son visage et prit un air douloureux pour répondre :

— Pas très bien, cher monsieur ; pas très bien ; mais il est aimable à vous de me poser la question. Depuis que j'ai perdu Sherman en mer, je souffre d'une mélancolie dont je ne parviens pas à me guérir. Et cela fait deux ans, déjà ; pour moi, une éternité.

— J'en suis navré, déclara Judson, qui saluait en portant l'index à la bordure de son chapeau avant de s'éloigner.

Quand il eut fait quelques pas en compagnie de Jesse, il s'arrêta pour demander :

— Qui est cette femme que tu gardes chez toi, petit ?

Il avait parlé fort, exprès. Jesse en était sûr, qui avait vu Mme Swann s'arrêter brusquement, comme piquée par un insecte, et se retourner pour écouter la suite de la conversation, sans discrétion aucune, et même questionner :

— Qu'est-ce que j'entends ? M. Morgan héberge une femme chez lui, au phare ?

— Tout juste ! répondit Judson, ravi et le regard brillant de gaieté ; c'est du moins ce que notre Jesse prétend lui-même. Je l'ai entendu qui le disait à son cheval.

— Monsieur Espy, soyez un peu sérieux, pour une fois ! A-t-on l'habitude de parler aux chevaux ?

— Quand on s'appelle Jesse Morgan, oui !

— Mais c'est très intéressant, minauda Mme Swann. Puisque vous gardez une femme…

— Je ne la garde pas ! s'exclama Jesse, irrité.

— Il y a donc bien une femme, coupa Mme Swann, ravie.

— Qu'est-ce que j'entends ?

Curieux, Abner Cobb sortait du bazar en faisant cliqueter

son tablier de cuir lourdement chargé de clous et de punaises ; d'une voix suraiguë, Hestia Swann lui annonça :

— Jesse Morgan a une femme chez lui !

Le sourire jusqu'aux oreilles, Abner assena une claque formidable sur le dos de Jesse.

— Eh bien, s'exclama-t-il, ce n'est pas trop tôt ! Je ne t'ai pas vu une seule fois avec une femme depuis que je te connais, petit !

— Je ne *suis pas* avec elle, répondit Jesse ; mais personne ne l'entendit, car déjà une petite foule s'assemblait devant le bazar pour recevoir et commenter l'extraordinaire nouvelle du jour.

L'épouse d'Abner arriva aussi, suivie de Bert Palais, le rédacteur en chef du *La Gazette d'Ilwaco.*

— D'où vient-elle ? demanda ce dernier, carnet et crayon en main.

— Je l'ai trouvée…

— Evidemment, dans cette grande ville ! décréta Mme Swann, avec l'autorité que lui donnait sa forte poitrine se soulevant et s'abaissant d'importance.

— Mais non, protesta Jesse, trop faiblement pour avoir quelque chance d'être entendu.

— Car bien sûr c'est à Portland que vous l'avez connue, poursuivit la veuve, qui tenait à son idée et l'approuvait avec force hochements de tête, tandis que d'autres badauds arrivaient encore pour se joindre au groupe.

Elle observa un bref instant de silence pour permettre

aux derniers arrivés de se mettre au courant, puis reprit le cours de ses explications, qu'elle énonçait surtout pour Bert Palais, lequel écrivait à toute vitesse.

— Notre Jesse appartient à la puissante famille Morgan, de Portland, propriétaire de la Compagnie de la Baie, et qui a des ramifications jusqu'à San Francisco. Saviez-vous tout cela ?

— Evidemment que je savais, répondit le rédacteur en chef, et pour montrer que lui aussi connaissait son monde il ajouta : M. et Mme Horace Morgan ont entrepris en avril un grand voyage en Europe.

— Je me rappelle avoir lu un article sur un grand mariage ayant été célébré voilà quelques années, reprit Mme Cobb. Annabelle Morgan et Granger Clapp, si je me souviens bien.

Hestia Swann approuva d'un vigoureux coup de menton.

— C'est exact ! Annabelle Morgan était la sœur de notre Jesse. A ce que j'ai entendu, c'était le mariage de la décennie. Maintenant, je me demande si cette dame était une amie d'Ann…

Jesse ne pouvait en entendre davantage. Alors il s'en alla, avec discrétion, et poussa un soupir malheureux quand il s'aperçut, après quelques pas dans la rue principale, que Judson le suivait.

— Où vas-tu donc si vite ? interrogea celui-ci.

— Chez le Dr MacEwan.

— Ah, bon ? la dame aurait besoin de soins ?

— Cela se pourrait.

— Elle est malade, ou quelque chose comme ça ?

— Quelque chose comme ça.

Sa curiosité non satisfaite, Judson s'agaça.

— Qu'est-ce qu'elle a ? Tu peux me le dire, non ?

— Enceinte.

Judson s'arrêta et un moment resta bouche bée, considérant avec admiration son interlocuteur, avant de reprendre :

— Eh bien, toi, mon gaillard…

L'œil sévère, Jesse se retourna.

— Si vous lâchez le moindre mot à ce sujet, je vous…

Trop tard, déjà ; car Judson avait rebroussé chemin et à toutes jambes courait rejoindre le groupe toujours rassemblé devant le bazar, en criant du plus loin qu'il pût :

— Hé, vous autres ! devinez quoi !

La main sur la poignée de la porte donnant accès à la maison du médecin, Jesse se demanda ce qu'il avait fait au bon Dieu pour mériter un tel bouleversement de la vie tranquille qu'il avait su se ménager.

Fiona MacEwan avait connu l'hostilité quand elle avait ouvert son cabinet à Ilwaco, et après plusieurs années d'exercice elle souffrait toujours de la méfiance de certains citoyens qui pensaient qu'une femme n'avait pas les qualités nécessaires pour exercer la médecine ; c'était sans doute pourquoi Jesse Morgan se sentait des affinités avec elle.

Celui-ci attendait dans la cuisine pendant qu'elle examinait la naufragée. En dépit d'une matinée fort éprouvante, il commençait à se détendre un peu. Dans peu de temps il serait débarrassé de l'importune et sa vie reprendrait un cours normal, c'est-à-dire qu'il recouvrerait la solitude à laquelle l'avait condamné son destin.

Il jeta un coup d'œil dehors et vérifia dans le ciel la hauteur du soleil. Les jours s'allongeaient et il avait encore plusieurs heures devant lui avant de devoir rallumer son phare et d'entamer une longue nuit de veille ; une de plus.

Entendant un bruit de pas derrière lui, il se retourna et vit sortir de la chambre le Dr MacEwan, une femme robuste comme une fermière et dont les cheveux noués en un chignon approximatif grisonnaient déjà.

— Alors ? demanda-t-il, impatient.

— Elle est à demi consciente.

— Ce qui signifie ?

— Qu'elle émerge de sa léthargie pour y replonger aussitôt.

Le médecin referma sa trousse et questionna :

— As-tu remarqué qu'elle ne porte pas d'alliance ?

— C'est le cas de beaucoup de gens.

— Oui, mais dans ce cas-ci cela nous permet d'envisager d'intéressantes hypothèses. Cette femme pourrait, par exemple, être veuve…

— Ou une fille perdue, s'empressa d'ajouter Jesse, qui trouvait confortable d'envisager le pire.

— Pourquoi est-ce toujours la femme qui se perd, murmura Fiona MacEwan, rêveuse ; et jamais l'homme ?

— A ce que nous savons, il pourrait s'être perdu dans l'océan, et elle s'en serait alors mieux tirée que lui.

— Juste ; j'ai réussi à lui faire boire un peu d'eau, mais elle a subi un choc terrible et se trouve toujours en danger.

— Est-elle… blessée ou quelque chose comme ça ?

Jesse demandait cela parce qu'il désirait entendre qu'au contraire la naufragée pourrait tout de même guérir et alors s'en aller vers d'autres cieux ; le plus tôt serait le mieux.

— J'ai l'impression qu'elle a une clavicule brisée ; tu y feras bien attention.

— Il faudra que *je* fasse attention ?

Sans demander aucune permission, Fiona MacEwan se dirigea vers le buffet. Elle s'empara d'une bouteille et se servit une large rasade d'alcool, avant de répondre :

— Evidemment ; c'est l'épaule droite.

Les paupières closes, elle vida d'un trait son verre et appuya sa tête au mur, avant de rouvrir les yeux pour reprendre :

— Il va sans dire qu'elle reste ici ; avec toi, Jesse, tu lui as sauvé la vie. Elle est sous ta responsabilité.

— Non !

Jesse abattit ses deux mains à plat sur la table, et à demi penché il jeta au médecin un regard terrible.

— Il n'en est pas question !

— Bien sûr que si ; essaie de ne pas penser qu'à toi, Jesse Morgan, à ton petit confort.

— A quoi devrais-je penser, selon vous ?

— A cette pauvre femme, grand imbécile, cria Fiona en se servant un nouveau verre d'alcool. T'ai-je dit que je n'avais pas remarqué de lésions autres que de légères ecchymoses et écorchures ? Elle est tout de même très mal en point.

— Il faut que vous l'emmeniez avec vous, docteur.

— Je n'en ferai rien.

— Elle ne peut pas rester.

— Pourquoi ? Tu as bien hébergé ce marin mexicain pendant six semaines, l'an passé !

— Ce n'était pas pareil. Lui, il pouvait dormir dans la grange et dès qu'il a été un peu mieux il m'a rendu une foule de petits services.

— Surtout, il ne parlait pas anglais, compléta Fiona, ironique. Ainsi, il ne troublait pas ta précieuse solitude.

— Depuis quand est-ce un crime que d'aimer la solitude ?

— C'est un crime si ce penchant t'incitait à pousser dehors une créature humaine en danger.

Touché au vif, Jesse protesta :

— C'est un coup bas ; je ne vous permets pas de…

Fiona but son alcool à petites gorgées et répondit ensuite :

— C'est à l'université que j'ai appris qu'il n'était pas toujours réaliste de combattre à la loyale, si on veut avoir quelques chances de ne pas perdre.

Jesse réfléchit quelques instants avant de proposer un nouvel argument :

— Et sa réputation ? C'est probablement une femme très bien, craignant Dieu. Je suis sûr que Mme Swann répand déjà toutes sortes de ragots sur son compte et sur le mien. Il n'est pas convenable qu'une femme vive sous le toit d'un homme à qui elle n'est pas mariée.

— Quand j'aurai expliqué en ville de quoi il retourne, il ne se trouvera plus que quelques esprits particulièrement limités pour imaginer des relations déplacées entre vous deux.

— Fiona, vous placez en votre prochain une confiance exagérée, soupira Jesse.

— Depuis quand te soucies-tu de ce qu'on peut raconter sur toi ? Allez, il est temps que je m'en aille. Je passerai de temps en temps pour voir comment se porte notre patiente. Si elle peut parler, essaie de savoir d'où elle vient, si elle a de la famille.

En traînant les pieds, Jesse raccompagna le médecin jusqu'à la porte. Il dit encore :

— Vous ne devriez pas me laisser seul avec elle.

Il reçut en retour un regard furieux et des paroles définitives :

— Tu vas me faire le plaisir de veiller sur cette femme,

Jesse Morgan, et de l'aider autant qu'il te sera possible afin qu'elle recouvre la santé. Elle est enceinte, au cas où tu ne l'aurais pas remarqué.

— J'avais remarqué.

— Une grossesse est toujours une période délicate dans la vie d'une femme, même quand elle n'a pas subi de choc. Si notre patiente a perdu toute sa famille dans le naufrage de son bateau, elle n'aura plus que cet enfant. Il est donc juste que nous fassions tout ce qui est en notre pouvoir pour qu'elle le mette au monde en de bonnes conditions, ce qui devrait arriver dans quatre mois environ, si je ne me trompe.

3

L'obscurité ; le bruit rauque de sa respiration ; des images fugitives de ce qu'il lui était arrivé ; le visage d'un étranger ; l'impression de ces bras solides autour d'elle ; et dans son ventre, cette boule qui lui faisait honte et que pourtant elle ne pouvait s'empêcher d'aimer déjà.

C'est la pensée du bébé qui l'éveilla tout à fait ; le lit était moelleux sous elle, et si confortable après les pénibles conditions qu'elle avait connues sur le bateau.

Une voix s'imposa à sa mémoire : « Mais qu'avons-nous là ? Un passager clandestin ? Il faudra que j'en fasse rapport au capitaine ! »

Frémissant à ce souvenir, elle ouvrit les yeux, lentement, et cligna plusieurs fois des paupières jusqu'à ce qu'elle pût distinguer quelques détails de la pièce ; un rectangle de lumière derrière les rideaux tirés ; une table de toilette et un coffre ; un meuble haut, armoire sans doute.

Il flottait dans l'air une odeur pas désagréable du tout ; lessive en train de cuire, sans aucun doute ; ah ! et puis du café aussi, encore qu'à l'évidence il n'avait pas été coulé très récemment.

Sauvée ; elle était sauvée et se sentait en sécurité ici. Elle n'avait pas la moindre idée de ce qu'il fallait entendre par *ici*, mais elle recevait de ce lieu des impressions rassurantes. Sauvée, donc ; de toute façon, n'importe où elle se sentirait plus en sécurité que dans le lieu d'où elle s'était enfuie.

Elle chassa cette idée aussitôt. Elle n'était pas prête à repenser à toute cette période, et se demanda même s'il n'existerait pas un moyen d'effacer de sa mémoire tout ce pan de sa vie. Mais, sous ses mains, elle sentit son ventre arrondi et, non, elle n'avait aucune chance de jamais oublier.

— Hello ? murmura-t-elle dans la pénombre.

Pas de réponse ; juste un sourd grondement continu, assez lointain.

Avec précaution, elle voulut soulever ses couvertures et éprouva une vive douleur à l'épaule. Elle connut qu'elle portait une chemise de nuit assez chaude, qu'elle eût bien appréciée quand elle était petite fille et qu'elle frissonnait dans la pauvre ferme de ses parents, en se demandant pourquoi le feu de tourbe ne donnait pas plus de chaleur.

Cherchant son chemin du bout des doigts, elle se déplaça le long du mur, en direction de la porte entrouverte. Une esquille de bois lui transperça la peau mais elle ne s'arrêta pas pour si peu. C'est tout juste si elle tressaillit. Après tout ce qu'elle avait enduré, cette petite souffrance ne méritait aucune considération.

Sur le seuil, elle s'arrêta pour écouter. C'était la mer qu'elle entendait, le choc des vagues s'effondrant sur la plage. Elle avait toute sa vie vécu au bord de l'océan, dont elle aimait le bruit. Et même son naufrage n'avait pas altéré le plaisir qu'elle prenait à penser que cette immense masse d'eau vivait, se mouvait et ne mourrait jamais.

Le meuble principal de la cuisine était un immense fourneau qui dispensait une douce chaleur. Cette pièce donnait sur une autre pièce plus grande, une sorte de salon.

Elle ouvrit la porte du foyer en espérant que les braises lui donneraient assez de lumière pour son exploration. Ainsi put-elle distinguer le mobilier assez grossier, ainsi qu'une étroite cage d'escalier où elle s'engagea et au sommet de quoi elle découvrit une autre chambre dont le lit, plus grand que le sien, était vide ; voilà qui ne la renseignait guère, qui ne lui était d'aucune utilité pour savoir où elle se trouvait.

Chacun de ses mouvements la mettait au bord de la nausée, ce qui ne l'empêchait pas de s'activer pour tenter de répondre aux questions qui se pressaient dans son esprit. Pas bien solide sur ses jambes, elle redescendit l'escalier, ouvrit une autre porte qui donnait accès à l'extérieur et ainsi se retrouva-t-elle sous une vaste véranda.

Quelques nuages glissaient dans le ciel noir, comme de gros poissons éclairés à intervalles réguliers par des pinceaux d'une lumière trop vive ; ah, cette lumière… Elle faillit, cette fois, succomber à la nausée et en tremblant elle recula dans l'ombre de la véranda ; son épaule lui faisait de plus en plus mal. Adossée à la paroi de bois, elle jeta un coup d'œil aux alentours et aperçut une cabane à demi dissimulée par des buissons de lilas ; le chalet de nécessité ? Oui ! Elle en fut heureuse et pour y aller descendit dans le pré qu'elle trouva humide et froid sous ses pieds nus. En revenant vers la maison, quelques instants plus tard, elle nota que l'herbe avait été coupée récemment.

La lumière trop crue l'enveloppa soudain et disparut presque aussitôt. C'était un phare qui la dispensait, un phare dont la haute silhouette se dressait au-dessus des arbres.

Un nouveau flot de souvenirs l'assaillit ; bateau sursautant sur l'écueil ; bruit effroyable du bois qui craque et se brise ; cris d'un marin lui jetant une corde ; solidité rassurante du mât parmi les débris flottant autour d'elle. Elle avait utilisé la corde du marin pour s'attacher à ce radeau providentiel. Ensuite, elle avait usé toutes ses forces à se maintenir le plus haut possible au-dessus de la surface pour scruter l'horizon.

Tandis que l'océan avalait le quatre-mâts mal nommé *Le Chanceux*, elle fixait son regard sur la vive lumière qu'elle savait déjà ne pas être celle d'une étoile. Puis elle avait nagé vers cette lumière, pendant des heures, lui semblait-il se rappeler maintenant ; quoique froide, la température de l'eau n'était pas insupportable. Avec lenteur et régularité, elle avait progressé vers la côte, ne désespérant pas de toucher au but. Mais quand l'aube avait commencé à blanchir le ciel, la fatigue l'avait paralysée presque d'un seul coup. La dernière image consciente qu'elle avait gardée était celle de la lumière qui clignotait toujours, et elle se rappelait même s'être dit que c'était un assez joli souvenir à emporter dans l'autre monde.

Maintenant, elle s'étonnait d'avoir survécu ; mais *quid* de son sauveur ?

Elle ne tarda pas à le découvrir. C'était lui, elle le sut tout de suite, qui se tenait debout sur la passerelle métallique entourant le sommet du phare ; il fixait l'océan. Un détail la frappa : il gardait les mains dans les poches et rentrait la tête dans les épaules, comme s'il avait froid ; pourtant, la nuit était agréable ; un peu fraîche peut-être, mais certainement pas froide.

Il restait aussi immobile que s'il eût été taillé dans la pierre et eût fait partie intégrante de la tour, comme une statue fantastique sur laquelle la lumière passait et repassait.

Fascinée, elle le regarda pendant très longtemps, mais quand, fatiguée, elle décida de rentrer à la maison pour se remettre au lit, il n'avait toujours pas bougé. En quelques secondes elle se rendormit. Pour la première fois depuis très longtemps, elle n'avait plus peur avant de plonger dans le sommeil.

*
* *

Il était temps de dire « au revoir » à la nuit.

Jesse savourait toujours avec intensité des longs moments qui marquaient le passage entre l'obscurité et l'aurore, quand les odeurs lourdes de la terre humide et des sapins chatouillaient agréablement ses narines et que les cormorans nichés dans les falaises commençaient à lancer leurs cris plaintifs. Il aimait le silence, la paix, et surtout la solitude.

Mais la journée qui s'annonçait ne lui promettait rien de tout cela ; à cause *d'elle*.

A contrecœur, il descendit de son phare et entra dans sa maison. De la cuisine il jeta un coup d'œil vers la petite chambre, et profita d'assez de lumière pour observer que la naufragée dormait dans un abandon complet, comme une enfant ; une des couvertures, tombée du lit, formait un petit tas sur le plancher.

Poursuivant ses investigations, Jesse nota que la cuvette et le broc, sur la table de toilette, n'avaient pas été touchés. Mais, revenant au lit, il aperçut un pied qui dépassait des draps, et sur ce pied un détail qui éveilla sa curiosité. Alors il s'approcha et se pencha ; c'était bien ce qu'il avait cru voir : quelques aiguilles de pin collaient à la peau.

Jesse se releva avec tant de brusquerie qu'il cogna sa tête à une poutre du plafond. Les mâchoires serrées, il laissa échapper un bref juron ; l'étrangère s'était promenée dans sa maison, peut-être avait-elle fouillé partout pour mettre au jour ses secrets, pour savoir qui il était, le juger. C'était une intrusion qui le révoltait ; une sorte de viol.

Il tâcha de chasser ces pensées déplaisantes ; après tout, la femme était malade et incapable de manifester une curiosité aussi déplacée. Et puis, en quoi pouvait-il l'intéresser ? Non, elle devait plutôt être somnambule ; dans un état de demi-inconscience elle s'était levée pour rechercher le mari perdu dans le naufrage.

Voilà ! c'était l'explication ! aucune femme ne pouvait éprouver le moindre intérêt pour un pauvre gardien de phare et celle-ci, dès que rétablie, s'en irait pour toujours ; le plus tôt possible.

Jesse médita quelques instants encore, tandis que la pièce s'éclairait peu à peu. Il se disait bien qu'il eût dû partir, qu'il n'avait rien à faire là, mais il ne pouvait s'arracher à la contemplation de la naufragée, qui était d'une beauté stupéfiante ; un visage d'ange et un corps de sirène.

Par chance, elle était la femme d'un autre forcément, puisqu'elle était enceinte, de cinq mois d'après Fiona, qui avait donné ce renseignement à Jesse comme s'il eût dû s'en réjouir. Elle pouvait être veuve aussi, ce qui ne changeait rien au fond.

Jesse quitta la chambre et ramena la porte sur lui, sans la fermer tout à fait afin d'être averti dès que la belle endormie se manifesterait. Puis il monta dans sa propre chambre, retira ses bottes et se laissa tomber sur son lit avec un immense soupir de bien-être.

Mais, contrairement à son habitude, il ne s'endormit pas. Il ne le pouvait pas, parce qu'il restait sensible à la présence, dans sa maison, de l'étrangère qui l'énervait encore, mais qu'il convoitait déjà.

— Bonjour, monsieur Jones, dit le portier qui s'inclina avec une obséquiosité exagérée.

Sans sourire Granger remercia d'une brève inclinaison du chef ; ce portier savait très bien que Jones était un nom d'emprunt et s'amusait toujours à le prononcer de façon à montrer qu'il n'était pas dupe.

Granger n'avait pas envie de s'amuser parce que sa journée serait pénible. Il était arrivé à son bureau de San Francisco, le lundi matin, pour apprendre aussitôt qu'un de ses navires n'avait pas rejoint le port de Portland ; dès le mardi soir, les administrateurs de la compagnie s'apprêtaient aux démarches auprès des assureurs, car il était dès lors évident que le quatre-mâts avait péri corps et biens, comme tant d'autres.

Depuis, Granger ne cessait de s'interroger ; que s'était-il passé ? Il avait toute confiance en son capitaine, un des meilleurs à son service ; avait-il percuté un écueil dissimulé par la brume ? ou un gardien de phare avait-il négligé d'entretenir la lumière — salvatrice ? Granger savait très exactement à quelle catastrophe ce genre d'irresponsabilité pouvait conduire, car c'était le moyen qu'il avait trouvé, bien des années plus tôt, pour se venger de son pire ennemi,

Jesse Kane Morgan, à l'origine son meilleur ami et son associé mais qui, devenu son rival, lui avait tout pris.

Après tant de temps passé, Granger ressentait toujours vivement la blessure infligée par la femme qu'il avait tant aimée, mais qui l'avait rejeté pour se tourner vers Jesse, pour épouser Jesse ; Emily et Jesse, le couple admiré de tous, la coqueluche de Portland et de San Francisco ! Granger les avait broyés, ce qui n'atténuait en rien sa douleur. Peut-être n'était-il pas allé assez loin dans sa vengeance. Peut-être devait-il agir encore ; mais comment ?

Pris par ses méditations moroses, Granger s'était arrêté, sans s'en rendre compte, dans l'immense vestibule de la résidence Esperson, la meilleure de San Francisco ; elle avait coûté une fortune à M. *Jones*, qui ne regrettait pas l'investissement, car il recevait beaucoup en contrepartie.

Foulant à pas lents l'épais tapis qui recouvrait les larges marches de l'escalier, il plongea son nez dans le bouquet pour en inhaler les fraîches fragrances en imaginant la réaction de celle à qui il le destinait : une gentille caresse, du bout des doigts, sur ses sourcils et surtout ce regard toujours si aimant et si calme ; elle était son refuge, celle vers qui il allait chaque fois qu'il éprouvait le besoin de se cacher pour se soustraire aux coups de ses ennemis, parmi lesquels il comptait ses parents toujours critiques, son épouse si déconcertante et surtout, surtout, ses créanciers qu'il croyait acharnés à sa perte.

Cela dit, c'était un lieu qu'il pourrait déserter bientôt,

maintenant qu'il avait obtenu de cette fille ce qu'il voulait d'elle. Quand il l'avait rencontrée, indigente et mourant de faim, pourtant si séduisante encore, il avait éprouvé un irrépressible désir de la courtiser, en lui promettant les secours et le réconfort dont elle avait tant besoin. Il l'avait donc installée dans ce luxueux appartement de la résidence Esperson, où il venait la visiter chaque fois qu'il lui en prenait la fantaisie.

Il n'avait pas tardé à obtenir ce qu'il cherchait ; quelques mois plus tôt, la fille lui avait annoncé qu'elle était enceinte et, les yeux emplis d'espoir, avait ajouté :

— Maintenant, il faut que nous nous mariions, afin que ce petit puisse porter le nom de son papa.

Il n'eût pas dû, alors, éclater de rire, mais n'avait pas pu s'en empêcher ; l'enfant porterait son nom, telle était bien son intention. Cela dit, il avait commis une grave erreur en révélant la teneur de son plan. Il avait sous-estimé l'instinct maternel de cette jeune femme ; terrifiée d'abord puis pleine de fureur, elle avait saisi un miroir qu'elle avait menacé de lui jeter à la tête, et il avait dû déployer des efforts immenses pour la calmer, la rassurer.

— Je n'ai pas l'intention de te faire du mal, avait-il murmuré en s'approchant d'elle avec précaution.

Effectivement elle s'était peu à peu calmée au cours des semaines suivantes, si bien que Granger commençait à espérer qu'elle finirait par adopter son point de vue ; les fleurs lui feraient plaisir, peut-être même consentirait-elle à sourire. D'un geste décidé, il tourna le bouton de cristal et entra ; sous ses pas, le plancher craqua.

— C'est moi ! lança-t-il. Je t'ai apporté quelque chose.

Silence ; peut-être dormait-elle. Il avait entendu dire que les femmes enceintes avaient, plus que les autres, besoin de sommeil. Mais le lit était vide, et s'il gardait encore l'entier contrôle de lui-même, tandis qu'il entreprenait l'exploration de l'appartement, il sentait déjà son esprit alourdi par le poids du pressentiment.

Tout était en place ; meubles de prix, argenterie et bijoux, il ne manquait rien, hormis la jeune femme que Granger avait installée là.

Il s'astreignit à rester calme et à attendre ; elle était sortie un moment pour prendre l'air. Mais quand, à bout de patience, il redescendit l'escalier pour interroger le portier, il dut se rendre à l'évidence : *elle* était partie pour de bon. Il jeta alors un regard surpris sur le bouquet qu'il tenait toujours, et le broya atrocement.

Le regard fixé sur le plafond à poutres, Jesse écouta longtemps le bruit régulier de l'horloge. Puis, comprenant qu'il ne dormirait pas, il se leva, remit ses bottes et sortit pour s'occuper des chevaux.

En chemin vers l'écurie, il rencontra Erik, ce grand gaillard de six pieds qui jamais ne se pressait, jamais ne courait.

— Bonjour, capitaine ! lui dit celui-ci ; est-ce que la dame s'est réveillée ?

— Non.

— Mon père m'a annoncé que nous allions, cet après-midi, calfater le bateau de sauvetage.

Erik était coutumier de ces coq-à-l'âne qui rendaient sa conversation difficile à suivre ; Jesse s'en trouvait toujours décontenancé.

— Bonne idée, répondit-il ; il faut toujours garder cette embarcation en état.

— Vous ne vous en servez jamais, capitaine, reprit Erik ; pourquoi cela ?

« Parce que je suis un poltron », pensa Jesse.

— Pourquoi, capitaine ? insista Erik.

— C'est un bateau de sauvetage, et il vaut mieux ne pas l'utiliser pour s'amuser. Allez, il faut que j'aille voir à l'écurie, maintenant.

Il sortit ses quatre chevaux dans le pré puis s'engagea sur l'étroit chemin conduisant à la plage d'où il était revenu, vingt-quatre heures plus tôt, par ce même chemin, avec dans les bras un fardeau qu'il n'avait pas désiré. Pourquoi s'était-il révolté à l'idée qu'il devrait l'aider, la ramener à la vie ? N'était-il pas venu en ces lieux pour cela, c'est-à-dire pour sauver les victimes rejetées sur la plage par l'océan, pour préserver tout ce qui pouvait l'être des bateaux drossés sur les récifs ? Telle était la vie qu'il s'était choisie, sa pénitence.

Au détour du chemin, il examina les alentours, cherchant d'autres débris du bateau naufragé, mais il ne vit que l'étendue infinie du sable blanc avec, de-ci de-là, quelques amas d'algues vertes. Il perçut des aboiements venus de derrière les dunes : les otaries, qui venaient rôder autour de l'île de Sand pour se reproduire.

Poursuivant sa marche, Jesse emplissait ses poumons et cherchait à vider son esprit. Mais il ne pouvait s'empêcher de penser, encore et toujours, à la jeune beauté qui occupait sa maison et déjà encombrait sa vie. Il n'avait pas besoin de compagnie, et personne ne voulait le comprendre : pour les gens d'Ilwaco, l'étrangère était une énigme passionnante, pour Palina un cadeau des dieux ; pour lui, elle restait un fardeau.

Elle était pourtant différente des autres, mais d'une manière qu'il n'arrivait pas encore à définir. Il ne connaissait même pas son nom, mais au plus profond de lui-même il savait déjà qu'elle lui apportait des troubles incommensurables, qu'elle serait une menace pour lui.

Tournant le dos à la mer, Jesse reporta son regard sur sa maison, son petit royaume ; la maison du phare était le lieu le plus tranquille du monde. Il était venu ici pour être loin de tous, pour se cacher, se protéger. Il avait cru longtemps être en sécurité, et s'apercevait maintenant qu'il n'avait pas couru assez loin.

*
* *

Avec précaution, Jesse plaça un tabouret sous la trappe donnant accès au grenier, un étroit espace sous le toit où il ne s'était plus introduit depuis bien longtemps. Mais il avait maintenant besoin de quelque chose qui se trouvait là-haut. Il souleva le pan de bois et tâtonna des deux mains parmi la poussière et les toiles d'araignées, avant de ramener au-dessus de sa tête l'objet qu'il cherchait : une grosse boîte noire et le trépied qui allait avec. Il rapporta le tout dans la cuisine, le posa sur la table et le regarda longuement, presque avec crainte. Il n'avait plus de longtemps utilisé son appareil photo et se demandait s'il fonctionnerait encore.

Enfin, il défit les courroies, souleva le couvercle, regarda à l'intérieur ; l'appareil gainé de cuir noir semblait en bon état et les parties métalliques luisaient dans la pénombre, mais les produits chimiques, dans les flacons, avaient corrodé les bouchons.

La photographie était un art précis et difficile, pour tout dire assez fastidieux, qui consistait à mélanger des produits chimiques selon des recettes très précises, et ensuite étaler la préparation sur une plaque de verre, qu'il fallait exposer à la lumière pendant un temps soigneusement calculé. Les erreurs de manipulation étaient fréquentes, et Jesse s'en était aperçu quand…

Il chassa cette pensée en jurant contre les souvenirs importuns. Il était venu ici pour oublier, et y était presque parvenu, mais cette femme l'obligeait malgré lui à se rappeler une autre vie, un autre temps. Grinçant des dents, il rassembla devant lui tout ce dont il avait besoin : les produits chimiques, les plaques, le trépied et le voile noir. Puis, marchant sans bruit, il se dirigea vers la petite chambre.

La jeune femme dormait repliée sur elle-même, pour protéger le fruit de ses entrailles. Elle avait la respiration paisible, et ses cheveux blonds répandus autour d'elle lui faisaient une auréole.

Jesse essayait de ne pas la regarder trop ; de ne penser à rien ; de se concentrer sur la tâche qu'il s'était fixée. Puisqu'il voulait chasser cette femme de chez lui, il devait lui trouver une famille, et pour ce but quel meilleur moyen que de prendre une bonne photo et de la faire circuler, de la publier ?

Il posa le trépied au bout du lit, y fixa l'appareil et dirigea l'objectif sur la belle endormie. Mais soudain les souvenirs qu'il avait tant bien que mal contenus revinrent en force. Il reçut comme un coup en plein cœur, il entendit avec précision le rire d'une autre femme, morte celle-là depuis longtemps, et il se vit lui-même, beaucoup plus jeune, riant avec elle.

— Reste tranquille, ma chérie, lui disait-il, cela ne prendra qu'une minute.

— Jesse, mon amour, c'est trop long ; je n'y tiens plus !

Une jolie main gantée de dentelle lui caressait le front,

repoussait ses cheveux qui avaient toujours tendance à retomber dans ses yeux.

— Encore une photo, mais promets-moi que ce sera la dernière. Je voudrais m'asseoir enfin et me restaurer. Tu n'as pas faim, toi ?

La main gantée montrait le pique-nique préparé dans l'herbe un peu plus loin, le couvert mis sur une couverture à franges.

Il avait cédé aux instances de la jeune femme, qu'il avait prise dans ses bras pour l'emporter sur la couverture ; il n'avait plus été question de photographie que bien longtemps plus tard, à la fin de la journée, alors que le soleil déclinait déjà au-dessus de l'horizon.

— Je crois qu'il n'y a plus assez de lumière, Jesse, avait-elle murmuré alors.

— Ce n'est pas grave ; nous avons toute la vie devant nous.

Les dents serrées, Jesse termina ses préparatifs, puis reporta son regard sur son sujet ; la jeune femme reposait sur le côté et avec tant de cheveux répandus sur le visage que personne ne la reconnaîtrait. Il s'avança donc et, pour la remettre sur le dos, la prit par les épaules sans se souvenir qu'elle avait une clavicule blessée ; aussitôt elle se mit à geindre. Il la reposa sur l'oreiller, et sans la relâcher il l'observa avec angoisse et attention ; d'elle émanait un parfum de mer et de vent et de féminité. Il n'osait plus bouger. Il avait peur de devenir fou.

Cette épreuve dura de longues minutes, puis Jesse reprit ses esprits. Les mains tremblantes, il mit la jeune femme bien à plat sur l'oreiller, chassa les cheveux importuns et croisa les mains sur la poitrine. A peine avait-il terminé ces préparatifs que la tête roula sur le côté. Il la remit en position et la cala avec l'oreiller, qu'il bourra de coups de poing ; mais alors la femme décroisa les mains et s'étendit langoureusement.

Jesse jura à mi-voix, les dents serrées, en se demandant comment opéraient les croque-morts. Sans se décourager, il se remit à la tâche, arrangea une nouvelle fois les mains puis les cheveux, puis il se pencha pour murmurer.

— Restez tranquille ; cela ne durera qu'une minute.

A reculons, il se dirigea vers son appareil, craqua une allumette, glissa sa tête sous le voile noir, vérifia le cadrage et commença à compter.

— Un… deux… trois…

En même temps qu'il retirait l'obturateur de l'objectif, il enflamma la poudre de magnésium répandue dans une assiette ; une vive lumière se répandit dans la pièce en même temps que retentissait le bruit d'une explosion modeste.

La jeune femme s'assit d'un seul coup, les yeux écarquillés ; Jesse s'attendit à l'entendre hurler, mais au lieu de cela elle saisit le broc posé à côté d'elle pour le lui jeter à la figure.

4

Elle recula jusqu'à la tête du lit où elle se pelotonna, les jambes repliées sous elle, en même temps qu'elle essayait d'atteindre la lampe à huile sur la table de chevet.

Quand Jesse comprit ce qu'elle s'apprêtait à faire, il cria :

— Ne touchez pas à ça !

Il courut vers elle, écrasant de ses bottes les débris du broc. Attrapant la lampe, il la plaça hors de portée, sur une étagère.

— Vous avez déjà causé assez de dommages, dit-il sèchement. Inutile, pour couronner le tout, de mettre le feu à la maison.

— Et à quoi vous attendiez-vous, mon cher ? répliqua la femme. Vous tirez sur moi, je riposte avec ce qu'il me tombe sous la main ; normal, non ?

Mon cher ? Jesse ne s'était jamais entendu appeler ainsi, surtout par une femme. Etonné, il bredouilla :

— Vous savez, je ne tirais pas sur vous.

— Mais si ! j'ai pourtant entendu le bruit de l'explosion, et ça sent encore la poudre.

Pour montrer qu'elle était encore affectée par cette forte odeur, la femme plissa son joli petit nez couvert de minuscules taches de son, détail qui attira l'attention de Jesse.

— Vous êtes irlandaise, n'est-ce pas ?

La femme se penchait pour regarder derrière lui. Elle demanda :

— Quelle sorte d'arme est-ce que c'est ?

— Ce n'est pas un fusil, mais un appareil photo.

Les yeux bleus s'agrandirent et s'arrondirent, mais la hargne reprit bien vite le dessus.

— Et je peux savoir ce que vous bricolez dans cette chambre avec cet appareil ?

Jesse commençait à s'énerver aussi.

— J'ai pris une photo de vous, madame ; quoi d'autre, je vous le demande un peu !

Stupéfaite, la femme recula encore un peu, se recroquevilla et fit un signe de croix, en murmurant, horrifiée :

— Pervers !

Jesse crispa les mains derrière son dos, pour se retenir de les placer autour du cou de son interlocutrice, geste qu'il aurait pu regretter par la suite. Il n'avait pas beaucoup de patience pour ses semblables, encore moins pour les femmes, surtout quand celles-ci étaient des Irlandaises bornées et aucunement reconnaissantes.

— Madame, expliqua-t-il avec un calme très affecté,

il me semble que vos malheurs ont quelque peu brouillé votre entendement. Vous gisiez dans ce lit, inconsciente, et j'ai pensé que le meilleur moyen de vous aider à retrouver votre famille était de diffuser votre image par le truchement des journaux.

Il recula, prit son appareil dans une main, le trépied dans l'autre, et se dirigea vers la porte en ajoutant :

— J'ose espérer que quelqu'un sera content d'apprendre que vous êtes encore en vie et viendra vous récupérer.

Mais la femme sauta hors du lit avec une agilité étonnante, étant donné son état, et courut derrière lui pour le rattraper par le bras.

— Vous n'avez pas le droit de faire cela, lui dit-elle, haletante.

Elle était toute petite contre lui, le sommet de son crâne lui arrivait à la hauteur du menton, et elle se pressait contre Jesse d'une façon qu'il trouvait très dérangeante ; aussi reposa-t-il son matériel pour la soulever et la reconduire au lit.

— Pourquoi ne le ferais-je pas ? demanda-t-il avec hauteur.

— Parce que je ne tiens pas à voir ma photo dans tous les journaux.

Ce devait être une superstitieuse ; tant d'immigrants de fraîche date apportaient avec eux des croyances incroyables. Certains pensaient qu'il était dangereux ou sacrilège de multiplier les images d'eux-mêmes.

— Maintenant que vous êtes réveillée, c'est peut-être moins nécessaire, admit Jesse. Vous n'avez qu'à me donner votre nom et votre adresse, et je me ferai un plaisir d'écrire… Eh, mademoiselle… ou madame… quelque chose qui ne va pas ?

Les yeux exorbités, la femme se balançait d'avant en arrière. Elle lui répondit :

— Je ne me sens pas bien, tout à coup. Je crois que j'ai besoin…

Elle tomba de côté ; Jesse dut courir vers elle pour la prendre par les épaules et l'aider à se redresser. Inquiet, il la pressa de questions :

— Madame… madame ? Comment vous sentez-vous ?

Pas de réponse : de nouveau, elle était inconsciente. Jesse soupira en la réinstallant aussi confortablement parmi les oreillers, sous les couvertures qu'il rabattit avec soin. Il s'attarda plus que nécessaire, parce qu'il éprouvait le désir de la toucher, de l'effleurer, en se rappelant avec émotion l'effet ressenti quand il l'avait prise dans ses bras pour la ramener ici. Ce qui l'étonnait surtout, c'était qu'il ne soupçonnait pas qu'il pût rester, en lui, quelque tendresse.

Cela ne faisait que rendre le problème plus crucial : il fallait que cette femme partît de toute urgence ; et le développement de la photo redevenait nécessaire.

*
* *

Judson Espy, le capitaine du port, se présenta peu après, avec une liasse de papiers qu'il agita en déclarant :

— Intéressant.

— Intéressant comment ? s'enquit Jesse, qui se demandait déjà quel nouveau coup du sort allait lui être annoncé.

— Un quatre-mâts a quitté San Francisco pour Portland, où il devait charger une cargaison d'huîtres. Il n'est jamais arrivé.

— Est-ce que… est-ce que vous avez une liste des passagers ? murmura Jesse.

— Bien sûr ; elle est arrivée par le télégraphe.

Jesse se hâta de prendre ses lunettes dans la poche de sa chemise, et il les plaça sur son nez avant de s'emparer des papiers pour étudier la liste. Chaque fois qu'il agissait ainsi, il se trouvait reporté en arrière, à ce jour qu'il avait passé sur un quai à lire et relire sans fin une autre liste en priant pour qu'une erreur eût été commise ; mais le nom de sa femme figurait bien parmi les personnes déclarées perdues en mer.

— Est-ce que tu te sens bien ? lui demanda Judson.

Penché sur le papier, Jesse hocha la tête. Il lut avec attention.

— Ce sont les membres d'équipage, dit-il. Où est la liste des passagers ?

— Il n'y en a pas ; ce bateau était un cargo, je te le rappelle.

Il reprit sa lecture, cherchant un nom bien irlandais comme O'Malley ou Flanagan.

— Notre naufragée pourrait être l'épouse d'un marin qu'on aurait oublié de mentionner.

— Improbable, lui répondit Judson. Tu as lu le nom du bateau ; celui de la compagnie ?

Reportant son regard au bas de la feuille, Jesse eut l'impression qu'une corde se serrait autour de son cou.

— *Le Chanceux*, murmura-t-il.

— Un navire appartenant à la Compagnie de la Baie ; *ta* compagnie, Jesse. Tu sais bien que ces gens-là ne commettent jamais aucune erreur dans leurs manifestes.

— Ce n'est pas ma compagnie, dit Jesse d'un ton morne.

Judson reprit le papier.

— Plus maintenant, je le suppose bien ; mais je crois qu'il n'y a pas eu beaucoup de changements là-bas depuis que tu l'as quittée. Ton ancien partenaire est un patron exemplaire. Comment s'appelait-il, déjà ? Flapp ?

— Clapp ; Granger Clapp.

Encore un détail de son passé auquel Jesse évitait de penser.

— Alors ? reprit Judson ; qu'est-ce que tu en dis ?

— Ou la femme était une passagère clandestine, ou elle ne voyageait pas sur *Le Chanceux*.

— Impossible ; regarde cet autre papier. Le veilleur du cap Meares a vu les lumières du bateau à 1 h 30 du matin ;

celui de Tillamook l'a enregistré à 4 h 40. Et toi, à quelle heure as-tu trouvé la femme ? 6 heures, 7 heures ?

— A peu près, oui.

— Elle était donc bien sur ce bateau ; comme passagère clandestine ! quelle histoire, dis donc ! quelle histoire !

Jesse retira ses lunettes.

— Il faut nous en remettre aux journaux pour retrouver sa famille. J'ai pris sa photo et je demanderai à Bert Palais de la publier dans *La Gazette*. Je l'enverrai aussi aux journaux de Portland et de San Francisco.

« Vous n'avez pas le droit de faire cela. »

Il entendit les mots avec autant de netteté que s'ils avaient de nouveau été prononcés devant lui, d'une voix tremblante ; mais cette femme était une superstitieuse, et de surcroît elle avait l'esprit troublé ; normal, après une telle aventure. De toute façon, c'était lui rendre service que de l'aider à retrouver une famille. D'une autre de ses poches, Jesse sortit la photo et la tendit à Judson, qui la regarda longuement.

— Qu'est-ce qu'elle est belle ! On dirait une princesse comme dans les contes ; la Belle au bois dormant, tiens !

— Je ne lis pas de contes de fées, grommela Jesse en tournant les talons.

C'était par ironie, sans doute, que le destin avait choisi de lui amener la femme sur *Le Chanceux* ; Jesse voyait encore ce bateau avec autant de précision que le jour où on avait procédé au lancement. Il ne le savait pas alors, mais c'était ce jour-là, précisément, que s'était dessiné son avenir. Fermant les yeux, il laissa les souvenirs le submerger.

— *Le Chanceux* ? avait dit Emily, qui souriait et le tirait par la manche ; drôle de nom, pour un bateau.

Environnée de dentelles et de mousseline, elle n'était pas seulement fraîche et jolie. Elle exprimait, par la voix et le regard, une insolence amusée dont Jesse ne se lassait pas.

— C'est une idée de Granger, avait-il répondu. Il a voulu choisir lui-même le nom, car c'est moi qui avais choisi celui du *Trident*.

— Oh, alors ça, c'est un nom original ! avait repris Emily.

Son rire cristallin était le seul qu'entendit Jesse, alors que la fanfare jouait sur le quai, tout près de lui ; c'était une belle journée, pleine de lumière et de couleurs, une journée faste pour les heureux propriétaires d'une compagnie qui lançait un nouveau magnifique cargo, aux haubans duquel flottait une multitude de fanions éclatants. Toute la ville, notables en tête, se pressait sur le port pour assister à l'événement.

Jesse observait la scène avec une satisfaction qu'il ne songeait pas à dissimuler.

— Tu souris comme le chat du Cheshire, lui avait encore dit Emily, qui en même temps battait la mesure du bout de sa petite bottine à boutons.

— Pourquoi ne sourirais-je pas, avait répondu Jesse, quand je suis l'homme le plus heureux du monde ?

Emily s'était alors penchée vers lui, toujours avec une discrétion exquise, car elle avait reçu une éducation parfaite, et elle avait murmuré :

— Crois-tu que les gens seront étonnés quand nous leur annoncerons la nouvelle ?

— Je ne pense pas ; tout le monde sait bien que je vous adore, miss Leighton.

— Oh, Jesse, avait soupiré la jeune fille ; tout sera si parfait. Nous serons très heureux, tous les deux.

Puis elle avait tourné son regard en direction des tribunes où se pressaient les invités de marque, messieurs en redingote et jeunes filles à ombrelle. Derechef elle avait murmuré :

— Quel dommage !

— Pourquoi ?

— Quand nous aurons annoncé notre nouvelle, toutes ces jeunes filles auront le cœur brisé.

Jesse avait souri.

— Je crois que tu exagères, ma chérie.

— Ne fais pas semblant de ne rien savoir ; la moitié de mes camarades de classe dorment avec un souvenir de toi sous leur oreiller.

— Et toi, avec quoi dors-tu, Emily ?

— Rien que des rêves, Jesse ; rien que des rêves.

Les parents d'Emily arrivaient, en compagnie de quelques

jeunes gens qui s'empressèrent autour de la jeune fille afin de la saluer et de l'accabler de compliments.

— Ce sont plutôt les cœurs des hommes qui seront brisés, avait murmuré Jesse en regardant Granger, son associé, assis sur un tonneau un peu plus loin, devant un groupe de gamins attentifs à qui il faisait une démonstration de nœuds marins.

— Tu peux dire de Granger ce que tu veux, lui avait soufflé Emily, mais il est évident qu'il aime les enfants. Je me suis toujours demandé lequel de vous deux serait le premier marié.

Un moment plus tard, alors que le bal en plein air commençait, Granger avait laissé son jeune auditoire aux exercices pratiques, pour rejoindre les parents de Jesse et sa sœur Annabelle, une enfant de dix ans timide et même craintive, devant qui il s'inclina cérémonieusement pour l'inviter à danser, ce qu'elle accepta, non sans rougir de plaisir et de fierté.

Mais la corne de brume avait interrompu la musique et les danses ; il était temps de procéder à la cérémonie ; la foule joyeuse s'était portée au pied des tribunes pour n'écouter point les discours de MM. Clapp et Morgan, les directeurs de la compagnie, pères de deux jeunes gens pleins d'avenir appelés à leur succéder.

Granger s'était rapproché de Jesse et d'Emily, dont il avait baisé la main en lui disant :

— J'espère que tu m'as réservé une danse.

Elle avait rougi, mais sans trouver le temps de répondre car, les discours étant terminés, Jesse et Granger s'étaient vu confier chacun une bouteille de champagne enrubannée, qu'il leur incombait de fracasser contre la coque du navire.

— Quel gâchis, avait déploré Granger en déposant un baiser sur le goulot de sa bouteille, pour la plus grande joie des spectateurs ; prêt, mon vieux ?

— Pas tout à fait, avait répondu Jesse, le cœur battant.

Quel meilleur moment que celui-là, avait-il brusquement pensé, pour diffuser l'importante annonce ? Il s'était donc incliné devant Emily, à qui il avait confié sa bouteille, en disant à haute voix :

— C'est un honneur que je confie à miss Emily Leighton, bientôt ma fiancée.

Etait alors tombé sur la foule un silence épais troublé seulement par le claquement des filins contre les mâts et les clapotements de l'eau ; immobile et comme pétrifié par son audace, Jesse n'avait rien perdu de la scène, qu'il voyait encore avec acuité : le sourire radieux d'Emily, les larmes de sa mère, la tape virile de son père sur son épaule, le regard glacial de M. et de Mme Clapp qui se reprenaient bientôt pour étirer leurs lèvres en un sourire, contraint. Mais surtout Jesse avait noté la réaction de Granger : un éclat meurtrier dans les yeux de celui-ci, tout de suite éteint ; Granger comptait lui aussi parmi les soupirants d'Emily.

M. Morgan avait été le premier à rompre le silence.

— Félicitations, mon fils, s'était-il écrié.

Et tandis que les acclamations se remettaient à fuser de toutes parts, Jesse avait reçu les congratulations de M. Clapp.

— Tous mes vœux, mon garçon.

Puis il avait donné, dans le dos de son fils, une claque plus brutale que ne le nécessitait l'amour paternel virilement exprimé, et il avait dit, d'une voix sèche :

— Qu'est-ce que tu dis de cela ? Une fois de plus, ton partenaire te bat au poteau. Il ne te reste plus qu'à trouver une fiancée, toi aussi, afin de me donner bien vite les petits-enfants que j'ai envie de gâter.

Rouge jusqu'aux oreilles, Granger avait murmuré :

— Chaque chose en son temps, mon père.

Rien n'avait plus été pareil après cette journée ; un changement subtil avait affecté les relations entre les trois amis d'enfance, comme si l'axe du monde s'était brutalement dévié pour ne plus jamais se redresser ; Jesse, Granger, Emily… le joyeux trio était de toutes les soirées et de toutes les parties organisées par la bonne société. Ensemble, ils allaient à l'Opéra ; Emily prenait place entre Jesse et Granger, qui se passaient en secret une fiasque de cognac et tâchaient de ne pas trop rire à un spectacle qu'ils trouvaient ennuyeux et ridicule.

Après le baptême du *Chanceux*, une sorte de gêne avait régi leurs rapports. Granger était devenu plus froid et plus distant. Il avait pris l'habitude de passer ses soirées du vendredi dans la maison de Mme Fanshaw, le temple du péché, plutôt qu'en compagnie de Jesse et d'Emily. Quand ils se rencontraient désormais, ces trois-là ne savaient plus que se dire.

Le dernier souvenir de Jesse, à propos de cette fameuse journée, était la vision de deux bouteilles vertes décrivant un large arc de cercle dans l'air lumineux, et marquant un léger temps d'arrêt à la fin de leur course, juste avant d'exploser en millions de gouttelettes auxquelles le soleil avait donné la brillance du diamant.

Prisonnière de son rêve, elle ne savait comment s'en échapper ; c'était comme si une drogue lui avait été administrée, l'obligeant à se tenir immobile, la tête droite, pour regarder un spectacle qui lui faisait horreur.

La porte ; une porte ordinaire à quatre panneaux de bois, avec une poignée de cristal ; elle se tenait assise dans un fauteuil juste en face de cette porte. Elle regardait. Elle attendait.

La porte s'ouvrait ; lentement ; elle entendait les pas, le craquement du parquet ; c'était toujours le même bruit de pas, toujours la même lame du parquet qui craque. Sa vie était sans surprise, ses jours tout pareils, et elle puisait dans cette immobilité du temps une sorte de réconfort.

Mais aujourd'hui c'était différent ; aujourd'hui, elle avait quelque chose à lui dire ; quelque chose qui allait le rendre si heureux qu'il l'enlacerait pour la faire virevolter. Elle aussi s'abandonnerait à sa joie, elle oublierait les petites cruautés qu'il avait souvent commises à son égard. Désormais, elle serait importante pour lui, si importante qu'il serait bien obligé de l'entourer d'égards. Elle avait ce qu'il désirait avec tant de force.

La porte s'ouvrait, lentement ; il était grand et large d'épaules, l'homme qui venait vers elle. Elle ne parlait pas, elle attendait de voir le visage encore dissimulé dans la pénombre, les cheveux toujours si soigneusement peignés et retenus avec juste ce qu'il faut de cire. Elle voulait voir le sourire qui avait toujours fait battre son cœur.

Mais, ce jour-là, elle se trouvait en présence d'un étranger ; un étranger plus grand que *lui* et tellement plus effrayant.

Il était à contre-jour et elle ne pouvait l'apercevoir qu'en silhouette, une silhouette si massive qu'elle se mit à trembler de peur ; esquissant un signe de croix, elle murmura :

— Sainte Marie, mère de Dieu, aidez-moi.

Elle entendit ensuite le craquement d'une allumette, et la lampe sur l'étagère s'éclaira, projetant une lumière jaune dans la pièce. Pendant un moment, elle vit le visage de son ravisseur qu'elle trouva plutôt beau, avec des traits fins comme ceux des archanges qu'elle avait vus en peinture dans les églises.

L'archange lui adressa la parole :

— Est-ce que vous êtes réveillée ?

La peur ne l'avait pas quittée ; elle tira les couvertures jusqu'à son menton et s'enquit d'une voix tremblotante :

— Qui êtes-vous ?

Elle se recroquevilla pour s'empêcher de trembler, mais ses efforts se révélèrent vains ; l'archange lui répondit par une autre question :

— Auriez-vous peur de moi, madame ?

Elle claquait des dents et se trouva incapable de prononcer le moindre mot ; à sa peur s'ajoutait un fort sentiment de surprise, car c'était la première fois qu'on l'appelait *madame*, comme si elle appartenait à la bonne société, comme si elle méritait le respect. « Le pauvre fou, pensa-t-elle. S'il savait… »

Conscient d'être ridicule, Jesse se tenait debout près du lit, la lampe dans une main, et son autre main tendue au-dessus de la femme qui tremblait et claquait des dents, ouvrait brièvement les yeux pour les refermer aussitôt ; pourquoi ne se décidait-elle pas à s'éveiller pour de bon ?

Cette nuit, Erik monterait la garde au sommet du phare, à sa place, parce que le temps était au beau fixe ; il avait donc la possibilité de s'offrir une bonne nuit de sommeil, et au lieu d'en profiter il restait là, bêtement, à piétiner devant le lit d'une sotte qui n'avait même pas touché à la bouillie spécialement préparée pour elle par Palina ! Agacé, il agita le bol devant elle et dit :

— Vous devriez essayer de manger un peu.

Pas de réponse, comme d'habitude ; de plus en plus agacé, Jesse tira un peu les couvertures, révélant les cheveux blonds emmêlés, et tandis que la femme s'enfonçait vers le pied du lit pour regagner ce qu'il lui avait enlevé, il insista d'une voix sèche :

— Vous ne vous rétablirez jamais si vous refusez de vous alimenter.

La femme s'agita, gémit et se retourna, puis s'immobilisa. Elle venait de replonger dans un profond sommeil.

Plus vite il la retrouverait, mieux ce serait. Négligeant les journaux du matin, qu'il aimait d'habitude à lire de la première à la dernière page, il reporta son regard sur un article qu'il connaissait déjà par cœur.

« Ilwaco. Jesse Kane Morgan, gardien du phare du cap de Désespérance, a recueilli dimanche dernier, sur la plage, la seule survivante d'un naufrage, une jeune femme que son état a rendue incapable de décliner son identité. Selon le capitaine Judson Espy, le seul navire susceptible d'avoir coulé dans ces parages serait le cargo Le Chanceux, *appartenant à la Compagnie de la Baie.*

» Toute personne pouvant fournir des renseignements permettant d'identifier l'inconnue est priée de s'adresser à M. Morgan qui... »

Pris d'une rage soudaine, Granger arracha la page et la froissa entre ses mains, la réduisit à l'état d'une toute petite boule ; comment cela se pouvait-il ? C'était ce qu'il devait découvrir, avec la plus grande discrétion. Il devait aussi se préoccuper de savoir quels étaient ses droits sur l'enfant qu'il avait engendré. Ensuite, il agirait avec détermination ; avec brutalité. Cette fois, il se vengerait pour de bon.

Que cette Irlandaise inculte, cette pauvre fille qui avait de la boue sous les ongles quand il l'avait rencontrée se fût jouée de lui avec autant de facilité, c'était ce qu'il ne supportait pas. Et en plus — quelle ironie ! — elle avait trouvé le moyen d'être tirée d'affaire par Jesse Morgan.

— Granger ?

La voix était éminemment féminine, respectueuse et modulée d'une façon qui annonçait une excellente éducation ; tout ce qu'il aimait.

— Oui, Annabelle ?

— Je voulais vous dire que je sortais. Je rends visite aux Gibson.

Annabelle se tenait sur le seuil du salon, attendant la permission de sortir ; une femme parfaite, dont chaque boucle de cheveux, chaque pli de la robe était en place ; l'ombrelle assortie au réticule.

Granger se décida à se lever et il traversa le salon pour aller embrasser son épouse sur la joue, avec tendresse et amour.

— Je te souhaite une bonne journée, ma chérie.

Il la regarda partir ; charmante, vraiment, elle était

admirée de tout Portland. Et lui, on l'enviait d'avoir une épouse aussi parfaite.

Seule ombre à ce tableau idyllique : elle ne pouvait lui donner d'héritier.

5

Elle s'éveilla au grand jour, avec des courbatures partout et l'impression très nette d'avoir toute la nuit rêvé à son bébé. Elle resta allongée, sans bouger, attentive aux bruits ambiants, en se demandant pourquoi elle avait si mal à l'épaule ; le naufrage ? Oui, peut-être. Elle avait de vagues souvenirs d'un mât auquel elle s'était agrippée, alors que le bruit monstrueux des vagues couvrait déjà les cris des marins affolés.

Se soulevant sur son bras valide, la jeune femme s'assit et s'adossa à la tête du lit, immobile de nouveau pour laisser passer la nausée. Inquiète, elle posa sa main sur son ventre et murmura :

— Est-ce que tu es toujours là, mon bébé ? J'espère que toi aussi, tu as survécu.

Elle dut attendre quelques longues minutes avant de percevoir les mouvements de son enfant. Tout à fait rassurée, elle se remit à respirer. Puis, avec précaution, elle sortit de son lit et à pas lents se dirigea vers l'extérieur. Sur le seuil inondé de soleil, elle s'étira avec délice.

Elle avait l'impression d'être seule dans cette petite maison parmi les grands arbres, seule en compagnie des oiseaux dont le chant l'assourdissait et aussi des chevaux qui paissaient dans l'enclos. Elle avisa, pour la première fois, un jardin bien entretenu et une cabane repeinte récemment ; cet endroit très ordonné avait aussi un air impersonnel, comme si personne n'y séjournait. Mais il y avait quelqu'un ici, elle le savait bien ; un *quelqu'un* très intrigant.

Plus loin sur la falaise, en direction de l'ouest, se dressait le phare, sentinelle de pierre peinte en blanc avec trois larges raies rouges. C'était à ce phare que la jeune femme devait en grande partie d'avoir été sauvée, car elle avait aperçu de loin la lumière clignotante et avait pu se diriger ainsi vers la côte au lieu de se perdre dans l'immensité océanique. Elle éprouva pour cet objet inanimé une immense gratitude, qui lui fit monter les larmes aux yeux.

Mais sa grande faiblesse lui interdisait de rester plus longtemps debout, en plein soleil. La tête bourdonnante, elle rentra dans la maison et se cramponna au dossier d'une chaise, le temps que ses yeux s'accommodent à la pénombre. Peu à peu se dessinait pour elle l'essentiel du décor : des livres, des livres partout entassés sur les étagères, sur les tables, des livres empilés sur tous les meubles et même par terre ; c'était d'ailleurs le seul élément de désordre dans un intérieur propre et net, où chaque chose était en place, la batterie de cuisine rutilante accrochée en ordre au-dessus du fourneau, les denrées alimentaires alignées par catégories et par tailles dans le placard. La jeune femme songea que sa mère eût apprécié ce spectacle, elle qui aimait les cuisines impeccables.

Elle ne s'attendrit pas trop longtemps, car son estomac la rappela bien vite à l'ordre. Elle mourait de faim. Dans un buffet elle trouva un pichet plein de lait frais, qu'elle vida à grands traits, les mains tremblantes, ce qui la conduisit à répandre sur elle une partie du précieux liquide. Puis, toujours avide, elle chercha d'autre nourriture, et fit un festin de quelques biscuits trop secs et de pommes acides.

— Ah, ça va mieux, mon bébé, murmura-t-elle en frottant son ventre.

Pour la première fois depuis qu'elle avait été rejetée sur la plage, elle souriait ; c'était si bon, de sourire.

Tout en chassant, à coup de pichenettes, les miettes collées à sa chemise de nuit, elle retourna à sa petite chambre adjacente à la cuisine et prit sur le lit une couverture, une jolie couverture brodée représentant une sirène dans une mer de saphir, dont elle se couvrit. Maintenant qu'elle se sentait mieux, elle voulait explorer complètement la maison, afin de se rendre compte si elle-même et son bébé s'y trouvaient en sécurité. Mais c'était une expédition qu'elle ne pouvait raisonnablement entreprendre en chemise de nuit, même avec une couverture sur les épaules, et elle devait avant tout trouver des vêtements plus convenables.

Dans le placard de la chambre, elle dénicha une quantité

impressionnante de sous-vêtements féminins, tous d'excellente facture, soigneusement repassés et pliés, certains coupés et non cousus. Poursuivant ses recherches, elle ouvrit une autre porte et découvrit une robe pendue à un cintre. Elle poussa un long soupir admiratif en caressant la belle mousseline verte qu'elle repoussa ainsi de côté ; lui apparut alors une autre robe, toute blanche, plus simple, très élégante aussi.

L'homme qui habitait dans cette maison était-il donc marié ? A qui pouvaient appartenir ces vêtements ?

Rien n'était neuf dans tout ce qu'avait découvert la jeune femme et, à en juger d'après ce qu'elle avait observé dans les rues de San Francisco, la robe était complètement passée de mode. Mais elle se moquait bien de la mode quand il lui importait avant tout d'avoir sur elle de vrais vêtements. Elle s'empressa donc de quitter sa chemise de nuit pour endosser la robe de mousseline verte ; le boutonnage dans le dos lui causa de grandes difficultés à cause de sa douleur dans l'épaule, et elle se découragea bientôt, se contentant d'un travail à demi achevé.

Elle porta les mains dans ses cheveux et gémit en imaginant quel spectacle désolant elle devait offrir avec ses mèches emmêlées ; il lui fallait une brosse pour se donner une apparence plus respectable. Elle trouva cet instrument indispensable à l'étage, dans le vestiaire attenant à la chambre ; ici l'air fleurait bon la mousse à raser et, par la porte ouverte, on pouvait voir le lit immense, aux couvertures bien tendues, avec un seul oreiller.

La jeune femme se donna les premiers coups de brosse, qui lui arrachèrent quelques grimaces de douleur, mais son esprit était ailleurs. Elle ne savait rien de l'homme qui dormait seul dans cette chambre, et pourtant elle se sentait en parfaite sécurité avec lui ; seul problème : la photographie ; les coups de brosse devinrent plus violents, plus saccadés. Elle devait lui rappeler qu'il ne fallait, en aucun cas, diffuser son image, mais quelle explication lui fournir ? Jusqu'où devait-elle aller dans ses confidences ? C'était ce qu'elle se trouva incapable de décider, et elle remit à plus tard l'examen de cette question. Toutefois, elle serait probablement avisée de mentir, un peu.

Une voix explosa derrière elle :

— Qu'est-ce que vous faites ici ?

Elle pivota vivement et pendant quelques secondes ne vit plus que des étoiles. Puis elle distingua une haute silhouette masculine debout au sommet de l'escalier, immobile, appuyée d'une main à la rampe.

— Alors ? insista l'homme qui s'avança de deux pas.

Son visage, terrible, apparut en pleine lumière et la jeune femme apeurée se dit qu'elle avait été folle de se croire en sécurité ici. Puis elle tenta de se rassurer par la pensée qu'elle avait connu des situations plus critiques, et que cet homme ne pouvait lui vouloir du mal après l'avoir sauvée.

— Je voulais lustrer mes cheveux, répondit-elle.

Lentement, elle reposa la brosse sur la table de toilette, exactement à l'endroit où elle l'avait trouvée. Digne, la tête droite, elle sortit de la petite pièce, passa devant son interlocuteur et descendit l'escalier.

Il la suivit et s'arrêta derrière elle dans le salon du rez-de-chaussée, une petite pièce assez agréable à laquelle ne manquait qu'un tapis ovale qui lui eût donné une touche chaleureuse ; si grand qu'il touchait presque le plafond, si large qu'il masquait toute la fenêtre, l'homme implacable demanda :

— Je peux savoir où vous avez trouvé cette robe ?

La jeune femme effleura le vêtement emprunté, en pinça un pli entre deux doigts pour soulever la jupe afin de pouvoir en admirer la couleur chatoyante, puis elle répondit :

— Comme vous l'aviez laissée dans ma chambre, j'ai pensé que…

— Je ne l'ai pas laissée ; personne ne l'a laissée.

L'homme n'avait pas besoin de hausser le ton pour manifester la rage qui l'habitait ; c'était à croire qu'il n'était pas content de voir sa protégée en bonne voie de guérison.

— J'ai emprunté quelques effets dans le placard, reprit la jeune femme.

Une boucle de cheveux lui tomba dans l'œil. Elle la repoussa et, insolente, reprit :

— Tout de même, cette robe, ce n'est pas pour vous ?

Puis elle rougit, porta les mains à ses deux joues et, les yeux écarquillés d'horreur à l'idée de ce qu'elle venait de dire, elle murmura :

— Mon Dieu ! tout cela est à votre femme !

Un bref instant, l'homme ferma les yeux, avant de répondre :

— Je n'ai pas de femme.

C'était dit avec froideur, mais la jeune femme devina que sous cette apparence glaciale se cachait une nature tourmentée.

— Dans ce cas, questionna-t-elle car elle avait envie de résoudre ce mystère, à qui appartient la robe que je porte ?

— A personne ; elle n'appartient plus à personne.

Elle comprit qu'il serait inutile de poursuivre dans cette voie, se tint immobile et coite pendant que son interlocuteur se passait les deux mains, doigts écartés, dans les cheveux ; puis il lui dit :

— Vous feriez mieux de vous asseoir.

Et, pas aimablement du tout, il ajouta :

— Je n'ai pas envie de vous voir vous évanouir encore une fois. J'ai eu déjà assez de soucis avec vous.

Elle obéit, s'assit sur une chaise de bois placée devant une petite cheminée éteinte et à l'âtre tellement récuré qu'il était difficile de croire que du feu y eût jamais été allumé. Elle dit alors :

— Il y a peu de danger que je m'évanouisse. Avant je

me sentais faible, c'est vrai, mais c'était à cause de la faim. Je me suis restaurée.

— J'avais remarqué.

Par la porte restée ouverte, elle jeta un regard plein de remords sur la cuisine : le pot de lait vidé par elle avait été lavé et suspendu à un crochet, la table débarrassée des miettes de biscuits et des trognons de pommes qu'elle y avait laissés. Pour détendre l'atmosphère, elle déclara en souriant :

— Ces pommes étaient délicieuses, vraiment. Je n'en avais pas mangé d'aussi bonnes depuis fort longtemps.

L'homme s'assit sur un tabouret en face d'elle, lui montrant toujours le même visage dur et si immobile qu'elle l'eût pu croire taillé dans le marbre. Il lui répondit :

— C'était tout ce qu'il me restait de la récolte de l'an passé. Les arbres fruitiers sont fort rares, par ici.

Ils laissèrent s'étirer un long moment de silence, pendant lequel ils préférèrent ne pas se regarder, puis reprirent la parole exactement en même temps, s'interrompirent en multipliant les mimiques et les sourires gênés ; l'homme, enfin, posa une question :

— J'ai besoin de connaître votre nom, afin de pouvoir prendre contact avec votre famille.

Hélas, et comment le lui dire : elle n'avait pas de famille et c'était pour elle aussi dur que de s'avouer sans cervelle, sans cœur ou sans âme.

— Mary Dare, dit-elle sobrement.

Il s'inclina devant elle, ce qui prouvait qu'il avait appris les bonnes manières, mais en se relevant il interrogea de nouveau :

— Est-ce votre vrai nom ?

C'était une véritable insulte qui ne méritait aucune réponse ni commentaire.

— Et vous, qui êtes-vous ?

Nouvelle courbette et :

— Jesse Kane Morgan ; le gardien de ce phare.

— C'est un réel plaisir que de faire votre connaissance, monsieur. Puis-je vous demander où nous sommes ?

— Au cap de Désespérance.

— Terrible nom pour un si joli endroit.

— Les marins qui doivent franchir la barre rocheuse au-delà de la côte ne pensent certainement pas qu'il s'agisse d'un *joli endroit,* madame. Pour être précis, nous nous situons à l'embouchure de la Columbia, dans l'Etat de Washington.

L'Etat de Washington ! voyez-vous cela ! Elle n'avait pas eu l'impression d'aller aussi loin.

— Etiez-vous passagère à bord du *Chanceux* ? Pour autant que je le sache, c'est le seul navire ayant été perdu dans les parages, dimanche dernier.

Dimanche ; il apparut alors à Mary qu'elle ne savait pas quel jour on était, qu'elle ne connaissait toujours rien de son interlocuteur, et qu'en conséquence il lui était difficile de faire des prévisions quant à son avenir.

Toutes les bribes d'information qu'elle venait d'acquérir tournoyaient dans sa tête : dimanche ; Etat de Washington ; *Le Chanceux* ; et puis, surtout, le phare du cap de Désespérance qui avait attiré son regard et lui avait indiqué la direction à suivre, vers cet homme à qui, en définitive, elle devait la vie. Elle poussa un cri plaintif, tomba sur les genoux et joignit les mains en balbutiant, la voix pleine de larmes :

— Monsieur, j'oublie tous mes devoirs ; vous m'avez sauvé la vie, ainsi que celle de mon bébé. Comment pourrai-je jamais vous remercier ?

Joignant le geste à la parole, elle prit les mains de l'homme, qu'il lui arracha aussitôt avec violence pour s'éloigner en émettant un horrible juron.

— Je suis désolée, murmura-t-elle. Je n'avais pas l'intention de vous importuner.

— Je n'aime pas qu'on me touche, lui répondit-il en s'éloignant davantage encore.

— Pourquoi dites-vous des choses pareilles ? protesta-t-elle en se relevant pour le rejoindre près de la fenêtre où il se rencognait.

— Cela ne vous regarde pas, maugréa-t-il sans la regarder.

Il se retourna et poursuivit :

— Il est nécessaire que j'en sache un peu plus sur vous, madame.

— Ce que vous devez savoir avant tout, c'est qu'il n'y a pas ici de *madame.*

Et voilà ! elle l'avait dit ! Elle s'était pourtant plus ou moins résolue à mentir sur ce point crucial, se faire passer pour une veuve éplorée ; la vérité avait jailli, presque à son insu.

L'homme ne cilla pas. Doucement, il reprit :

— Si je comprends bien, je dois vous appeler *mademoiselle* ?

— Mary ; juste Mary.

— Aviez-vous de la famille ou des amis, sur *Le Chanceux* ?

— Non ; je n'avais même pas de billet ; c'est vous dire !

Les sourcils de l'homme se haussèrent, le regard se chargea de reproche. Il dit :

— Je m'étais douté que vous étiez une passagère clandestine sur ce bateau.

Passagère clandestine, oui, et ce n'avait pas été pour elle une partie de plaisir ; à la pensée de tout ce qu'elle avait enduré, Mary sentit ses forces l'abandonner de nouveau et elle porta la main à son épaule qui la faisait souffrir davantage ; l'homme reprit :

— Le Dr MacEwan pense que vous avez reçu un choc sur la clavicule.

— Un médecin m'a examinée ?

— Oui ; vous ne vous en souvenez pas ?

— Je… je crains que non.

Mary essaya, en vain, de réprimer un bâillement ; sa lassitude redevenait insurmontable, décidément ; ses paupières s'alourdissaient.

— Vous devriez vous reposer encore.

Elle acquiesça d'un hochement de tête à ce conseil donné d'une voix différente, avec moins d'impatience.

— Vous avez raison, murmura-t-elle ; je vous renouvelle mes remerciements, monsieur.

— Jesse.

— Je vous demande pardon ?

— Appelez-moi *Jesse.*

L'homme s'éloigna à grands pas en direction de la sortie. Sur le seuil il se retourna.

— Allez donc vous reposer.

Jesse sortit de la maison en courant et se dirigea vers l'enclos en émettant un coup de sifflet bref et strident ; d'Artagnan arriva en hennissant de joie, ayant déjà compris qu'une course se préparait. Il ne lui fallut que quelques minutes pour le seller et prendre avec lui le chemin sinueux conduisant à la plage. Dès qu'ils furent sur le sable, il se lança au galop.

Pendant quelques instants, il se sentit pris d'un sentiment proche de l'enthousiasme, dans le vent qui ébouriffait ses cheveux et gonflait sa chemise ouverte tandis qu'il recevait en pluie l'eau et le sable soulevés par les sabots de son cheval. Du coin de l'œil, il pouvait apercevoir l'île de Sand puis l'immensité bleue qui s'étendait au-delà de l'estuaire ; là était son monde, toute sa vie. C'était là qu'il se sentait bien, parce que sans entraves, parce que seul, pour toujours ; cette pensée le ramena à son problème. Il devait se débarrasser de Mary Dare, et vite ; parce qu'elle lui rappelait trop qu'il vivait dans un monde désespérément vide et par là même insupportable.

A la voir vêtue de cette robe de mousseline verte, il avait failli tomber sur les genoux. Le souvenir l'avait transpercé comme un coup de dague bien effilée ; c'était hier ! C'était hier qu'il avait vu Emily virevolter devant lui, dans le salon de leur belle maison de Portland, pour lui faire admirer cette même robe ; et elle riait, riait...

— Je l'ai mise pour toi, Jesse ; juste pour toi.

— Oh, Em ! je préférerais que tu l'enlèves, juste pour moi.

Alors elle avait rougi, et gloussé pour cacher sa gêne. Et elle avait répondu :

— Plus tard, mon amour ; nous avons tout le temps devant nous.

Jesse ferma ses yeux emplis de larmes et planta ses talons dans les flancs de son cheval.

Ils s'arrêtèrent près du vieux hangar à bateaux construit dans une anse au pied de la colline nommée Scarborough ; cette structure délabrée abritait encore un bateau-pilote qui n'avait plus aucune utilité depuis que les remorqueurs se chargeaient de tirer les navires dans l'estuaire, mais que Jesse entretenait et maintenait en parfait état de marche, tout en sachant qu'il ne l'utiliserait jamais car, depuis l'accident arrivé à Emily, il avait peur de la mer.

Pensif, malheureux, il s'en revint au phare. Au détour du chemin menant à sa maison, il découvrit Fiona MacEwan qui l'attendait, assise sur les marches du perron et qui, de loin, lui lança :

— Je suis venue pour voir comment se portait notre patiente.

Il descendit de son cheval, qu'il fit entrer dans l'enclos, et répondit d'une voix sans timbre :

— Elle s'est réveillée.

Instantanément, le visage du médecin se mit à rayonner de joie, tandis qu'elle se levait et s'approchait en s'exclamant :

— Vraiment ? Alors, elle va bien ? Est-ce qu'elle t'a dit son nom ?

Jesse retira la selle de son cheval, la posa sur la barrière. Toujours aussi morne, il murmura sans desserrer les dents :

— A ce qu'il paraît, elle s'appelle Mary Dare. Elle n'a pas de famille.

Il ne voulut pas révéler qu'elle avait voyagé comme passagère clandestine, sur *Le Chanceux*, préférant en connaître davantage sur les circonstances du voyage avant de les divulguer autour de lui. Le peu qu'il en savait alors lui donnait à penser qu'il hébergeait une voleuse, pis peut-être : une meurtrière ; ou alors, une pauvre femme fuyant le malheur ?

— La vie doit être bien difficile pour elle, soupira Fiona MacEwan ; seule dans le vaste monde, tu imagines ?

— Croyez-vous que ce soit si terrible ?

— Pas toi, Jesse ?

— Allons, Fiona ; réfléchissez.

La femme toisa Jesse et lui répondit avec un petit sourire :

— La plupart des êtres humains recherchent la compagnie de leurs semblables ; je suppose que tu es capable de comprendre cela.

Puis elle lui pinça la joue, assez rudement, en ajoutant :

— Est-ce qu'on t'a déjà dit, Jesse Morgan, que tu étais le plus bel homme de nos contrées ?

— Non ! gronda Jesse, furieux, en secouant la tête.

— C'est pourtant le genre d'information qui importe à certaines femmes.

— Pas vous, j'espère.

Fiona cligna de l'œil.

— Pas le moins du monde ; rassure-toi.

Une des raisons pour lesquelles Jesse tolérait la présence de cette femme : avec elle, il ne risquait rien.

Ensemble, ils gravirent les marches du perron et rentrèrent dans la maison ; Fiona reprit :

— Si cette femme dit qu'elle n'a pas de famille, cela signifie, je pense, qu'il n'y a pas de mari non plus.

— C'est, en tout cas, ce qu'elle m'a dit.

— Je vois.

Ce « je vois » n'impliquait pas un jugement de la part de Fiona ; Jesse, qui l'appréciait aussi pour sa largeur d'esprit, proposa :

— Maintenant qu'elle est capable de se débrouiller seule, vous pourriez l'emmener en ville pour l'aider à s'installer et…

— Holà, holà ! pas tant de hâte, mon garçon ! s'exclama Fiona, qui précéda Jesse dans la maison.

Elle posa sa trousse sur la table de la cuisine et se dirigea vers la petite chambre attenante.

Jesse, qui s'était arrêté sur le seuil, retint sa respiration : toujours vêtue de la robe d'Emily, la jeune femme dormait paisiblement, nimbée de soleil.

« Plus tard, mon amour ; nous avons tout le temps devant nous… »

Halluciné, il crut un moment voir sa défunte épouse allongée sur ce lit, et il secoua la tête avec violence, en se rappelant qu'il ne s'agissait *que* de Mary Dare, une femme qui n'était rien pour lui.

La lumière jouait dans les cheveux de celle-ci et leur donnait des reflets cuivrés, mettait aussi en valeur la blancheur remarquable du teint en soulignant les larges cernes sous les yeux. Mary Dare restait frêle d'apparence.

— Elle est aussi faible qu'un chaton nouveau-né, murmura Fiona ; dans son état, il est hors de question que je la traîne en ville.

— Mais…, émit Jesse, désappointé.

— Pour le moment, elle reste ! trancha Fiona, les poings sur les hanches et le menton haut. Est-ce que cela te semble difficile ?

— Oui.

— Dans ce cas, surmonte la difficulté, Jesse. Pour une fois, pense à quelqu'un d'autre qu'à toi.

Toujours dormant, Mary Dare gémit et s'agita un peu.

— Désolée de te parler aussi rudement, poursuivit Fiona ; mais tu es parfois un homme très agaçant, Jesse Morgan.

— Je veux bien veiller sur elle jusqu'à la fin de la semaine, proposa Jesse, mais les mots sur sa langue avaient un goût amer. Je ne lui consacrerai pas une minute de plus.

Tournant le dos pour ne pas voir l'insupportable sourire triomphant de Fiona, il se hâta de sortir.

— Comment vous sentez-vous, ce matin ? interrogea Jesse, d'une voix qu'en son for intérieur il jugea aussi rugueuse et désagréable à entendre que le bruit d'une vieille porte tournant sur des gonds rouillés.

Le sourire de Mary Dare fit paraître plus pâle la belle lumière du soleil qui inondait la cuisine.

— J'ai faim, dit-elle.

Sa robe de mousseline verte était fort chiffonnée et ses cheveux emmêlés, ce qui ne l'empêchait pas d'être magnifique.

— Il y a du bacon, dit Jesse désignant, de la pointe de son couteau, les mets assemblés sur la table devant lui ; et du pain tout chaud préparé par Palina ; un peu de café ?

— Je préférerais du lait, s'il y en a.

— Il y en a toujours ; les Jonsson élèvent une vache pour cela.

— Merveilleux ! quand pourrai-je rencontrer les Jonsson ?

— Bientôt ; pour le moment, ils accomplissent leurs tâches quotidiennes au sommet du phare.

— Qu'est-ce qu'ils y font, alors qu'il n'y a pas de brouillard ?

— Ils nettoient, ils entretiennent le matériel, mais ils seront bientôt de retour.

La jeune femme se restaurait avec un plaisir évident et, semblait-il, avec soulagement ; Fiona avait averti Jesse que les femmes enceintes éprouvaient le besoin de se nourrir plus qu'à l'ordinaire, et que certaines même pouvaient se montrer gloutonnes ; comme s'il ne l'avait pas su…

De nouveau, les souvenirs l'assaillirent.

« Jesse mon chéri, j'ai pour toi la plus merveilleuse des nouvelles ! Je viens de voir le médecin, et il m'a donné la confirmation que j'attendais : tu seras bientôt papa ! »

Pour penser moins à Emily, il s'astreignit à observer

Mary ; celle-ci semblait mieux aujourd'hui, avec une pâleur moins marquée, les yeux plus brillants, les cernes atténués. Excellent ! songea-t-il. Elle serait bientôt assez forte pour supporter un voyage en ville et alors il se retrouverait seul, libre.

— Voulez-vous que je vous prépare une boisson chaude ? demanda-t-il. Le Dr MacEwan m'a laissé une infusion très bonne dans les cas d'indigestion.

— Je n'en aurai pas besoin, lui répondit Mary, avec un sourire radieux.

Comme elle avait terminé de déjeuner, il s'empressa de se lever pour ramasser les assiettes et les bols, qu'il porta dans l'évier pour la vaisselle. Les mains dans l'eau, il dit :

— Si vous voulez vous reposer encore un peu, vous pouvez retourner dans votre chambre.

— Je préférerais marcher un peu.

— Allons donc ! Vous risquez de vous fatiguer.

— Une petite promenade ne me fera aucun mal ; le bon air est excellent pour la santé, savez-vous ?

Jesse acquiesça ; si Mary Dare pensait guérir plus vite en battant la campagne, pourquoi lui dénier ce droit, quand il n'y voyait que des avantages ? Elle n'avait aucune idée du fardeau qu'elle représentait pour lui.

— Nous pourrions aller jusqu'au rivage, proposa-t-il. Je connais un chemin qui n'est pas trop difficile.

La jeune femme sourit.

— Bonne idée, Jesse !

Jesse lui plaça sur les épaules un châle de laine tricoté par Palina et le tira par-devant, avec maladresse et assez rudement, pour le nouer. Mary se laissa faire, comme une enfant pleine de confiance, sans cesser de le regarder droit dans les yeux.

Ils partirent et marchèrent en silence, l'un précédant l'autre, et lorsqu'ils furent à mi-chemin Mary appela Jesse, qui se retourna.

— Est-ce que vous êtes fatiguée ? demanda-t-il, inquiet à l'idée de l'avoir épuisée et d'être ainsi obligé de la porter jusqu'à la maison.

— Non, non, ce n'est pas cela, Jesse.

— Quoi, alors ?

— Vous vous êtes montré plus que serviable et je serais la dernière à critiquer ce que vous avez fait pour moi, mais pourrais-je, toutefois, vous signaler un petit désagrément ?

— Lequel ?

— Il m'apparaît que vous n'êtes pas habitué à vous promener en compagnie.

— Pardon ?

— C'est vrai ; vous marchez comme un officier conduisant ses hommes à la bataille ! Quand deux personnes vont ensemble, il est d'usage qu'elles marchent côte à côte.

— Nous n'allons pas ensemble, répondit sèchement Jesse, qui reprenait son chemin. Vous avez dit que vous vouliez marcher ; eh bien vous marchez !

En un long soupir, la jeune femme manifesta son agacement, puis elle se hâta afin de gagner du terrain, malgré les difficultés qu'elle éprouvait à progresser dans les bottes trop grandes qui lui avaient été prêtées.

— Il ne s'agit pas seulement de marcher, reprit-elle. Nous pouvons aussi parler, échanger des idées.

— Je n'aime pas ça, dit Jesse, sans la regarder, en accélérant le pas.

Ils franchirent le barrage des dunes et parvinrent sur la plage. Enfin Jesse consentit à ralentir un peu, et il se tourna vers Mary pour indiquer :

— Il est visible que la solitude vous pèse, et j'en suis désolé pour vous. Mais autant vous prévenir tout de suite : ce n'est pas de moi qu'il vous faudra attendre de la compagnie ; déçue ?

— Oh, il en faudrait plus pour me décevoir ; si vous saviez !

Cette façon d'exprimer la souffrance avec la plus grande désinvolture piqua la curiosité de Jesse, qui pourtant se garda de l'exprimer. Il ne voulait pas savoir quelles déceptions Mary Dare avait connues dans le passé et encore moins connaître ce dont elle rêvait pour l'avenir.

— C'est par choix que je vis seul, déclara-t-il d'un ton bourru. Je ne *veux pas* de compagnie.

Les yeux écarquillés de surprise, la jeune femme hocha la tête et répondit :

— Si je comprends bien, vous n'avez pas vraiment

cherché à me sauver la vie et si vous aviez eu le choix vous ne seriez jamais descendu sur la plage le jour où la mer m'a rejetée.

Choqué par les sentiments inhumains qui lui étaient prêtés, Jesse voulut protester.

— Mary, je…

— Remarquez, je comprends. Ne pensons plus qu'à notre promenade.

Mary Dare jeta la tête en arrière et laissa le vent gonfler ses cheveux. Puis elle frissonna et observa :

— Il fait plutôt froid.

— Prenez mon manteau, proposa aussitôt Jesse.

— Non, le châle me suffit ; mais j'aimerais bien me débarrasser de ces bottes, car j'adore sentir le sable sous la plante de mes pieds.

Aussitôt dit, aussitôt fait. Mary Dare se retrouva pieds nus malgré la désapprobation de Jesse, qui grommela :

— Allons, remettez ces bottes ; vous aurez les pieds gelés, vous resterez malade plus longtemps et je vous aurai sur les bras plus longtemps qu'il n'est nécessaire.

— Un sort plus terrible que la mort, j'en conviens, nota la jeune femme, dont les pieds nus laissaient dans le sable mouillé une trace à peine visible.

« Elle est têtue et sans doute un peu folle », songea Jesse, qui se rappelait fort bien les jeunes femmes que ses grognements et ses mines sinistres avaient découragées ;

celle-ci, apparemment, n'était pas du tout sensible à ses arguments.

— Nous sommes vraiment au bout du monde, dit-elle un peu plus tard.

Et hop ! sans prévenir, elle passa son bras sous celui de Jesse, qui tressaillit et dès lors se déplaça avec gaucherie, ce dont elle se rendit compte.

— Quelque chose qui ne va pas ? demanda-t-elle.

Il regardait la main posée sur son bras comme s'il s'agissait d'un insecte répugnant ou dangereux. Il murmura :

— Il ne faut pas...

— Oh, j'avais oublié que vous n'aimiez pas les contacts.

Mary retira sa main et se mit à marcher plus vite, le visage offert au vent. Elle s'arrêta devant un énorme morceau de bois, qu'elle étudia longuement, observant les marques des chocs qu'il avait reçus des éléments avant d'échouer là, les trous creusés par les vers, certaines parties pourries déjà. Puis, sans un mot, elle reprit sa marche en frissonnant.

Jesse se demanda à quoi elle pensait. Au naufrage ? Au père de l'enfant qu'elle portait ? Il avait tant de questions à lui poser, et que pourtant il se refusait à prononcer. Il n'avait pas envie de savoir les rêves, les frayeurs et les espoirs qui emplissaient la jolie tête de Mary Dare.

Elle s'arrêta de nouveau devant le cadavre d'une mouette

toute pleine de sang et les ailes ouvertes, à demi arrachées au corps, comme si elle avait été torturée. Elle dit :

— Tout ce que rend la mer est abîmé à jamais.

Cette constatation — cette évidence ? — toucha Jesse comme un violent coup de poing dans le ventre. Il ne sut que répondre, comment réagir, et abasourdi, bouleversé, il regardait Mary qui était bien jolie avec les cheveux défaits et de grands yeux qui semblaient capables de détecter tous les mystères du monde, surtout les plus affligeants.

— C'est vrai que la mer est souvent rude, finit-il par convenir en détournant la tête.

— Oui…

Mary donna sa brève réponse d'un ton las, comme si elle avait soudain perdu tout espoir ; voilà qui ne lui ressemblait pas, mais Jesse, convaincu de n'y rien pouvoir, n'essaya pas d'en savoir davantage. Il reprit :

— Ce sont parfois des trésors que la mer rejette sur la plage.

Il se reprocha aussitôt cette réflexion inepte, ridicule.

— Des trésors ? Je n'en ai jamais vu, lui répondit Mary qui marchait, un peu courbée, pensive.

Jesse la laissa s'éloigner de quelques pas, puis il murmura :

— Moi, si.

La jeune femme n'entendit pas ses mots, qu'il prononçait pour son seul usage. Il la rattrapa et régla son pas de façon à pouvoir marcher à côté d'elle, ainsi qu'elle en avait exprimé le désir.

Perdus dans leurs pensées, ils terminèrent la promenade en silence.

6

— Vrai, je n'ai jamais autant dormi, murmura Mary en repoussant ses couvertures.

Assise au bord du lit, elle leva les yeux en direction de la fenêtre illuminée d'une lumière rose, qui parvenait à l'horizontale de derrière les grands arbres ; le soleil déclinait.

— J'ai dormi toute la journée, reprit-elle.

Elle se leva pour se diriger vers la table de toilette, sur laquelle elle se pencha afin d'asperger son visage. Puis, lissant tant bien que mal les plis de sa chemise de nuit, elle ouvrit la porte et entra dans la cuisine. Jesse Morgan s'y trouvait, occupé à préparer le repas.

Elle resta quelques instants sur le seuil, pour observer son hôte, qui se déplaçait sans hâte en traînant un peu les pieds, comme un homme chargé d'ans, alors qu'il était encore dans la force de l'âge ; qu'est-ce qui le faisait paraître si vieux ?

« Je n'aime pas qu'on me touche… »

Elle avait beaucoup de questions à poser, mais n'obtiendrait pas de réponses ; du moins, pas encore ; tout était affaire de patience.

Elle toussota. Jesse Morgan se figea devant le fourneau, en main le couvercle qu'il venait de soulever au-dessus de la marmite, et lentement il se retourna pour annoncer :

— Le dîner est prêt.

— Il m'apparaît qu'il sera délicieux, répondit Mary, en se dirigeant vers la table où elle s'installa, avant de reprendre :

— Tiens, où sont les fleurs que j'avais cueillies au cours de notre promenade ?

— J'ai mis le vase dehors.

Elle se releva et sortit pour trouver, effectivement, le vase de marguerites posé sur la plus haute marche de l'escalier. Elle s'en empara et rentra pour le poser délicatement au centre de la table.

— Les fleurs font des saletés, dit Jesse, de mauvaise humeur.

— Aucune importance, je nettoierai la table.

— Elles seront mortes dans quelques jours.

— J'en cueillerai d'autres.

Jesse Morgan leva les yeux au plafond, puis préféra changer de sujet :

— Avez-vous bien dormi ?

— Oui, trop bien, même ; je pense que la promenade d'hier m'a fatiguée plus que je ne le pensais.

Si la promenade l'avait fatiguée, la conversation l'avait

étonnée ; car Jesse Morgan lui avait parlé, plus d'une fois, pour lui adresser plus que quelques mots bougons. Elle s'était demandé avant de s'endormir, et se demandait encore, si cela signifiait un adoucissement d'attitude à son égard, si son hôte commençait à se soucier d'elle. Mais elle le regarda, qui pour lors lui tournait le dos et s'affairait comme si elle n'était plus là, et faillit éclater de rire ; Jesse Morgan était un ours, et ce ne serait certainement pas elle qui l'amènerait à changer.

— Voulez-vous que je coupe le pain ? demanda-t-elle.

Il sembla hésiter, puis acquiesça d'un hochement de tête.

Pendant qu'à la louche il prélevait de bonnes portions de ragoût qu'il déposait dans leurs assiettes, Mary choisit un couteau sur un buffet et entama la lourde miche de pain.

— Ce couteau sert à prélever les filets sur les poissons, lui fit remarquer Jesse.

— Il va aussi très bien pour couper des tranches de pain, répondit-elle, sans se démonter.

Jesse se servit un verre de bière et s'en tint là ; n'avait-elle droit à aucune boisson ? Elle jeta un regard plein de concupiscence en direction de la glacière posée dans un coin de la cuisine, et dit :

— Ces jours-ci, j'ai toujours envie de boire du lait.

Jesse rougit jusqu'aux oreilles et se leva pour aller chercher de quoi la servir ; elle ne put s'empêcher de sourire en songeant à ce que lui avait souvent dit sa mère : les hommes ne savaient pas comment se comporter en présence d'une femme enceinte, et c'était comme s'ils refusaient de reconnaître un lien entre l'acte d'amour et la présence visible d'un bébé dans le ventre d'une femme.

Avant de commencer son repas, elle fit un large signe de croix et baissa la tête pour murmurer un *bénédicité*. Quand elle eut terminé, elle s'aperçut que Jesse Morgan la regardait comme si elle eût été une bête curieuse.

— L'habitude, dit-elle ; et la foi aussi ; vous ne dites pas les grâces, vous ?

— Pour quoi faire ?

— Eh bien, pour remercier Dieu de ce qu'il nous donne, les fruits de la terre comme ceux de la mer ; la vie et la santé.

— Non.

Et voilà ! elle avait rencontré un païen !

— Je ne cesserai jamais de vous remercier aussi, s'empressa-t-elle d'ajouter ; c'est bien grâce à vous que je suis encore en vie ce soir, prête à déguster votre excellente préparation tout en profitant de… de votre compagnie si réjouissante.

Elle avait eu du mal à prononcer ces derniers mots en gardant un visage sérieux.

Le visage sombre et les sourcils froncés, son interlocuteur lui répondit :

— Je suis ravi que vous ayez survécu à votre naufrage,

et n'allez surtout pas imaginer le contraire. Mais je tiens à vous le répéter, c'est par choix que je vis en solitaire, et je ne suis pas habitué à partager ma maison.

— Je n'en avais pas la moindre idée, murmura Mary, qui se reprocha bien vite cette ironie déplacée et aiguilla la conversation vers un sujet moins sensible :

— Ce ragoût est délicieux, vraiment. Je puis vous l'avouer, j'ai passé une excellente journée et cela ne m'était plus arrivé depuis très longtemps.

C'était vrai : vivre tranquille en compagnie d'un ami était un rêve qu'elle avait fini par croire inaccessible. Il était juste de reconnaître que Jesse Morgan n'était pas tout à fait un ami, mais elle appréciait tout de même de le voir évoluer autour d'elle, dans ce coin perdu qui semblait séparé du reste de l'humanité souvent si méchante.

— Vous reprenez des forces, c'est évident, lui dit Jesse Morgan.

— C'est grâce à vous, répondit-elle, en se retenant à la table pour ne pas se lever afin d'aller lui mettre ses deux bras autour du cou.

— Demain, je vous conduirai en ville, où vous vous rétablirez encore plus rapidement, vous verrez.

— Vous savez, je me remets très bien ici.

Voilà pourquoi Jesse Morgan la gavait de bonne nourriture, pourquoi il la soignait si bien ! Il ne s'agissait que de l'engraisser, afin qu'elle eût bonne mine, pour pouvoir se débarrasser d'elle plus vite. Il dit :

— Vous ne pouvez pas rester ici.

Son appétit éteint, Mary reposa sa fourchette et repoussa son assiette.

— Qui aurait envie de rester avec vous, d'ailleurs ? Je vous le demande ! Depuis que je suis levée, vous m'avez bien fait sentir à quel point j'étais une intruse dans votre petit monde clos.

Les yeux écarquillés d'horreur, elle claqua la main sur sa bouche ; ah, sa langue trop bien pendue ! Maman lui avait toujours dit qu'elle parlait trop vite et que cela lui attirerait des ennuis. Penaude, elle reprit :

— Je vous prie de m'excuser ; les mots ont dépassé ma pensée. Vous m'avez sauvé la vie, ce qui ne me donne aucun droit à attendre de vous davantage.

Desserrant à peine les dents, Jesse Morgan lui répondit :

— Il y a un bon hôtel à Ilwaco, ainsi que plusieurs pensions de famille. Songez aussi qu'en ville vous serez plus proche du médecin, en cas de besoin.

Comment lui expliquer ? Pouvait-elle lui avouer qu'elle était en fuite ? En fuite ! Elle avait atteint le bout du monde et maintenant il voulait la renvoyer ; vers quoi ? Elle sentit monter la nausée, contre laquelle elle lutta avec succès. Elle était allée trop loin pour céder encore à la terreur.

Essayant de ne pas trembler, elle traça, du bout de l'index, un cercle autour d'un nœud dans le bois de la table.

— Savez-vous ce que c'est, Jesse Morgan, que d'être

dépouillée de tout et même des vêtements que vous avez sur le dos ?

Il eut un regard étonné.

— Non.

— Eh bien, c'est une sensation extraordinaire ; libératrice ; effrayante aussi.

— Je peux vous prêter un peu d'argent jusqu'à ce que vous ayez trouvé une situation.

— Parce que je pourrais en trouver une, dans cette ville que vous nommez Ilwaco ? Croyez-vous qu'on y acceptera une femme enceinte, mais non pourvue de mari ?

— Et pourquoi pas ?

Mary écarquilla les yeux ; tant de naïveté, cela dépassait l'entendement, surtout venant d'un homme qui avait pris, c'était évident, la mesure de la méchanceté humaine.

— Les gens ont l'esprit étroit et le cœur froid, dit-elle gravement.

— Ce n'est pas mon problème, grommela-t-il.

— Ce devrait l'être ! Vous êtes un homme insensible… un monstre !

— Hé ! je ne vous ai pas demandé de venir vous échouer sur ma plage !

— Excusez-moi, je n'ai pas fait exprès !

Penchés l'un et l'autre sur la table, ils se défièrent du regard, dans un moment de silence terrible. Puis Mary sentit monter en elle une hilarité qu'elle fut incapable de retenir, et bientôt elle éclata de rire. Rejetée en arrière, les yeux au plafond, elle rit à gorge déployée, rit jusqu'aux larmes qu'elle essuya sans élégance, avec sa manche.

— Vous devenez hystérique, lui dit Jesse Morgan, d'un ton sinistre. Vous devriez aller vous reposer.

— Je me suis reposée toute la journée. Je me repose depuis dimanche. Et si vous voulez le savoir, ce n'est pas de vous que je riais, mais de… En fait, je ne sais pas trop ; de la situation, peut-être ? Je n'avais aucune raison de survivre, et pourtant c'est arrivé.

— Si, il y a une raison…

Jesse Morgan s'interrompit et se leva brusquement pour prendre la direction de la porte devant laquelle il s'arrêta, frappant le chambranle de son poing fermé.

— Que voulez-vous dire ? demanda Mary avec douceur.

— Rien ; ce que je voudrais savoir, c'est pourquoi vous prétendez n'avoir ni famille ni amis.

— Parce que c'est vrai.

— Tout le monde a quelqu'un.

— Même vous, Jesse ? Vous avez quelqu'un ?

Il se retourna pour la regarder.

— J'ai mes parents, mais ils sont partis pour un long voyage en Europe ; une sœur aussi, que je n'ai pas vue depuis longtemps.

— Comment s'appelle-t-elle ?

— Annabelle ; elle…

Il se mordit la lèvre, croisa les bras et reprit :

— C'est de vous que nous parlons, pas de moi. Je désirerais envoyer une lettre ou un câble. Il y a sûrement quelqu'un qui…

Mary explosa :

— Puisque je vous dis que je n'ai personne ! personne ! Est-ce que vous comprenez ?

Elle posa la main sur son ventre, instinctivement, car elle savait déjà quelle serait la prochaine question : qui lui avait fait ce bébé ? Pour ne pas avoir à répondre, elle sortit de la cuisine en claquant derrière elle la porte avec une violence inouïe. La vision obscurcie par les larmes, elle traversa la cour et prit le chemin conduisant au phare ; la lanterne n'était pas encore allumée pour la nuit et, formidable, la tour se dressait dans le jour finissant, comme une sentinelle.

Elle entendit des pas précipités derrière elle. Essuyant en hâte les larmes sur ses joues, elle se retourna pour affronter Jesse Morgan, à qui elle lança :

— Quand vous m'avez trouvée, je fuyais ; je voulais partir le plus loin possible ; il m'importait peu d'arriver au bout du monde et de tomber dans le vide. Est-ce que vous comprenez cela ?

— Je comprends, répondit Jesse Morgan, sincère.

— Dans ce cas, vous devez comprendre aussi ce que je ressens ; ce n'est pas par hasard si j'ai échoué ici, sur la grève.

— Détrompez-vous ; nous avons ici, à cause de la

barre rocheuse, plus de naufrages que sur tout le reste de la côte.

— Je ne parlais pas de naufrages!

Mary tendit les bras et, avant que Jesse Morgan eût pu se soustraire à son avance, elle lui prit les mains en poursuivant :

— Je vous en supplie : ne me livrez pas à la police.

— Que je vous livre...

Jesse Morgan ne savait plus que dire. Il regardait leurs mains liées. Mary s'attendait qu'il la rejetât, mais il n'en fit rien et s'avança, au contraire, pour s'enquérir :

— Expliquez-moi d'où viennent vos ennuis. Avez-vous volé quelque chose; tué quelqu'un?

— Certainement pas; et vous vous en doutez. Au fond de vous-même, vous savez très bien que je ne suis pas une criminelle.

Elle posa la main sur son ventre. Geste inapproprié, elle le savait, et qui risquait d'indisposer son interlocuteur, mais elle ne put se retenir, et elle poursuivit :

— Est-ce que mes ennuis ne sont pas évidents?

Jesse Morgan bondit en arrière comme si elle venait de lui montrer des horreurs et, tout rouge, il s'écria :

— Vous n'avez pas honte?

— Eh bien, quoi? Je voulais seulement...

— Ce que je veux, *moi*, c'est qu'on me laisse en paix; éloignez-vous de moi, Mary. C'est tout ce que je vous demande.

Et Jesse Morgan s'élança en direction du phare.

Mary regarda s'éloigner à grands pas cette longue silhouette courbée dans l'effort et qui s'estompait peu à peu dans la lumière rouge. Elle savait qu'elle ne reverrait plus Jesse Morgan avant le lendemain matin, car il était astreint à passer toute sa nuit au sommet de la tour, pour surveiller la lampe ; quelle morne existence il menait, à regarder ainsi passer des bateaux qu'il ne prenait pas ; ne se demandait-il jamais d'où ils venaient, où ils allaient ? Eprouvait-il parfois le désir de quitter cet endroit ? Et, question primordiale, quel drame de son passé l'avait incité à vivre ainsi en ermite ?

Alors que la lumière de l'aube perçait avec difficulté l'énorme masse de nuages noirs surgie à l'horizon, Jesse écrivait dans le journal de bord où il avait mission de consigner les événements et les incidents quotidiens. Il avait le style bref et sec :

« Mer agitée, fort vent de sud-ouest ; on, s'attend à de fortes bourrasques. »

Le dimanche précédent, il avait noté :

« Trouvé sur la plage la rescapée d'un naufrage. »

Il s'en était tenu là et n'avait même pas voulu consigner le fait que la jeune femme était enceinte, probablement parce que ainsi il eût été obligé de la considérer comme une personne, non comme un fait, une péripétie afférente à ses devoirs de gardien de phare. A cela il n'était pas prêt. Il ne serait jamais prêt.

Il termina son rapport journalier, essuya avec soin le bec de sa plume et but une dernière tasse de thé tiède. Puis il vérifia la lanterne et examina le ciel de plomb ; l'orage ne tarderait plus à éclater. Il contrôla l'heure pour constater qu'il arrivait bientôt au terme de sa veille ; dans peu de temps, Magnus arriverait pour prendre la relève et accomplir les premières corvées diurnes.

Il sortit sur la passerelle et s'offrit au vent déjà violent, aux premières gouttes de pluie. Il aimait le gros temps, qu'il prévoyait d'instinct, avant même que d'en avoir observé les signes annonciateurs. Agrippé à la rambarde de fer, il était comme le capitaine d'un navire ; un navire qui n'irait nulle part.

Sur l'océan déchaîné, une tache blanchâtre attira soudain son attention ; il se pencha et cligna des yeux. Bientôt il reconnut une embarcation en péril qui tanguait sur les vagues en essayant de gagner la côte ; par intermittences, elle disparaissait dans de véritables gouffres aquatiques.

Jesse abandonna son poste d'observation pour rentrer à l'intérieur du phare, où il s'activa : la cloche se mit à tinter. Sans attendre, il descendit l'escalier, et toujours courant sur le chemin se dirigea vers l'enclos pour sauter à cru sur d'Artagnan, qu'il conduisit vers la plage.

Le bateau était toujours visible, et toujours en grande

difficulté car les vagues le poussaient inexorablement vers la barre rocheuse où il se fracasserait ; il n'y avait pas de temps à perdre. Jesse dirigea son cheval vers la mer où il le fit entrer jusqu'au poitrail. C'était une manœuvre à laquelle il l'avait de longtemps entraîné, aussi n'eut-il aucune difficulté à se faire obéir, malgré les vagues qui les giflaient tous deux avec violence.

La bataille pouvait commencer ; c'était dans ces circonstances seulement que Jesse trouvait encore une justification à son existence. Mieux : il se sentait revivre. A combattre la mer déchaînée, il reprenait des forces. Certes, il ne retournerait jamais naviguer, car l'horreur du passé restait toujours présente à son esprit pour l'en dissuader. Mais là, à la conjonction de l'eau et de la terre, il était dans son élément, il n'avait pas peur sur son cheval qui nageait vigoureusement en direction du bateau malmené.

C'était un canot de sauvetage dont Jesse put apercevoir la coque arrondie malgré l'épais rideau de pluie, juste avant qu'une vague aussi haute qu'une maison se dressât pour lui en barrer la vue ; cette formidable masse d'eau se déplaçait vers lui à vive allure et il pressa les flancs de sa monture qui commençait à se débattre, prévoyant elle aussi le moment où elle serait submergée.

Le temps sembla s'immobiliser pour Jesse qui, étonné, voyait passer devant lui d'innombrables bulles d'argent ; non, pas des bulles, mais des étoiles qui tourbillonnaient autour de lui. Il ne pouvait plus respirer, ses poumons semblaient sur le point d'exploser. Dans un moment, il le sut, tout serait fini pour lui, et cela ne l'affolait, ne le chagrinait même pas.

Puis, toujours chevauchant, il se retrouva sain et sauf, au creux de la vague. Tout en prenant une forte inspiration, il essuya ses yeux pleins d'eau et revit le canot en détresse, si près de lui maintenant qu'il put presque lire le nom peint sur la coque, en caractères cyrilliques ; des Russes, donc ; quelques marins, de pauvres hommes perdus qui maniaient leurs avirons avec fébrilité et sans efficacité aucune ; l'un d'eux aperçut Jesse et hurla de terreur ; il avait dû le prendre pour un des cavaliers de l'Apocalypse, chargé de les conduire en enfer ; mais un autre, plus avisé, moins affolé, attrapa un rouleau de corde qu'il lui lança.

Emmitouflée des pieds à la tête, Mary se tenait sur la plage avec Palina et observait avec angoisse le drame qui se jouait devant elle.

Quand la cloche l'avait réveillée, elle s'était précipitée à la fenêtre ; Magnus et Erik à dos de cheval galopaient en direction de la plage. Elle avait voulu y aller aussi, et n'était arrivée au bord de la mer déchaînée que pour voir Jesse submergé par une vague monstrueuse. Pétrifiée d'horreur, la respiration coupée, elle avait attendu qu'il reparût, et le temps s'était tellement étiré qu'elle l'avait cru perdu. Au moment où elle abandonnait tout espoir de le revoir, il avait surgi de nouveau, et c'était la mer qui semblait le rejeter parce qu'il refusait de se soumettre.

Il avait réussi à relier le canot à l'encolure de son cheval, lequel bondissait vers la plage en fendant les vagues déferlantes qui alternativement le poussaient et tentaient de l'aspirer vers le large.

Le vent soufflait avec une telle violence que Mary et Palina devaient se tenir l'une à l'autre pour ne pas être précipitées au sol.

Magnus et Erik attendaient, dans l'eau jusqu'aux hanches, pour tirer vers la plage le canot dans lequel six marins s'agitaient en hurlant des paroles incompréhensibles et commençaient à sauter dans l'eau pour s'accrocher aux chevaux afin d'être déposés plus vite sur la terre ferme.

— Venez, nous devons apporter notre aide à ceux qui sont blessés, dit Palina en prenant Mary par la main.

Celle-ci se dépêcha d'aller à la rencontre des naufragés. Alors qu'elle agrippait l'un des hommes pour l'attirer sur le sable, elle jeta un coup d'œil en direction de Jesse toujours dans l'eau. Elle l'avait imaginé concentré, sérieux, tendu dans la lutte implacable contre les éléments, mais ce qu'elle découvrit alors la choqua au plus haut point.

Le visage de Jesse reflétait une joie immense et sauvage, effrayante d'intensité.

7

— Vous risquez d'attraper la mort, dit Mary restée sur le seuil de la grange où Jesse Morgan soignait les chevaux. Vous n'avez même pas pris le temps de vous sécher ou de vous restaurer.

— Si je tombais malade chaque fois que je me mouille, lui répondit-il sans la regarder, je serais mort depuis longtemps.

Il continua de brosser d'Artagnan, à qui il murmura quelques mots que la jeune femme ne put entendre.

— Est-ce que vous avez l'habitude de parler à vos chevaux ? demanda-t-elle.

— Oui, et eux, au moins, ne me posent jamais de questions indiscrètes.

— Très amusant, fit-elle en pensant que Jesse Morgan avait un sens très particulier de l'humour ; à condition qu'il s'agît bien d'humour, ce qui restait à démontrer.

Elle s'avança dans la pénombre de la grange et questionna encore :

— Que puis-je faire pour vous aider ?

Toujours sans cesser de travailler, Jesse Morgan lui répondit :

— Donnez un picotin d'avoine à chacune de mes bêtes.

Le silence retomba pour un moment. En s'activant à la tâche qui lui avait été assignée, Mary reprit :

— Que feront les marins ?

— Puisque aucun d'entre eux n'a été blessé, ils peuvent aller directement au bureau du télégraphe, en ville. Ils n'auront qu'à envoyer un message à leur compagnie maritime et attendre le prochain bateau pour la Russie.

— Restent-ils parfois ici, les gens qui survivent aux naufrages ?

Un très bref instant, la main de Jesse Morgan s'arrêta sur le pelage du cheval qu'il était en train de bouchonner ; il répondit :

— Non, personne ne reste. Jamais.

Mary versa les portions d'avoine puis tourna son regard vers Jesse en demandant :

— Est-ce qu'il vous arrive de rire ?

Il haussa les épaules.

— Je ne vois pas l'intérêt de cette question.

— Et moi, je le vois très bien. Je me demande s'il vous arrive de trouver certaines situations amusantes.

— Rarement ; surtout quand j'ai travaillé toute la nuit et passé une partie de la matinée à lutter contre les éléments déchaînés.

— Oui, mais vous aimez cela : vous battre contre les vagues.

Cette fois, Jesse Morgan s'interrompit pour de bon et se releva à demi pour protester :

— Ce n'est pas vrai !

— Inutile de vous mettre dans cet état ; je vous faisais simplement part d'une observation que j'avais faite.

— Eh bien, vous avez mal observé. Et au lieu de bavarder à tort et à travers, vous feriez mieux de rentrer à la maison pour mettre des vêtements secs.

— Dois-je comprendre que vous me chassez ?

— Je n'aime pas être distrait sans cesse quand j'ai à travailler.

Inutile d'insister, Mary émit un soupir fâché et sortit de la grange à grands pas. Parvenue dans le pré, elle se retourna pour voir si, par hasard, Jesse Morgan ne la regardait pas, plein de remords parce qu'il s'était montré brusque avec elle. Eh bien, non : il continuait de travailler comme si de rien n'était.

Il se pencha pour ramasser quelque chose par terre, puis retira sa chemise qu'il tordit. Immobile dans la lumière grise de ce jour pluvieux, Mary avait perdu la notion du temps, elle observait. Jesse Morgan prit un seau d'eau, se doucha, avant de s'envelopper dans une couverture. Puis il eut un geste extraordinaire. Il enlaça l'encolure de d'Artagnan, contre lequel il laissa aller son front, et ne bougea plus.

Il avait l'air à la fois si épuisé et si malheureux que Mary eut envie de courir à lui pour le réconforter. Le cœur serré, elle s'éloigna pourtant, à regret.

Jesse dormit longtemps dans la grange. Jamais encore il ne lui était arrivé de se laisser tomber sur le tas de foin et, en sombrant dans le sommeil, il avait eu le temps de se dire qu'il était très réconfortant de trouver le repos en ce lieu, dans les fortes odeurs du fourrage et des animaux. Mais en s'éveillant il eut une autre idée. S'il en était réduit à cela, c'était parce que Mary Dare le chassait de sa maison.

En marmonnant, il remit sa chemise encore humide et il jura parce que le tissu froid lui collait à la peau ; tout était la faute de cette femme qui avait fait irruption dans sa vie et le perturbait.

Elle devait partir, et pourquoi resterait-elle encore, puisqu'elle était complètement rétablie ? N'avait-elle pas consacré une bonne partie de la journée aux marins russes, qu'elle avait conduits à la maison des Jonsson pour les aider à sécher leurs vêtements et à qui elle avait distribué de la nourriture avec autant d'aisance et de naturel que si elle eût accompli ce travail depuis de longues années ? N'avait-elle pas gratifié le plus jeune d'un sourire si radieux que celui-ci s'était comprimé la poitrine à deux mains avant de s'écrouler dans le sable, donnant ainsi, avec bonne humeur, le spectacle d'un homme touché par la flèche de Cupidon ?

Cette femme semait le trouble autour d'elle ; c'était indéniable.

Jesse devait lui ordonner de partir. Il y allait même de ce pas.

Il courut donc à sa maison, ouvrit la porte avec violence et, sur le seuil, demeura pétrifié.

Pendant quelques secondes, ni lui ni Mary, qu'il voyait dans la cuisine, n'esquissèrent le moindre mouvement dans l'atmosphère pleine de vapeur et imprégnée d'une riche odeur de savon.

Pendant un court instant, Jesse avait cru être le jouet de ses sens affaiblis par la fatigue et la faim : Mary Dare mijotait dans la vieille baignoire en zinc qu'elle avait traînée jusque devant le fourneau ; elle s'enfonça jusqu'au menton pour dissimuler sous l'eau deux seins ronds et pleins, globes parfaits qui éveillèrent en Jesse un désir animal.

Après ce moment de gêne partagée, Mary la première reprit ses esprits.

— Jesse ! s'exclama-t-elle, d'un ton faussement dégagé ; je ne vous attendais pas si tôt.

Mais elle avait les joues écarlates.

Jesse, lui aussi, voyait rouge. Pour ne pas commettre d'impair, il préféra jeter à la belle un regard furibond, avant de tourner les talons et de sortir en claquant la porte derrière lui.

Il resta longtemps sous le porche dans la lumière toujours si vive du soleil couchant après la tempête. Il avait envie de hurler et ne savait comment faire baisser l'extrême tension qu'il sentait en lui. Lentement, il compta jusqu'à dix ; puis jusqu'à vingt ; mais cela ne lui servit à rien, tout son corps était en feu. En chacune de ses cellules, il ressentait les ravages de la passion charnelle.

Il avait oublié la puissance du désir. Ou peut-être ne l'avait-il jamais connue. Quoi qu'il en fût, c'était une expérience qu'il n'avait plus aucune envie de connaître. Il n'avait donc pas besoin d'une dévergondée qui s'exhibait pour lui rappeler qu'après tant d'années de vie recluse il était toujours un homme attiré par le sexe opposé.

La porte grinça derrière lui ; retentit la voix de Mary Dare :

— Jesse ? Je suis désolée. Je ne voulais pas… il n'était pas dans mes intentions… Ah, écoutez-moi ! Voilà que vous me faites rougir de nouveau. Entrez plutôt ; le souper est prêt.

Jesse refusa de se retourner.

— Jesse, insista la jeune femme, qui semblait émue, encore qu'il était aisé de percevoir, dans le ton qu'elle employait, certains signes montrant qu'au fond d'elle-même elle s'amusait beaucoup.

— Bon… bon… je viens, finit par jeter Jesse, d'une voix fort rude.

— Ne tardez pas trop.

Pourquoi se mettrait-il à la porte de sa propre maison ? Il entra donc et, le regard fixe, se hâta de monter dans sa chambre pour se changer et passer des vêtements secs. Mais il fallait bien redescendre dans la cuisine, puisqu'on l'y attendait. Au bas de l'escalier, il ne put s'empêcher de noter que Mary Dare, qu'il voyait de dos devant le fourneau, s'était vêtue en hâte : elle n'avait pas mis tous les boutons dans les bonnes boutonnières.

Pendant un moment il se demanda s'il n'allait pas tout lui dire, s'expliquer vraiment en lui apportant son aide pour les derniers préparatifs du repas. Il se vit même lui ôtant quelques mèches de cheveux qu'elle avait dans les yeux, pour lui rendre la tâche plus facile, bien sûr ; elle sentait bon le savon et la lavande, et nul doute qu'elle avait la peau douce, une peau agréable à effleurer du bout des doigts. Courageusement, il bannit ces visions tentatrices.

Inconsciente de l'agitation qu'elle suscitait, Mary Dare souleva le couvercle de la marmite ; s'éleva vers le plafond une vapeur épaisse fleurant bon le chou et le bacon.

— Ragoût irlandais, annonça-t-elle sans se retourner ; recette de ma mère ; vous pouvez vous asseoir, Jesse.

Il n'était pas habitué à tant d'égards ; n'était pas habitué à voir quelqu'un préparer son repas. Brutalement, il tira une chaise par le dossier et s'y laissa tomber, pendant que Mary Dare remplissait son assiette d'une énorme portion du ragoût irlandais, plat dont il n'avait jamais entendu parler et à propos duquel son premier mouvement avait été de le refuser, mais il mourait de faim. Le front penché, il plongea sa fourchette dans le mélange de pommes de terre, d'oignons, de chou et de bacon, en ingurgita plusieurs grandes bouchées avant de relever la tête pour boire une longue gorgée de bière.

Mary Dare, qui l'avait observé en silence depuis l'autre côté de la table, lui dit alors :

— Si je comprends bien, vous aimez ça ?

— J'avais faim ; la journée a été longue, répondit-il en jetant un coup d'œil en direction de la fenêtre. Il fait pratiquement nuit. Si quelqu'un avait eu la bonne idée de venir me réveiller, nous aurions pu dîner plus tôt.

Ignorant la rudesse des propos, le reproche injuste, Mary Dare sourit gentiment. Elle but un peu de lait avant de poursuivre :

— Je suis bien allée faire un tour à la grange, mais quand j'ai vu que vous dormiez si bien je vous ai recouvert et je suis sortie sur la pointe des pieds.

— Un jour perdu, murmura Jesse.

Il le pensait vraiment.

— Un jour perdu ? s'exclama la jeune femme en haussant les sourcils. Vous avez sauvé six vies et vous estimez que vous avez perdu votre temps ?

Il haussa les épaules et se pencha de nouveau sur son assiette.

— Je n'ai accompli que mon travail, expliqua-t-il entre deux bouchées voraces. Le sauvetage des naufragés figure dans mon contrat d'engagement.

— Pourquoi aimez-vous tant cela, Jesse ?

Il s'interrompit, la fourchette en l'air, et jeta un regard furieux à Mary Dare.

— Je n'aime pas cela, dit-il. Je le fais, c'est tout.

Mary insista.

— Si, vous l'aimez ; je vous ai observé, vous savez. C'était quand le danger était le plus grand que vous sembliez le plus joyeux. La vague énorme qui vous a englouti avec votre cheval aurait dû vous broyer, mais vous vous en êtes sorti et j'ai vu que vous aviez aimé cette épreuve.

— C'est bien l'idée la plus ridicule que j'aie jamais entendue ! s'exclama Jesse. Enfin, quoi ! il y avait un canot plein d'hommes que la tempête risquait d'envoyer se fracasser sur la barre rocheuse et j'ai déployé tous les efforts possibles pour empêcher cela. Quoi de plus normal ? Je ne vois pas ce qu'il y aurait d'amusant là-dedans.

Son interlocutrice se le tint pour dit et absorba quelques bouchées en silence ; ainsi, il lui avait cloué le bec ! Il apprécia le silence retombé sur la cuisine, point trop longtemps hélas car, bientôt, il eut droit à une nouvelle question :

— Comment se fait-il que vous puissiez entraîner votre cheval dans ce genre d'aventures ?

— Une affaire d'entraînement, c'est tout, répondit-il laconiquement en raclant son assiette.

Sans lui demander s'il en voulait encore, Mary Dare se leva et lui servit une deuxième portion du ragoût irlandais, non sans interroger encore :

— Et vous ? Est-ce que vous vous êtes entraîné aussi ?

— Evidemment !

Elle se rassit et avec sa fourchette traça une route dans ce qu'il lui restait de ragoût. Visiblement, elle tâchait d'élaborer une nouvelle question, pendant que Jesse se nourrissait avec entrain, comme s'il était seul.

— Ce que je trouve extraordinaire, dit Mary Dare après un moment, c'est de manger un plat aussi simple avec d'aussi belles fourchettes en argent. D'où viennent-elles ? Et que signifient ces initiales gravées sur le manche ?

Jesse eut du mal à contenir son exaspération. Cette femme n'avait-elle d'autre but que de l'obliger à parler, toujours ?

— Je ne sais pas, répondit-il, la bouche pleine ; ces fourchettes proviennent d'un bateau qui s'est fracassé sur la barre rocheuse, il y a neuf ans de cela ; il n'y eut pas de survivants, mais beaucoup de marchandises furent rejetées sur la plage, et c'est ainsi que j'ai trouvé une boîte contenant ces couverts en argent.

— Etrange, murmura la jeune femme.

— Eh oui ! reprit Jesse en affectant la bonne humeur ; ces gens sont morts depuis longtemps et nous sommes là, tranquilles, à utiliser leurs affaires.

Mais s'il avait cru choquer sa convive, il en fut pour ses frais, car elle se mit à sourire et lui répondit :

— Vous avez raison ; c'est même une idée tout à fait charmante de penser que ces objets ont survécu à ces pauvres gens, et nous permettent de penser encore à eux.

C'en était trop ; Jesse repoussa son assiette et se leva pour faire la vaisselle. Pendant qu'il travaillait, la jeune femme alla à la porte pour regarder dehors, puis elle argua :

— Vous ne croyez pas que nous devrions aller faire un tour chez les Jonsson, pour voir comment vont les marins ?

— Inutile ; s'il y avait un problème, nous aurions été prévenus.

— Je ne dis pas qu'il y a un problème, rétorqua Mary Dare en décrochant une pèlerine. Mais ce serait bien d'y aller voir tout de même. Si vous ne voulez pas vous déranger, j'irai seule.

— Il fait nuit noire, et vous risquez de…

La porte avait claqué.

— Elle est folle, murmura Jesse en s'essuyant hâtivement les mains.

Puis il courut prendre son manteau et son chapeau, ainsi qu'une lanterne.

Dehors, il s'élança sur le chemin en criant :

— Attendez ! Vous allez vous perdre, dans le noir.

— Vous n'avez qu'à éclairer mon chemin, répliqua Mary sans se retourner.

Avant de s'engager dans le petit bois, Jesse jeta un coup d'œil en direction du phare : tout allait bien de ce côté-là, c'était à Erik de passer la nuit là-haut.

Quand il se remit en chemin, il s'aperçut que la jeune

femme avait disparu et il dut courir pour la rejoindre sur l'étroit et caillouteux chemin.

— Je dois dire, lança-t-il quand il l'eut rattrapée, que votre prompt rétablissement me remplit d'aise.

Elle ne répondit pas. Il la regardait en coin, et la lumière de sa lanterne lui éclairait le visage dont elle accentuait les traits, la rendant plus belle encore, et assez mystérieuse aussi. Il songea que c'était dangereux pour lui d'examiner une femme de cette façon, plus dangereux que de la désirer. Comme elle ne répondait toujours pas, il poursuivit :

— Je suis ravi de vous voir si bien guérie parce que cela signifie que vous pourrez bientôt partir. Avez-vous décidé de l'endroit où vous vouliez vous établir ?

Mary Dare arracha une brindille à un arbre.

— Merci de vous préoccuper de moi, repartit-elle poliment.

— C'est normal, répondit-il, hypocrite.

— D'autres n'en feraient pas autant…

Elle voulut lui prendre la main, qu'il lui refusa en marmonnant :

— Nous n'allons pas parler de cela pendant huit jours.

Mary Dare émit un soupir déçu et accéléra le pas. A une allure soutenue, elle termina le chemin pour aller chez les Jonsson. Quand les fenêtres brillantes se firent voir à travers les arbres, elle s'arrêta.

— Quelque chose qui ne va pas ? demanda Jesse.

— Ecoutez ! Ecoutez donc !

Il tendit l'oreille et entendit des rires d'hommes, et Palina qui chantait ; quelqu'un aussi jouait de l'harmonica, tandis que des pieds battaient lourdement la mesure sur le plancher.

Ravie, Mary Dare lui sourit en disant :

— Comme ils doivent être heureux ! on les comprend, après les épreuves qu'ils ont subies !

Ne sachant que répondre, ne *voulant* pas répondre à ce qu'il considérait comme des naïvetés, Jesse reprit le chemin de la maison. Il arrivait à la porte quand un chien s'élança dans sa direction en jappant joyeusement : c'était Thorvald, l'épagneul d'Erik. Puis Magnus sortit pour voir ce qu'il se passait dehors ; il avait une chope à la main et, voyant qui arrivait, il s'écria :

— Bienvenue ! bienvenue ! Vous tombez à point, car nous venons juste d'ouvrir une bouteille de la liqueur de myrtilles faite par Palina.

Mary Dare rayonnait de bonheur lorsqu'elle entra dans la maison ; Jesse s'en aperçut et comprit alors qu'elle était une femme qui ne vivait vraiment qu'en bonne compagnie, qui avait autant besoin de conversations et de rires que les plantes ont besoin d'eau et de lumière ; et qu'en ce cas elle avait tout intérêt à partir pour vivre en ville, où elle pourrait obtenir tout ce que lui n'était pas en mesure de lui donner.

A chacun des Russes, elle dit un mot aimable, essaya

de prononcer leurs noms et rit beaucoup parce qu'elle n'y parvenait pas. Puis elle s'adressa à tous :

— C'est une bénédiction que vous soyez là, sains et saufs.

A la grande surprise de Jesse, elle avait les larmes aux yeux.

L'un des hommes se leva pour le prendre par les épaules. Immense, il avait le visage buriné par la vie au grand air, et lorsqu'il ouvrit la bouche pour parler il montra ses dents noircies par l'abus du tabac à chiquer. Avec un accent atroce, il dit :

— Je être Dimitri Partak, je marin à bord de chalutier *Natalya*. Merci à vous d'avoir sauvé nous.

Puis il attira Jesse contre lui et lui donna un baiser.

— *Nostrovia!* clamèrent les autres, à l'unisson, en levant leurs chopes.

C'était le premier baiser que recevait Jesse depuis douze ans, et il lui était donné par un homme ! L'ironie de la situation ne lui échappa pas, et il n'eut donc aucun mal à sourire pour répondre aux manifestations d'amitié qu'il recevait de ces gens qu'il avait sauvés.

L'homme à l'harmonica se remit à jouer ; ses compagnons commencèrent à danser. Il ne fallut pas longtemps à Mary Dare pour se décider à les imiter, et elle persuada les Jonsson de s'intégrer à la folle sarabande.

Seul, Jesse était resté à part, qui observait la scène avec indulgence et écoutait avec amusement le mélange cacophonique des langues, le russe, l'islandais et l'irlandais. Il s'aperçut bientôt qu'il avait envie de sourire et il ne se retint pas. Depuis combien de temps cela ne lui était-il pas arrivé ? Une éternité.

Mary Dare s'en aperçut, car elle abandonna le Russe entre les bras de qui elle tournoyait pour venir vers lui et lui dire :

— Qu'est-ce que vous êtes beau, quand vous souriez !

Aussitôt, il reprit son air réservé.

On but et on dansa encore quelque temps, mais les événements de la matinée avaient épuisé tout le monde. Déjà un des Russes — celui à qui Mary Dare avait fait les yeux doux — s'était allongé sur le sol, dans un coin et, enroulé dans une couverture, émettait un ronflement sonore. Les autres s'assirent les uns après les autres autour de la table, mais la conversation s'amenuisa peu à peu et cessa définitivement.

Jesse nota que l'Irlandaise était plus pâle que jamais et qu'elle avait les yeux agrandis par d'immenses cernes violacés ; pourvu qu'elle ne lui fît pas une rechute !

— Nous ferions mieux de rentrer, dit-il en décrochant ses affaires au portemanteau.

En traînant les pieds, Mary Dare alla s'habiller de même, et au moment où tous deux se retournaient pour faire leurs adieux à l'assemblée Dimitri se leva pour un compliment final :

— Vous êtes homme béni de Dieu, Jesse Morgan ; quelle femme vous avez ! Aussi belle que bonne !

Il cligna de l'œil et poursuivit :

— Et puis, il y a bébé ; il sera sûrement garçon fort, qui fera honneur à famille.

Jesse, qui s'apprêtait à sortir, refit un pas en avant et, le rouge aux oreilles, balbutia :

— Je ne suis pas… je veux dire : elle n'est pas… enfin, nous…

— Bonne nuit à tous, s'écria Mary Dare qui s'était emparée de la lanterne en même temps qu'elle tirait Jesse par la manche.

— Bonne nuit ! répondirent à l'unisson les Russes et la famille Jonsson.

La porte se referma ; les jeunes gens s'engagèrent sur le chemin vers le phare.

Ils marchèrent un long moment en silence ; Jesse écoutait le murmure de l'océan tout proche, les craquements des branches agitées par le vent. Il regardait Mary Dare qui trébuchait sur le sol inégal et, quand elle faillit s'écrouler, il la rattrapa par le bras.

— Merci, lui dit-elle.

— Pas de quoi ; je n'avais pas envie que vous cassiez la lanterne.

Il garda sa main sur le bras de Mary Dare plus longtemps que nécessaire, non sans se dire cependant qu'elle devait essayer de l'apitoyer en faisant semblant de tomber.

Il lui reprit la lanterne et lui rendit la liberté en recommandant :

— Faites bien attention, il y a encore de gros cailloux sur le chemin.

— Promis, je ne tomberai plus.

Puis Jesse reprit le cours de ses pensées solitaires. Comme la jeune femme frissonnait, il rêva un moment de la prendre dans ses bras pour la réchauffer, de la presser contre lui. Soudain, une idée acide lui vint : Mary Dare avait-elle l'habitude de se jeter dans les bras du premier venu, de se vendre même ?

— Pourquoi ne parlez-vous jamais du père de votre enfant ? questionna-t-il abruptement.

Elle continua à marcher comme si elle n'avait rien entendu et resta silencieuse jusqu'à ce qu'ils eussent atteint la maison. Pendant que Jesse accrochait la lanterne, elle posa ses deux mains sur la rampe et tourna son regard vers le ciel étoilé ; toutes les cinq secondes, le rayon lumineux émis par le phare balayait fugitivement le pré.

— Le père ne représente rien pour moi, dit enfin Mary Dare ; c'était une erreur, une funeste erreur.

Jesse sut immédiatement qu'elle mentait, qu'elle restait attachée à cet homme mystérieux qu'il imagina attirant Mary contre lui et prenant ses lèvres. Cette image le remplit de fureur ; mais de quel droit ?

— C'est à peine si je pense encore à lui, reprit la jeune femme.

— Comment cela se peut-il ? demanda Jesse, d'un ton brusque, presque méchant. Vous portez de quoi vous souvenir de lui à chaque instant.

Mary Dare tressaillit et se raidit ; ses mains se crispèrent sur la rambarde. D'un ton las, elle murmura :

— Où avez-vous appris à être si cruel, Jesse Morgan ?

Jesse lui prit le menton pour l'obliger à le regarder et avec violence lui jeta au visage :

— Vous n'avez pas deviné ? C'est avec une femme que j'ai appris.

8

Assise à la table de la cuisine, Mary travaillait des ciseaux et de l'aiguille ; devant elle s'étalaient les morceaux de tissu dépareillés qu'elle avait dénichés dans le placard de sa chambre. Elle aimait la couture, et d'autant plus que ces humbles tâches lui rappelaient les heures heureuses, en Irlande, quand elle les accomplissait en compagnie de sa mère.

Les souvenirs anciens n'occupaient pas seuls son esprit ; d'autres, plus récents et assez troublants, la sollicitaient tout autant. En particulier, elle ne pouvait s'empêcher de repenser sans cesse au moment où Jesse avait fait irruption dans la maison et l'avait surprise dans son bain. Elle en avait les doigts qui tremblaient encore — il lui fallait interrompre quelques instants son travail — et son cœur battait plus fort. Qu'éprouvait-elle ? De la gêne, à coup sûr, mais pas seulement. Elle était trop honnête avec elle-même pour ne pas nommer cet émoi qui n'avait cessé de la perturber depuis ce moment terrible et merveilleux à la fois : désir. Elle avait désiré Jesse. Elle le désirait encore.

Fallait-il en rire ou en pleurer ?

Après tout ce qu'elle avait enduré, elle eût dû avoir en tête d'autres soucis que de regarder un homme autrement que pour le haïr ou le mépriser ; mais Jesse Morgan était différent. C'était pourquoi elle avait décidé de s'imposer encore auprès de lui, malgré les efforts que lui déployait au contraire pour la chasser.

Elle se plaisait bien dans la petite maison près du phare, le lieu idéal pour se cacher avec son enfant. Elle s'y sentait en sécurité. Elle n'ignorait pas que Jesse Morgan pousserait des cris d'orfraie si elle lui faisait part de sa décision. Comme elle n'était pas du tout friande de querelles, le mieux était de ne rien dire du tout, et de durer.

— Hé, bonjour ! lui lança une voix amicale, depuis le seuil où la porte était restée ouverte.

C'était Palina qui venait aux nouvelles.

— Entrez donc ! dit Mary ; le café est sur le fourneau.

La voisine aimable se servit un gobelet et vint s'asseoir à table en questionnant :

— On dirait que vous faites des rideaux ; c'est bien cela ?

— Oui, répondit Mary en étendant une grande pièce de calicot jaune trouvé dans le placard ; cette maison a bien besoin de couleurs, vous ne trouvez pas ?

— Vous ne pouvez mieux dire, approuva Palina. Elle a besoin aussi de rires, pour ne parler que de cela.

— Malheureusement, je ne peux fournir que les couleurs,

reprit Mary en plantant son aiguille dans l'ourlet de son rideau.

Après un bref instant de réflexion, elle ajouta timidement :

— L'ennui, c'est que Jesse va m'obliger à partir, maintenant que je suis tout à fait rétablie.

— Il ne faut pas l'abandonner ! s'écria Palina.

Mary sourit ; peut-être que son intention de s'incruster ici n'était pas si déplacée, après tout. Elle voulut s'en assurer.

— Il n'est pas convenable que je reste ; imaginez : une femme enceinte sous le même toit qu'un célibataire ! Jamais le village ne tolérera cette situation.

— Jesse Morgan se moque assez de ce qui est convenable et de ce qui ne l'est pas. Quant à l'opinion publique, je n'ose vous dire en quelle considération il la tient. En tout état de cause, vous devez rester ici : c'est la loi de la mer.

Mary leva les yeux de son ouvrage.

— Je ne comprends pas bien ce que vous voulez dire, Palina.

— Vous avez le devoir de rester ici parce que c'est une force bien plus grande que nous tous qui vous y oblige. Jesse vous a trouvée parce que c'était écrit. Si vous disparaissez maintenant, le cercle ne sera jamais refermé.

Cette fois, Mary eut la chair de poule. Elle questionna encore :

— Où était-il écrit que Jesse devait me trouver ?

Palina prit le temps de finir son café et encore d'examiner en détail un coussin récemment terminé par la jeune femme. Et, quand elle reprit enfin la parole, ce fut pour laisser tomber :

— Cela, c'est à Jesse de vous l'expliquer.

— Il ne me dit rien ! Il ne parle que par monosyllabes et fait de son mieux pour m'éviter !

— Il se décidera quand le temps sera venu. Tout ce que je peux vous dire, moi, c'est que la mer lui a enlevé un bien très précieux.

Palina prit le menton de Mary, geste si familier et si tendre que cette dernière songea aussitôt à sa mère et que les larmes lui montèrent aux yeux.

— Comment vous portez-vous ? demanda Palina ; pas de difficultés à cause du bébé ?

Mary eut un sourire las.

— J'ai des élancements douloureux et j'ai souvent mal à l'estomac ; est-ce que c'est normal ?

— Bien sûr ; je vous apporterai un baume pour les élancements ; mais tout se passera bien, vous verrez.

Puis Palina se leva, désigna le rideau en cours de fabrication et conclut :

— Très joli, vraiment ; merci pour le café.

Restée seule, Mary se sentit prise d'une énergie presque furieuse. Elle s'agita dans toute la maison, équipa la totalité des fenêtres, fabriqua aussi des taies d'oreillers, des nappes et des serviettes de table. Un peu par défi, elle disposa çà et là des vases de fleurs sauvages : sur les tables, les commodes, les manteaux de cheminées et même sur la tablette au-dessus du lit de Jesse.

Ensuite elle s'arrêta un moment, regarda autour d'elle dans l'espoir de trouver des indices sur le mystérieux passé de Jesse ; mais la petite chambre était aussi dépouillée qu'une cellule monastique ; il n'y avait à voir que les affaires de toilette disposées sur une table et, accrochés à une patère derrière la porte, trois changes complets dont un uniforme de gardien de phare, avec la casquette à insigne. La jeune femme s'approcha pour pincer la lourde étoffe de laine. Elle murmura :

— Un souci partagé est à demi chassé, dirait maman.

Quand le soleil sombra derrière l'horizon, elle commença à s'inquiéter parce que Jesse n'était toujours pas rentré et elle se demanda si sa présence n'était pas la cause de ce retard étrange. Elle sortit et s'assit sur un banc près de la porte, pour attendre. Magnus passa devant elle, sur le chemin conduisant au phare, car c'était à lui de monter la garde cette nuit-là. Elle leva la main pour le saluer, mais il ne la vit pas.

Elle chantonna une vieille ballade irlandaise en massant son épaule toujours un peu douloureuse. Puis elle posa sa main sur son ventre et parla à son bébé :

— Que va-t-il advenir de nous ? J'ai couru jusqu'au bout

du monde pour me cacher et si on me chasse maintenant je ne saurai plus où aller.

Une voix se fit entendre dans l'ombre :

— Si vous me disiez ce que vous avez fui ?

Mary sursauta et se leva.

— Jesse ! vous m'avez fait une de ces peurs !

Il parut entre les arbres qui bordaient la petite cour, et d'abord Mary ne put le voir qu'en silhouette. Il s'approcha, et elle s'aperçut qu'il portait quelque chose à deux mains.

— Où étiez-vous ? interrogea-t-elle, embarrassée, car il savait maintenant qu'elle éprouvait des angoisses quant à son avenir proche.

Ignorant la question, il posa son fardeau — un gros sac de toile — et partit derrière la maison. Mary entendit les couinements de la pompe. Jesse revint presque aussitôt avec un seau d'eau et une brosse. Il s'arrêta près de la fenêtre ouverte de la cuisine, inspira largement et s'écria :

— Qu'est-ce que vous avez préparé, ce soir ?

— Saumon rôti et pommes de terre.

— Où avez-vous appris à cuisiner comme cela ?

— Je suis la fille d'un pêcheur, répondit Mary avec simplicité.

Il y avait plus à dire : elle eût pu parler des yeux brillants de son père quand il revenait à la maison, les poches pleines de coquillages ; de ses frères toujours si turbulents ; de sa mère pleine de douceur et de la fermette dans le comté de

Kerry. Elle avait de doux souvenirs plein la tête ; le temps n'était pas venu de les égrener.

Elle se leva en désignant le sac.

— Qu'avez-vous rapporté ?

— Une épave que j'ai trouvée sur la plage.

Jesse se pencha et ouvrit la grosse toile de jute, dont il sortit un amas de fils emmêlés qui pouvait fort bien être un morceau de filet de pêche. Il prit son couteau de poche et trancha vigoureusement dans cette gangue textile pour libérer sa trouvaille, qu'il plongea dans le seau d'eau et nettoya longuement avec sa brosse.

Mary l'observa en silence autant qu'elle put puis, n'y tenant plus, elle demanda :

— Me direz-vous, à la fin, de quoi il s'agit ?

— Oui.

Elle poussa une exclamation de surprise émerveillée en voyant ce qui sortait du seau : c'était un globe parfait, de verre, de la taille d'une grosse tête de chou, dont les couleurs oscillaient entre le vert et le bleu, magnifique objet brillant dans le soleil couchant comme les vitraux d'une cathédrale.

— Un flotteur, tout simplement, lui expliqua Jesse. Il arrive que de tels objets traversent tout l'océan depuis le Japon.

Mary reçut la merveille, qu'elle caressa avec crainte, en admirant les petites bulles d'air prises dans la pâte de verre pour l'éternité.

— Pour vous, dit encore Jesse en renversant le seau d'eau.

Sa voix, si aimable quelques instants auparavant, redevenait cassante.

— Merci, oh, merci ! s'écria la jeune femme, je suis si contente.

— Vous savez, ce n'est qu'une épave, affirma Jesse.

Visiblement, il regrettait déjà son geste.

— Mais non, protesta Mary, c'est le plus joli objet que j'aie jamais tenu entre mes mains.

La bouche de Jesse s'étira fugitivement, et pendant une fraction de seconde Mary crut qu'il allait sourire ; mais il l'étonna en s'avançant pour lui caresser la joue, tandis que d'une voix grave, bien trop grave, il lui disait :

— Vous voyez : tout ce que rend la mer n'est pas abîmé.

Il recula, mais Mary était trop émue pour le laisser partir aussi simplement. Elle lui passa ses deux bras autour du cou, lui donna un long et très vigoureux baiser sur la bouche auquel il ne manqua pas de résister. Il recula encore, elle le suivit. Il se pencha en arrière, au risque de perdre l'équilibre et de provoquer une chute dans laquelle ils eussent été entraînés tous les deux. Naturellement, il ne participa en rien au baiser, ne se rendit pas.

A regret, Mary lui rendit sa liberté ; il lui jeta un regard furibond, tapota ses vêtements comme s'il avait peur de s'être sali ou froissé, puis émit ce seul commentaire :

— Jésus-Christ !

— Je voulais seulement vous remercier, murmura la jeune femme, penaude.

Jesse produisit quelques paroles incohérentes puis se hâta de rentrer à la maison, claquant la porte derrière lui.

— Un jour, tu me rendras mes baisers ! cria Mary.

Après avoir claqué la porte, Jesse Morgan avait fait exactement deux pas à l'intérieur, puis il s'était arrêté net. Nul doute qu'il venait d'apercevoir les nouveaux aménagements. Et il traduisit son opinion par une épithète si grossière que Mary se boucha les oreilles, de peur d'en entendre de plus vilaines.

Jesse se tenait au milieu du salon. Les mains sur les hanches, il regardait autour de lui et se mordait la langue pour ne pas égrener d'autres jurons plus affreux.

Qu'est-ce que cette femme imaginait ? Elle l'avait embrassé. Embrassé ! Effrontée comme une fille, elle s'était jetée à son cou pour lui donner un baiser sur la bouche. Et elle lui avait crié : « Un jour, tu me rendras mes baisers ! » Eh bien, elle pouvait attendre. Ce baiser ne signifiait rien et Jesse se faisait fort de l'oublier aussi facilement que la piqûre du moustique qui l'avait démangé une partie de la matinée.

Restait à examiner l'autre problème : sa maison, ce que l'Irlandaise en avait fait. Son regard errait avec mépris sur les vases de fleurs disposés un peu partout, des fleurs aux couleurs si vives qu'elles offensaient les yeux ; sur les ridicules rideaux de tissu jaune bouton-d'or ; sur la nappe et les serviettes de table. Que d'innovations scandaleuses ! C'était bien simple, il ne se sentait plus chez lui.

Il se disposait à ressortir pour vider cette querelle, mais Mary Dare entra, serrant dans les mains le flotteur comme s'il se fût agi de l'objet le plus précieux. Il eut pour elle un rictus agressif ; elle lui sourit.

— J'ai travaillé toute la journée, lui dit-elle en mirant la boule dans la lumière du foyer ; est-ce que vous aimez ?

D'un mouvement circulaire du menton, elle désigna les fleurs, les rideaux, la nappe et les serviettes de table.

— Pas du tout, lâcha Jesse, les dents serrées.

Il marcha à grands pas jusqu'à la fenêtre, froissa dans sa main le tissu jaune qui y pendait et reprit :

— Si j'avais envie de rideaux, il y a belle lurette que je les aurais fait poser.

La jeune femme se mordit la lèvre et Jesse crut qu'elle allait se mettre à pleurer ; pas de scène, surtout pas de scène ! Mais elle sut se contenir. Sans hâte, elle alla poser le globe sur le manteau de la cheminée, puis revint vers lui, les mains sur les hanches, prête pour la confrontation à laquelle elle ne se déroberait pas.

Jesse la dévisagea hardiment et attacha plus particulièrement son regard à cette belle bouche qui lui avait donné un baiser quelques instants plus tôt. Malgré sa colère et sa confusion, il y pensait aussi avec ravissement. Il se rappelait avec émotion le moment où le sol avait semblé se dérober sous ses pieds, comme le pont d'un bateau pris dans la tempête.

Douze ans ; douze ans s'étaient passés pendant lesquels il n'avait plus jamais reçu ni donné de baiser.

D'autres souvenirs, encore, s'imposèrent à son esprit meurtri :

— Donne-moi un dernier baiser, Emily. Je serai si vite près de toi que tu n'auras même pas eu le temps de t'apercevoir de mon absence.

— Oh, Jesse, je ne veux pas partir.

— Il le faut pourtant, mon amour ; ta belle-mère veut te voir.

Disant cela, il n'avait plus pu supporter le regard direct de sa jeune épouse. Savait-elle ? Pouvait-elle le regarder dans les yeux et lire la trahison dont il s'était rendu coupable vis-à-vis d'elle ?

— C'est vrai, dit Mary Dare, que votre maison est sinistre ; je veux bien faire tout ce qu'il faudra pour la rendre plus gaie.

— Je ne veux pas d'une maison gaie.

Elle pointa sur Jesse un index accusateur.

— C'est bien en cela que réside votre problème, cher monsieur ; vous vivez — plus exactement : vous survivez — comme un condamné dans une cellule. Rien n'existe pour vous, que les histoires que vous trouvez dans vos livres.

Du poing, elle désigna les étagères croulant sous les livres.

— Il se trouve que ces histoires m'intéressent, répondit Jesse, d'un ton pincé.

— Oui, parce qu'elles arrivent à d'autres gens et que vous avez juste à regarder, sans craindre quoi que ce soit. Vous avez bâti votre solitude comme une forteresse et s'il se trouve que quelqu'un arrive pour creuser une petite fenêtre dans vos murailles protectrices, vous criez comme si on vous écorchait. Vous voulez que je vous dise : c'est insupportable, et moi, je ne le supporte pas.

— Fort bien ; personne ne vous oblige à rester. Trouvez un autre endroit où vous pourrez refaire votre vie.

— Et pourquoi ne la referais-je pas ici, ma vie ? Je vous le demande !

— Vous voulez le savoir ? Eh bien, je vais vous le dire : vous ne pouvez refaire votre vie ici parce que je ne vous ai pas demandé de venir.

— Oh !

L'Irlandaise indignée se retourna dans une superbe envolée de sa robe et, s'installant à table, elle annonça :

— Puisque c'est comme ça, je vais dîner.

En dépit de sa fureur qui ne baissait pas, Jesse mourait de faim. La mine sombre, il ôta le vase de fleurs posé devant son assiette. Il reçut alors un regard sévère et cette sommation :

— Remettez ça en place.

— Non, répondit-il avec simplicité.

Mary Dare eut un rictus de mépris. Elle rétorqua :

— Eh bien, faites comme bon vous semble, espèce de *bodach*.

— Qu'est-ce que ça veut dire, *bodach* ?

— C'est la traduction irlandaise du nom d'oiseau dont vous m'avez affublée quand vous avez découvert le résultat de mes travaux dans votre maison.

Se le tenant pour dit, Jesse alla se laver les mains pendant que la jeune femme remplissait les assiettes de saumon accommodé avec des pommes de terre et des pommes cuites. Il revint s'asseoir, endura impatiemment l'attente et le silence qui convenaient pendant le *bénédicité*, à l'issue de quoi il plongea sa fourchette dans son assiette avec voracité.

— C'est très bon, dit-il après avoir dévoré une bonne moitié du saumon.

La jeune femme lui décocha un regard ironique et répliqua :

— Palina est venue me rendre visite ce matin. Elle m'a expliqué que je commettrais une faute en partant d'ici, et qu'à cause de la loi de la mer je devais rester.

Jesse leva les yeux au plafond.

— Palina n'a pas peur de raconter des sottises.

— Ah ? Vous ne croyez donc pas aux légendes de l'océan ; à la destinée ?

— Non. C'est simple : je ne crois en rien.

— Jesse, implora Mary Dare en versant un peu de crème sur ses pommes cuites, que vous est-il arrivé ? Quel malheur vous a rendu aussi dur, aussi insensible ?

Jesse ressentit ce questionnement comme une intrusion plus grave que celle dont avait souffert sa maison. Il grommela :

— Je pense que Palina vous en a raconté assez pour satisfaire votre curiosité.

— Elle m'a simplement dit que la mer vous avait pris quelque chose et que c'était à vous de me dire quoi ; était-ce quelqu'un que vous aimiez ? Avez-vous perdu un être cher dans un naufrage ? Ou alors…

— Pour la dernière fois, cela ne vous regarde pas ! hurla Jesse en jetant sa fourchette sur la table.

Il s'empara de son verre de bière qu'il but d'un seul trait et reposa avec violence sur la table, et reprit, hargneux :

— Magnus vous conduira dès demain en ville et vous aidera à chercher un logement convenable.

Et l'Irlandaise qui faisait maintenant comme si elle n'avait rien entendu ! Le visage tourné en direction de la cheminée, l'air extatique, elle admira un moment son flotteur de verre avant de répondre :

— C'est vraiment le cadeau le plus extraordinaire que j'aie jamais reçu ; encore merci.

Elle se leva, et ajouta :

— Je me sens si fatiguée, tout à coup ! Je crois que je vais aller me coucher.

*
* *

— Qu'est-ce que vous faites encore ici ? questionna Jesse, le lendemain soir.

Le dîner prêt, Mary était allée l'attendre devant la maison ; il devait se restaurer rapidement avant de passer la nuit dans le phare.

— Eh oui, je suis toujours là, dit-elle d'un ton enjoué.

Elle *devait* rester. Jesse Morgan ne le comprendrait pas, mais c'était comme ça.

— Magnus était supposé vous emmener à Ilwaco, reprit celui-ci.

Mary le dévisagea, essayant de deviner ce qu'il pensait : il avait le regard de glace, la bouche réduite à un fil, un visage impassible ; mais dans la tête ? Impossible à dire.

— La route est bloquée par un grand arbre qui s'est abattu, expliqua-t-elle ; nous n'avons pas pu passer.

« Et puisse Dieu me pardonner », ajouta-t-elle *in petto.* Le matin, en se promenant, elle avait découvert cet arbre providentiel dangereusement penché sur la route. Elle s'était empressée d'aller chercher Erik, qu'elle avait prié de l'accompagner avec une hache au moyen de quoi il avait tranché, selon ses directives, quelques grosses racines. Et voilà comment l'arbre s'était couché sur la route, interdisant tout passage aux véhicules.

Elle ne pouvait se résoudre à quitter cet endroit où elle se sentait en sécurité.

— Magnus dit que c'est la faute de la tempête, ajouta-t-elle. Les Russes ont pu passer pour aller jusqu'au village, et peut-être que j'aurais pu en faire autant, mais Magnus n'a pas voulu. Il a dit que dans mon état ce ne serait pas prudent.

— Je vois, grommela Jesse Morgan en se dirigeant vers la maison ; est-ce qu'il a dégagé le chemin, ce brave Magnus ?

— Pas pu, répondit Mary en le suivant, à grand-peine, car il faisait de grands pas, exprès. Il dit qu'il faudra faire venir des scieurs de la ville pour couper cet arbre, qui est immense : un sapin Douglas.

Jesse Morgan s'arrêta.

— Très bien ! Et maintenant expliquez-moi : qu'avez-vous manigancé pendant toute cette journée, vous et *votre* Magnus ?

— Qu'est-ce qui vous donne à penser que nous avons *manigancé* quelque chose ? demanda la jeune femme, sur ses gardes.

Pour la seconde fois depuis qu'elle le connaissait, elle crut que Jesse Morgan allait sourire, mais il eut juste un léger étirement des lèvres, tandis qu'il lui pinçait la joue, un peu rudement, en disant :

— Ma petite, vos pensées sont aussi claires qu'un flotteur japonais.

— Est-il donc si facile de lire en moi ? demanda-t-elle.

— Très facile ; trop facile.

Elle attrapa la main qui martyrisait sa joue.

— Vous m'avez percée à jour. Alors, venez. J'ai quelque chose à vous montrer.

— Je meurs d'impatience.

Tirant Jesse Morgan par la main qu'elle n'avait pas lâchée, elle s'engagea sur le chemin inondé des lueurs rouges du soleil couchant. Il ne se laissait pas entraîner facilement, et elle n'eût pas été étonnée si elle l'avait soudain senti planter les deux talons dans le sol pour ne pas aller plus loin.

— Un jour, reprit-elle, il faudra que je vous parle de Mulligan.

— Qui est Mulligan ?

— Le mulet que nous possédions dans le comté de Kerry. Il était si têtu que papa le menaçait souvent de l'utiliser comme appât pour la pêche au crabe ; il se trouve que vous me faites beaucoup penser à lui.

Elle donna une secousse dans le bras qu'elle tirait. Jesse Morgan se montra un tout petit peu moins récalcitrant.

Une brise roborative venait de l'océan et agitait les feuilles des arbres qui émettaient un bruissement harmonieux, quoique lancinant.

— Comme tout est beau ici, déclara Mary ; surtout en ce moment.

— Pourquoi maintenant ?

Ils arrivaient au dernier coude du chemin juste avant la maison, qu'elle désigna d'un geste large.

— Voilà pourquoi.

Jesse Morgan s'arrêta net et cracha un juron avant de gémir comme s'il venait de découvrir son logis détruit :

— Vous avez planté des fleurs !

— Oui, je l'ai fait.

— Partout !

— Le plus possible, oui.

— Je vous ordonne d'arracher ça ; tout de suite !

— Non ; les fleurs sont belles. Vous n'avez pas envie d'avoir un peu de beauté autour de vous ?

— Pas du tout.

— Dans ce cas, je suis vraiment désolée pour vous. Parce que, voyez-vous, j'ai passé une très bonne journée, Jesse ; une merveilleuse journée. Je suis allée plusieurs fois chez Palina pour avoir toutes ces fleurs qui vous semblent si répugnantes ; il y en a de toutes sortes. Et même, j'ai trouvé des roses.

— Des roses ? s'exclama Jesse Morgan, sur le ton qu'il eût employé pour dénoncer une inconvenance ; où ? où ?

Il les vit et marcha en direction du buisson comme s'il s'apprêtait à le ravager. Mais il resta planté devant, tétanisé, en balbutiant :

— Comment avez-vous pu…

— Là, je n'y suis pour rien, puisque ces roses étaient là depuis longtemps, mais naturellement vous ne les aviez pas remarquées. Quelqu'un a dû les planter, voici déjà de nombreuses années, et elles ont survécu tant bien que mal, en dépit de votre négligence. Je n'ai eu qu'à arracher les mauvaises herbes, biner la terre et dans quelques semaines nous aurons un massif superbe.

Mary s'approcha du massif qu'elle couva d'un regard amoureux. Elle reprit :

— Les roses appartiennent à celui ou celle qui prend soin d'elles ; non pas à celui qui les a plantées pour ne plus jamais s'en occuper.

Avec surprise, mais non sans satisfaction, elle entendit le hoquet de Jesse Morgan, qui s'interrompit de respirer pendant un moment. Avait-elle trouvé, enfin, un défaut dans la cuirasse ?

— Je me suis toujours demandé, poursuivit-elle, pourquoi les roses s'obstinaient à fleurir même dans la déréliction. Il est toujours plus simple de se dessécher et de mourir.

Elle se promena un moment entre les plates-bandes que Magnus avait patiemment bêchées pour elle et prit entre ses doigts un bouton délicat. Elle ajouta :

— Mais elles sont tellement plus belles, les fleurs dont on s'occupe avec amour. Elles donnent tant de fleurs ; vous verrez ! A l'automne, il y en aura tant que nous ne saurons plus où donner de la prunelle pour les admirer.

Glacial, Jesse Morgan riposta :

— A l'automne, elles seront de nouveau envahies par les mauvaises herbes, parce que vous ne serez plus là pour vous en occuper.

9

Pour ne pas penser, pour ne plus rien ressentir, Jesse s'affairait avec rage dans l'habitacle au sommet du phare. Ayant vérifié l'état des mèches, le niveau du carburant, il remonta le mécanisme bien huilé qui entraînait le mouvement circulaire de l'énorme lanterne.

La lumière dispensée par le phare était la seule indication qui permettait aux bateaux de ne pas se fracasser sur la barre rocheuse. Or, douze ans plus tôt, alors que le bâtiment transportant Emily tâchait d'entrer dans la baie, le phare s'était brusquement éteint et l'irréparable s'était produit. Au cours de l'enquête, le gardien du phare, effondré, avait raconté qu'un monsieur venu de Portland l'avait incité à boire, à beaucoup boire avant de l'engager dans une infernale partie de cartes qui avait achevé de lui faire perdre tout sens des réalités.

Cette catastrophe avait amené Jesse en ces parages ; malade de chagrin, celui-ci avait très vite décidé de ne plus repartir vers le monde et de briguer le poste rendu vacant par l'incurie du précédent titulaire. C'était ainsi qu'il était devenu le gardien du phare, bien décidé à le rester jusqu'à la fin de ses jours et sans jamais encourir le moindre reproche. Sur son devoir, il était intransigeant, voire maniaque.

N'ayant plus rien à faire, pour le moment, il retourna dans son minuscule bureau pour écrire quelques lignes dans le journal de bord. Il raviva le feu dans la cheminée, alluma une bougie sur la table, sélectionna une plume, décapuchonna son encrier et ouvrit le cahier en cours. Mais alors qu'il réfléchissait aux premiers mots à coucher sur le papier un soudain courant d'air feuilleta à l'envers toutes les pages déjà écrites, comme un fantôme voulant prendre connaissance très vite des récents événements. Il s'en agaça et médita de sortir pour aller se promener un moment sur la falaise. Mais il y renonça presque aussitôt, en songeant que le sommet du phare était son refuge, le dernier endroit où il pût être tranquille depuis que l'Irlandaise avait bouleversé sa maison et sa vie.

— Youhou !

Jesse sursauta avec une telle violence que l'encre jaillit de l'encrier pour se répandre en fines gouttelettes.

— Enfer et damnation, jura-t-il, les dents serrées.

La voix féminine l'interpella du bas de l'escalier :

— Est-ce que vous êtes là, Jesse ?

— Non.

En riant, l'Irlandaise entreprit d'escalader les marches métalliques et sonores.

Jesse jurait et essuyait l'encre répandue sur ses mains, sur le bureau, sur le plancher ; quant aux taches sur le pantalon, elles étaient sans doute là pour toujours. Quand l'importune surgit au sommet de l'escalier, il avait préparé pour elle toute une collection d'injures, mais elle gravit encore quelques marches et lui sourit, ce qui fit qu'ainsi il oublia tout excepté la promesse qu'il avait reçue la veille : « Un jour, vous me rendrez mon baiser. » Il se demanda si c'était pour aujourd'hui.

— Bonjour tout le monde, dit-elle.

Dans la lumière de la lanterne, elle brillait comme un penny neuf. Elle s'assit sur un seau retourné.

— Je vous ai apporté une collation.

Fatigué ; Jesse était fatigué ; fatigué de se défendre contre ces intrusions incessantes dans son univers. Pour cette nuit, il décida de se rendre.

— Merveilleux, dit-il d'un ton résigné.

L'Irlandaise, qui s'apprêtait à servir le thé, s'interrompit.

— Qu'est-ce que vous dites ?

Jesse lui reprit la théière et la posa sur sa table.

— J'ai dit : merveilleux ; merci. C'est très aimable à vous d'avoir pensé à moi.

Ces formules policées avaient un goût étrange sur sa langue, comme des fruits exotiques un peu acides, mais point trop désagréables.

La jeune femme s'approcha, se pencha vers lui ; il sut

qu'il devait reculer dans le même temps s'il ne voulait pas subir l'épreuve d'un nouveau baiser. Mais elle ne l'embrassa pas car elle humait l'air.

— Qu'est-ce que vous faites ? demanda Jesse.

— Je vérifie si vous n'étiez pas en train de boire.

— Je ne bois jamais pendant le service. Pourquoi avez-vous eu cette idée ?

— Parce que vous avez été trop aimable envers moi, tout à coup. Cela ne vous ressemblait pas.

— Madame, vous ne me connaissez pas assez pour savoir ce qui me ressemble ou pas.

Mary Dare ouvrit le linge qu'elle avait apporté, découvrant du pain coupé en tranches. Un sourire subtil aux lèvres, elle annonça :

— Je vous connais plus que vous ne l'imaginez. Tenez, voici du pain irlandais. Est-ce que vous en avez déjà goûté ?

— Non.

— Délicieux, avec le thé.

Elle s'affaira autour de la table, finissant de servir le thé et disposant les tranches de pain sur une petite assiette.

Jesse s'assit pour la regarder faire ; son intuition avait été la bonne : non seulement il était plus reposant de ne pas résister, mais encore il retirait de sa passivité une satisfaction certaine. Il sirota son thé, qu'il trouva délicieux, très fort et sucré juste comme il l'aimait.

Mary Dare avait collé son nez à la vitre et regardait la nuit étoilée.

— C'est merveilleux, dit-elle. Comment pouvez-vous admirer un tel spectacle sans fondre d'émotion ?

— Je me retiens.

Elle s'approcha de la porte, posa sa main sur la poignée.

— Je peux aller sur la coursive ?

— Si vous voulez, mais tenez-vous bien à la rambarde. Inutile de vous rappeler qu'une chute vous serait fatale.

Jesse la suivit dehors, non sans se dire qu'il n'accomplissait que son devoir, qui consistait aussi à veiller sur la sécurité des visiteurs. Tandis qu'elle s'offrait à la brise marine, il la regardait et sentait monter en lui un désir qu'il n'avait plus connu depuis des années. Admirer ne lui suffirait plus ; il voulait consommer. Il ferma les yeux puis détourna le regard.

— Vous aimez ? demanda-t-il, la voix rauque.

— Beaucoup ; c'est une si belle nuit. Il y a tant d'étoiles. Regardez, là ; on dirait un chemin enneigé.

— La Voie lactée.

— Oui, une galaxie en spirale ; les Anciens parlaient d'un archipel d'étoiles.

Bouche bée, Jesse la regarda ; elle se tourna vers lui.

— Vous me surprenez, assura-t-il.

— Vraiment ?

— Oui, vous avez des connaissances… On dirait…

Conscient de sa maladresse, il s'interrompit. Il lui était difficile d'imaginer qu'il avait connu un temps où, habitué à la vie mondaine, il avait la conversation aisée, un sens de la repartie, toutes facilités qui s'étaient éteintes peu à peu au cours de ses douze années de solitude.

— C'est juste que…, reprit-il.

— Juste le genre de réflexion que vous n'attendez pas d'une Irlandaise inculte, n'est-ce pas ? Pas besoin de faux-fuyants, voyons ! Si vous saviez tout ce que j'ai déjà entendu de désagréable à propos de mon peuple ! Le pire, c'était à New York, où j'ai vu, à la porte de certains hôtels, des pancartes portant cet avertissement : « Ni chiens ni Irlandais. »

Jesse, qui s'était si souvent persuadé que le passé de cette jeune personne ne l'intéressait pas, eut cependant sa curiosité piquée.

— Vous êtes allée à New York ?

— Je n'y ai séjourné que pendant une semaine, avant de prendre le chemin de San Francisco.

Mary Dare se plaça de nouveau face à l'immensité ténébreuse.

— Vous savez pourquoi je me plais ici ? Parce qu'on a l'impression d'être au bout du monde, à la lisière de nulle part, et que je n'ai pas à subir les outrages de mes semblables. Vous ne m'avez pas jugée, monsieur ; enfin, pas trop. Vous, au moins, ne m'avez pas dit : « Ni chiens ni Irlandais chez moi. » Je vous dois des remerciements pour cela.

« C'était donc vraiment pour me remercier qu'elle m'a embrassé », songea Jesse, dont les pensées divaguaient.

— Je n'ai pas l'habitude de porter des jugements hâtifs sur mon prochain, dit-il. Et ce n'est pas parce que vous fourrez votre nez partout que je commencerai avec vous.

Le rire de Mary Dare partit comme un coup de clairon.

Un peu plus tard, redevenue pensive, elle désigna le pinceau lumineux qui glissait sur la mer.

— Voici ma bonne étoile, déclara-t-elle ; le saviez-vous ? Alors que j'étais dans l'eau, complètement perdue après que le navire se fut brisé sur les écueils, c'est cette lumière que je vis tout de suite, et sans elle je me serais noyée comme les autres.

« Je suis heureux que vous ne vous soyez pas noyée » Jesse ne pouvait prononcer cette phrase, alors qu'il la pensait ; non avec joie, mais avec sincérité.

Inconsciente des pensées qui l'agitaient, Mary Dare s'absorbait maintenant dans la contemplation de l'océan, que lui voyait comme un ennemi implacable, celui à cause de qui sa vie avait été gâchée et réduite à une suite de jours, gris, tout tristes et tout pareils. Pourtant, elle aussi avait été victime ; d'où venait qu'elle n'éprouvait aucun ressentiment ? Jesse, qui ne voulait pas trop en savoir sur elle, par sécurité, se sentit obligé de la questionner ; pour motif professionnel, se dit-il.

— Vous est-il possible de me parler, maintenant, de votre naufrage ?

La jeune femme garda le nez collé contre la vitre. Elle murmura :

— C'est juste avant le désastre que l'équipage découvrit ma présence à bord ; un incendie dans la cuisine m'avait obligée à sortir précipitamment. Je dois dire que les hommes furent un peu surpris. Ils en étaient à débattre de ce qu'ils allaient faire de moi quand la tempête se leva.

— Ils ? Qui, *ils* ?

— Le cuisinier et son aide, un parfait idiot ; ils essayaient d'éteindre le feu qui avait pris dans une marmite pleine de graisse de bœuf et comme ils n'y arrivaient pas il m'a bien fallu sortir pour leur donner un coup de main ; de la graisse de bœuf pour faire frire des pommes de terre ; on n'a pas idée ! Ces deux hommes étaient vraiment de mauvais cuisiniers et il y avait déjà pas mal de temps que j'avais envie de sortir de ma cachette pour leur donner quelques petites leçons.

Jesse l'imaginait sans mal : Mary Dare avait des idées bien arrêtées et mettait son grain de sel partout !

— Car je suis bonne cuisinière, vous savez ; c'est ce qui m'a permis de gagner mon billet pour San Francisco.

— Comment cela ?

La jeune femme sourit.

— Oui, j'ai fait la cuisine sur le bateau, de New York à San Francisco, en passant par le cap Horn ?

— Le cap Horn ? s'exclama Jesse ; vous avez contourné le cap Horn ?

— Mais oui ; on dirait que cela vous étonne.

Jesse était plus qu'étonné, mais se refusait à l'avouer. Il ne pouvait exprimer le sentiment qui l'oppressait ; en effet, l'idée d'une aventure telle que celle qu'avait connue la jeune femme le remplissait d'envie et ravivait une douleur de longtemps enfouie en lui ; comme il devait être passionnant de naviguer dans les célèbres et si dangereux Quarantièmes Rugissants, qui marquaient le passage entre les deux plus grands océans du monde. C'était une expérience qu'il ne connaîtrait jamais ; jamais !

Juste après la mort d'Emily, il avait voulu retourner en mer, mais au moment même où il avait posé le pied sur le pont du bateau il s'était senti pris d'une horreur indicible. Tremblant de tous ses membres, il s'était hâté de retourner sur la terre ferme, qu'il s'était dès lors su condamné à ne plus jamais quitter.

— ... avait étudié le droit, sans jamais avoir eu l'occasion d'exercer, disait Mary Dare.

— Je vous demande pardon ? Je n'ai pas bien entendu ce que vous disiez.

— Je vous parlais de M. Stevenson, un homme très sympathique, bien qu'il soit écossais et affligé d'étranges manières ; il insistait beaucoup pour que je l'appelle par son prénom, Malcolm. Il était donc passager sur le même bateau que moi, ainsi que j'ai eu l'honneur de vous le dire, et il voyageait pour prendre un poste qu'il avait obtenu dans les îles Sandwich, lesquelles il préférait nommer toujours par leur nom originel, Hawaii. Il était très malade, le pauvre, mais ne se plaignait jamais et je crois qu'il appréciait même énormément l'aventure extraordinaire que ce voyage représentait pour lui.

— Et ce M. Stevenson était votre... votre ami ?

Non seulement Jesse n'avait pu s'empêcher de poser la question, mais en même temps il avait dirigé un regard fort peu discret en direction du ventre de Mary Dare.

— Comment osez-vous émettre des suppositions aussi déplacées ? lui répondit celle-ci, furieuse. Malcolm Stevenson est un parfait gentilhomme, et, de plus, il a une femme charmante. Et tout de suite vous imaginez qu'il a... que nous avons... C'est parfaitement indécent, vous savez.

Gêné, Jesse toussota et contre-attaqua durement :

— Si vous voulez des bonnes manières, ce n'est pas ici qu'il faut les attendre.

Mary Dare cacha son visage dans ses mains et ses épaules s'agitèrent convulsivement, comme si elle pleurait ; ce que constatant, Jesse éprouva le besoin de la consoler, pour réparer la maladresse aggravée dont il venait de se rendre coupable, mais il sut résister à cette impulsion et se trouva content de lui.

Quand la jeune femme le regarda de nouveau, elle était

plus pâle et ce fut avec une grande tristesse, mais sans aigreur, qu'elle reprit le cours de la conversation :

— Malcolm était mon ami et un professeur passionnant. C'est lui qui m'a appris tout ce que je sais en matière de météorologie et d'astronomie. Cela dit, il y a tant de choses encore que j'ignore, que c'en est désespérant.

Elle soupira, puis posa la main sur son ventre.

— Il m'arrive de penser que la vie est étrange, tout de même. Tout le monde vous dira que le contournement du cap Horn est un des voyages les plus dangereux qui soient, et pourtant c'est ici dans ces eaux tranquilles que j'ai fait naufrage.

La brise océane s'était renforcée, plaquant la robe contre le corps de la jeune femme dont elle dessinait les contours avec une netteté hallucinante ; Jesse admirait et se reprochait son indécent intérêt.

— Vous ne croyez pas que nous devrions nous mettre à l'abri ? finit-il par proposer ; le thé va refroidir.

Sans y penser, il tendit la main pour aider Mary Dare à rentrer en passant devant lui ; elle lui jeta un regard étonné, puis sourit et accepta.

— Merci, dit-elle simplement.

Ils retournèrent dans la petite pièce où les attendait la collation. Là, ils observèrent un assez long moment de silence, étonnant pour Jesse qui commençait à bien connaître le doux penchant de la jeune femme pour le bavardage. Ils écoutaient les murmures de la mer et du vent.

— Il voulait m'apprendre à lire et à écrire, murmura soudain Mary Dare, perdue dans ses pensées.

— Qui ?

— Malcolm ; il savait que j'en avais grande envie, mais quand le bateau entra dans le port de San Francisco je décidai de m'arrêter là.

Sans transition, elle montra le registre ouvert sur la table.

— Qu'est-ce que c'est ?

— Mon journal de bord ; tous les gardiens de phares doivent en tenir un.

Son visage s'éclaira.

— Vous voulez dire que vous écrivez ce que vous faites ? Tous les jours ?

— Oui, et depuis mon premier jour ici.

Jesse désigna les volumes soigneusement rangés sur une étagère.

— Et voici les œuvres de mes prédécesseurs.

— Chaque jour, murmura Mary Dare ; c'est bien, de conserver le souvenir de tout ce qu'il nous arrive.

Elle s'anima.

— Lisez-moi ce que vous avez écrit le jour où vous m'avez trouvée.

Jesse rougit jusqu'aux oreilles et s'en trouva gêné. Lentement, il tourna une page en arrière et posa son doigt sur la date du dimanche précédent ; la jeune femme ne tenait plus en place.

— Lisez-moi bien tout, reprit-elle. C'est la première fois que quelqu'un parle de moi dans un livre, vous comprenez.

Jesse toussota.

— « Dimanche 2 juin 1876, 6 h 02. Trouvé sur la plage la rescapée d'un naufrage. »

Il referma le journal avec bruit. Les yeux écarquillés, Mary Dare le regarda longuement et il se dit qu'il n'avait jamais été l'objet d'une telle admiration. Mais il ne tarda pas à déchanter.

— C'est *ça* que vous appelez une histoire ? s'écria-t-elle en désignant le journal d'un index dégoûté.

Il cilla et se défendit.

— Il n'est pas question de raconter des histoires, mais de rendre compte. Qu'est-ce que vous espériez ? Quelque chose dans le genre de *Robinson Crusoé ?*

— Qui ?

— Aucune importance.

La jeune femme se pencha. Les deux mains à plat sur la table, elle reprit :

— La rescapée d'un naufrage… C'est tout ce que vous avez trouvé à dire ?

— Je dois rapporter les faits avec concision.

— Je veux bien, mais tout de même ! Je n'imaginais pas que le drame qui a modifié le cours de ma vie pût être rendu en aussi peu de mots ; ce n'est plus de la concision, mais de la sécheresse.

Jesse commençait à s'énerver.

— Pour la dernière fois, ceci est un rapport officiel, pas une histoire pour occuper les veillées dans les chaumières. Le règlement...

— Ah, si c'est le règlement...

Mary Dare se dirigea vers l'étagère et prit un volume, qu'elle ouvrit au hasard. Son visage s'éclaira quand elle vit des pages entièrement couvertes d'une grande écriture généreuse. Elle ordonna :

— Regardez donc ; j'ai l'impression que votre prédécesseur n'avait pas la même conception que vous du règlement.

Jesse se pencha et parcourut les deux pages offertes à son regard : c'était la description d'une tempête où ne manquaient même pas les prières adressées à Dieu par le gardien apeuré.

— Il n'a pas oublié un détail, déclara Jesse, non sans mépris.

— Vous avez compris ? lui dit Mary Dare en saisissant le porte-plume, qu'elle lui tendit. Nous allons réécrire votre compte rendu de dimanche dernier.

— Nous ?

— Je viens de vous avouer que je ne savais ni lire ni écrire. Alors, vous allez écrire sous ma dictée.

Les lèvres de Jesse s'entrouvrirent pour une protestation, mais il hésita, pesant encore les arguments pour et contre. Il pouvait refuser la proposition et s'exposer à une nuit entière de dispute. Mais, s'il acceptait, ce serait pour consigner des bizarreries dans son journal ; cela dit, l'inspecteur des phares ne venait que très rarement au cap de Désespérance, et même alors il ne jetait sur le registre qu'un coup d'œil très superficiel.

En soupirant, Jesse trempa sa plume dans l'encre.

— Je vous écoute.

Mary Dare ferma les yeux. Elle se concentrait.

— Allons-y ; vous êtes prêt ?

— Prêt.

Les yeux toujours fermés, et les mains croisées de façon dramatique sur sa poitrine, la jeune femme commença à déclamer :

— Le vent soufflait très fort cette nuit-là, il gémissait comme les sorcières de Dunglow qui font si grand-peur aux petits enfants. La nuit était tellement noire qu'on n'y voyait pas à trois pas, et que dans notre bateau ballotté par les éléments plus personne ne pouvait dire où nous nous trouvions… Vous arrivez à suivre ?

Jesse écrivait comme un furieux, essayant de ne pas perdre un seul mot de cette ridicule narration. Il hocha la tête et Mary Dare reprit :

— C'est alors que la tempête se leva. Le pauvre *Chanceux* était malmené comme un vulgaire bouchon de liège et les vagues l'envoyèrent se fracasser sur un rocher. Il y eut un craquement épouvantable.

Elle ponctua cette notation d'un fort coup de poing sur la table, qui fit sursauter Jesse ; sa plume se planta dans le papier et répandit une gerbe d'encre en gouttelettes sur toute la page. Il ne songea même pas à protester.

La narratrice s'exaltait.

— Le bateau se fendit littéralement en deux. Les passagers précipités dans la mer toute noire avaient l'impression de voir l'enfer s'ouvrir sous eux.

Elle avait le visage extatique et il ne faisait nul doute qu'elle prenait grand plaisir à cet exercice, nouveau pour elle, qui consistait à mettre des mots les uns au bout des autres.

— Comme le bras de Cuchulain le Géant, une vague se leva pour emporter notre brave héroïne, dont elle se joua ainsi que d'une balle qu'elle élevait vers la cime du ciel avant de la ramener vers l'abîme, presque jusqu'au fond de la mer… Je suis assez contente de cette phrase ; qu'est-ce que vous en pensez, vous ?

Jesse ne répondit pas. Il était trop occupé à réprimer le rire qui montait en lui ; déjà, ses épaules s'agitaient de façon convulsive, et ses yeux se mouillaient de larmes. Il émit même un petit gémissement qui ressemblait assez à un sanglot, ce qui lui valut cette réflexion :

— Je comprends votre émotion, cher Jesse, car elles sont terribles, les épreuves que j'ai subies. Mais vous le voyez bien : je suis saine et sauve. Alors, ne vous affligez pas pour moi.

— Je vous promets de me contrôler, réussit-il à dire.

Mais son écriture était de plus en plus chaotique ; Mary Dare reprit le cours de la dictée :

— Elle savait que son sort reposait entre les mains de Dieu tout-puissant. Folle d'angoisse, elle s'accrocha à un morceau de mât qui passait à sa portée, alors que la mer avalait *Le Chanceux*, lequel disparut dans un bruit de succion dégoûtant. Tous les hommes d'équipage avaient été engloutis avec le bâtiment et il ne restait donc plus que notre intrépide héroïne pour raconter cette affligeante aventure.

— Affligeante, c'est le mot, murmura Jesse, juste pour lui-même.

Intarissable, la jeune femme poursuivait son récit, lui donnait des développements inattendus ; Jesse couvrait des pages et des pages et se satisfaisait de ce que la crampe de sa main lui interdisait désormais de rire.

— … Mais voilà qu'il accourait enfin sur la plage, le héros, l'archange envoyé par Dieu. Il se pencha sur l'infortunée créature, la saisit dans ses bras robustes pour lui donner le plus tendre des baisers, grâce à quoi elle revint aussitôt à la vie.

Jesse leva la plume.

— Attendez un peu. De qui parlez-vous, là ?

Mary Dare lui jeta un regard plein d'innocence étonnée.

— De vous, bien sûr, au moment où vous m'avez ramassée sur la plage. Allez, trempez votre plume dans l'encre, qu'on en finisse. Où en étais-je ? Vous me faites perdre le fil de mes pensées. Vous pouvez relire la dernière phrase, s'il vous plaît ?

Jesse essaya de garder un visage solennel, la mine qui convenait, mais, sa main reposée, il se sentait de nouveau enclin à l'hilarité. Il lut :

— « Mais voilà qu'il accourait enfin sur la plage… le héros… l'ange, envoyé par Dieu… Il se pencha sur… l'infortunée créature… la saisit dans ses bras… robustes pour lui donner… le plus tendre des baisers… ».

Incapable d'en dire davantage, il jeta son porte-plume et prit son visage dans ses mains ; Mary Dare se pencha pour lui souffler à l'oreille :

— Je sais que c'est dur, mais essayez de contenir vos larmes. C'est bientôt fini, maintenant.

C'en était plus que Jesse pouvait supporter. Et lui, qui n'avait plus ri en douze ans, qui même n'avait pas souri, jeta la tête en arrière pour donner enfin libre cours à son hilarité. Il eut beaucoup de mal à recouvrer le contrôle de soi, et cela fait, il n'osa pas tout de suite affronter le regard de l'Irlandaise.

— Je suis désolé, dit-il d'un ton piteux. Je n'aurais pas dû.

Pensant terminer sa lecture, il jeta un coup d'œil vers la page, et aussitôt partit d'un nouveau, d'un énorme éclat de rire.

— Excusez-moi, souffla-t-il dès qu'il put. Je ne peux plus…

Mary Dare lui accorda un regard torve, mais elle se mit bientôt à sourire aussi et elle répondit :

— Mon cher, vous avez de la chance que j'aie le sens de l'humour, car autrement il pourrait vous en cuire.

Puis elle lui toucha la main et murmura :

— Jesse…

— Oui ?

— C'est la première fois que je vous vois ainsi. Jamais je ne vous avais entendu rire.

— Cela ne m'arrive pas souvent, je le reconnais.

— Vous avez tort ; maman avait l'habitude de dire que le rire était une chanson sans paroles.

Mary Dare se détourna et son châle balaya la table, entraînant le porte-plume qui tomba par terre. Elle se baissa aussitôt pour le ramasser et Jesse agit de même. Ainsi se retrouvèrent-ils à genoux, nez à nez, en se regardant comme s'ils se voyaient pour la première fois. Lentement, ils se relevèrent, en oubliant l'un et l'autre le porte-plume.

— Mary, murmura Jesse d'une voix rauque, presque inaudible. Mon Dieu…

Incapable d'en dire davantage, il se jeta sur la jeune femme qu'il saisit par la nuque et attira contre lui, avec violence. Et il lui prit la bouche, qu'il se mit à dévorer de baisers comme si son salut en dépendait.

Plus rien d'autre ne comptait pour lui et pourtant des

grincements suspects attirèrent son attention. Il s'arracha au vertige en murmurant :

— La machinerie !

— Je ne comprends pas, dit Mary, haletante.

Il descendait déjà à grand bruit l'escalier métallique menant à la salle du bas. Là, il se jeta sur la grande manivelle au moyen de laquelle il retendit les ressorts du mécanisme qui donnait à la lanterne un mouvement circulaire et régulier. Quand il eut terminé, il se retourna. Mais il savait déjà que Mary était là, qu'elle le regardait.

« Un jour, vous me rendrez mon baiser. »

— Il faut… euh… tourner la manivelle toutes les quatre heures, bredouilla-t-il. C'est une obligation à laquelle je n'ai jamais failli.

— Vous êtes un employé très scrupuleux.

— Je fais mon devoir, ni plus ni moins.

Il était redevenu sérieux, sévère ; normal, en quelque sorte. Ce n'était pas parce qu'il avait, un moment, oublié sa réserve qu'il allait se jeter dans le dévergondage. Il ne devait plus oublier que cette femme, si jolie fût-elle, était enceinte des œuvres d'un autre et qu'elle refusait obstinément de livrer d'élémentaires précisions à ce sujet ; il fallait donc s'en garder, la chasser, ce qui serait accompli dès que la route vers la ville serait de nouveau ouverte.

— Il est tard, reprit Jesse, après avoir donné encore quelques tours de manivelle, au risque de briser le ressort trop tendu ; vous devriez aller vous coucher, maintenant.

— Vous croyez ?

— J'en suis sûr.

— Alors, j'y vais.

Mary Dare descendit quelques marches de l'escalier plongeant vers le sol, puis se retourna.

— Jesse…

— Oui ?

— Nous n'avons pas fini d'écrire mon histoire.

— Nous la terminerons une autre fois… peut-être.

— Peut-être, oui.

Elle s'enfonça un peu et s'arrêta encore.

— L'ennui, dit-elle, c'est que je n'en connais pas la fin.

10

Quand Mary s'éveilla, tard le lendemain matin, elle resta un long moment allongée pour profiter du soleil qui illuminait la chambre et réchauffait son lit. Et elle sourit en se remémorant par le détail tout ce qu'il s'était passé au sommet du phare ; scène extraordinaire, magique pour ainsi dire, mais Malcolm Stevenson eût dit que c'était la manifestation du destin.

Dans les premiers temps d'après le naufrage, elle s'était longuement demandé pourquoi elle avait échappé à la noyade quand tous les hommes du *Chanceux* avaient succombé et avait parfois pensé que c'était une faveur qui lui avait été accordée à cause de son bébé. Elle commençait à croire qu'il y avait d'autres raisons, plus mystérieuses encore, plus profondes aussi. Elle avait été attirée en ces lieux parce que Jesse avait besoin d'elle.

Elle se leva et s'habilla vite, puis se brossa les cheveux avec soin, afin d'ordonner à la perfection ses boucles si souvent emmêlées. Quand elle fut prête, elle sortit dans le jardin et s'attarda devant un buisson de roses dont elle cueillit une fleur encore à l'état de bouton. Elle rentra ensuite et trouva Jesse dans la cuisine, où il préparait le café.

— Le meilleur moment du matin !, cria-t-elle.

Jesse répondit d'un hurlement :

— Aïe !

Il venait de poser les doigts sur l'anse, bouillante, de la cafetière. Il recula d'un bond et agita la main en exprimant bruyamment sa douleur.

Mary se précipita vers lui, l'attrapa par le poignet qu'elle l'obligea à plonger dans le seau d'eau posé sur l'évier.

— Pas bien réveillé ? demanda-t-elle.

— Exact, grommela Jesse ; j'ai mal dormi.

Mary tourna la tête pour dissimuler son sourire.

— Moi, j'ai dormi comme un bébé. Remarquez, avec tout le travail que vous avez dans ce phare, je comprends que vous dormiez mal.

Jesse entoura sa main d'un morceau de tissu et retourna vers le fourneau pour prendre, cette fois avec toutes les précautions utiles, la cafetière dont il déversa le liquide dans un bol déjà prêt sur la table ; Mary toussota avec insistance. Il se tourna vers elle.

— Vous en voulez ?

— Je vous remercie.

Elle prit le bol qu'il lui tendait, en but une gorgée, puis le reposa et s'occupa de sa rose, qu'elle plaça dans un petit vase ; pendant ce temps, Jesse remplissait un second bol et s'assit. Il ne manqua pas de froncer les sourcils en voyant la fleur au beau milieu de la table, mais il ne voulut, ou n'osa faire aucune réflexion. Cependant, il déplaça le vase, le poussa sur le côté, d'un geste rapide, comme s'il s'agissait de faire disparaître un objet sale.

Sans mot dire, Mary remit le vase au beau milieu de la table ; Jesse tendit la main pour renouveler son geste, mais il s'entendit alors dire :

— A votre place, je ne ferais pas ça.

C'était dit sans élever la voix, mais de façon extrêmement ferme ; Mary avait appris cette technique de sa mère.

Jesse ne dit plus rien et plongea le nez dans son bol de café. Le silence qui s'installa permit à la jeune femme d'admirer tout à loisir sa rose à peine éclose. Puis elle jeta un coup d'œil par en dessous à son vis-à-vis, qui lui fit irrésistiblement penser à un ours mal léché. Elle voulut engager la conversation.

— Jesse…

— Mary…

Ils avaient repris la parole en même temps.

Mary éclata de rire et reprit :

— Voilà qui commence bien ; qu'est-ce que vous vouliez me dire ?

Jesse prit encore le temps de boire beaucoup de café et de s'éclaircir la gorge avant de lui répondre :

— Je voulais vous présenter mes excuses pour ce qui s'est passé hier soir.

— Ah oui ?

Mary n'avait pas envie de rendre plus aisées les nécessaires explications. Avec un petit sourire en coin, elle spécifia :

— Vous pourriez vous montrer un peu plus précis ? C'est que j'ai la tête dure, vous savez ; surtout le matin.

Jesse la regarda pendant un long moment et elle crut qu'il allait se remettre à sourire. *Vas-y !* pensa-t-elle en songeant au miracle qu'avait représenté pour elle, la veille au sommet du phare, le rire qui avait illuminé leur entrevue, ce rire aussi inattendu qu'une fleur apparaissant dans la neige. Malheureusement, le cher Jesse avait repris son visage des mauvais jours, c'est-à-dire de tous les jours.

— Je veux bien vous pardonner, reprit Mary, mais il faudrait d'abord que vous m'indiquiez quelle faute vous avez commise.

— Je n'aurais pas dû prendre ces… libertés avec…

Peu audible, la voix de Jesse s'éteignit tout à fait. Mais il prit une longue inspiration et se lança de nouveau :

— C'était très incorrect de vous… malmener.

— Vous trouvez ?

— Oui, un gentleman n'a pas à forcer ainsi une jeune femme.

— Je ne me souviens pas que vous m'ayez forcée, murmura Mary, dont le visage reflétait la plus parfaite candeur.

— Alors, nous avons commis une faute tous les deux.

— Comment cela ? demanda-t-elle, un ton au-dessus, déjà.

Son indulgence fondait comme une motte de beurre oubliée en plein soleil ; Jesse Morgan était l'homme le plus décourageant du monde, et il avait une façon de se remémorer les événements de la veille qu'elle trouvait très, très humiliante pour elle.

— Avons-nous causé quelque dommage ? s'enquit-elle. Pourriez-vous m'expliquer quel mal nous nous sommes fait ?

— Aucun, c'est évident, répondit Jesse, mais cela n'aurait pas dû se produire ; voilà notre faute.

Bouleversé, il se leva si vite qu'il bouscula et faillit renverser la table. Il resta là, tête baissée devant Mary, comme un pénitent attendant la sentence. Quand il se redressa, il affectait de nouveau une impassibilité parfaite.

— Le mieux est de tout oublier, annonça-t-il ; c'est tout ce que j'ai à dire.

Puis il se hâta de sortir de la cuisine en grommelant qu'il avait du travail dans la grange.

Mary resta assise un long moment, à siroter son café tout en observant la progression du carré de lumière tombant de la fenêtre sur le plancher ; une fenêtre qu'elle avait lavée hier ; se pouvait-il que ce fût seulement hier ? Une éternité, lui semblait-il. Puis elle reporta son regard sur la boule de verre que lui avait offerte, hier aussi, Jesse qui avait parfois de ces gestes gentils qu'il rattrapait bien vite par des propos plus acerbes que jamais.

Les hommes… D'un air pensif, elle posa la main sur son ventre. Elle se souvint de celui qui s'était plus d'une fois agenouillé devant elle pour clamer qu'il n'aimerait jamais qu'elle ; des propos qu'elle avait pris pour argent comptant ; quelle sotte ! et tout cela parce que cet homme lui offrait des bijoux et des promenades en calèche, au clair de lune.

Pour évacuer ses pensées déprimantes, Mary décida de se lancer dans un grand ménage. Elle se mit donc à la tâche et, après encore quelques instants de morosité, elle commença à chantonner tout en jetant de pleins seaux d'eau sur le parquet.

La cuisine n'était pas précisément sale, elle était même dans un état de propreté décourageant pour qui voulait faire du zèle et, cependant, il lui manquait quelque chose ; quelque chose d'important. Elle ne semblait pas négligée, mais c'était comme si personne n'y habitait. En fait, cette maison n'avait pas d'âme.

Poursuivant son travail, Mary attaqua l'escalier et passa dans la chambre de Jesse ; s'il était une pièce sans âme, c'était bien celle-là, qui ressemblait à une chambre de pension de famille hébergeant, très provisoirement, un homme soucieux de n'y laisser aucune trace ; et pourtant Jesse dormait là depuis douze ans !

Il fallait remédier à tant de tristesse ; Mary posa à la

fenêtre deux rideaux qu'elle avait confectionnés la veille et, sur le lit d'aspect militaire avec une stricte et rêche couverture grise, elle disposa un quilt que lui avait donné Palina, pour elle-même. Ne pouvant, ne voulant s'en tenir là, elle planta son index dans l'oreiller, qu'elle estima bien maigre, et elle décida aussitôt de s'en procurer un autre, plus confortable. Elle ouvrit le placard où elle trouva d'abord une carabine et des munitions, un grand coutelas de chasseur ; mais, sur le rayon du haut, il y avait bien un oreiller, hors de portée.

Pas tout à fait car, en se hissant sur la pointe des pieds, Mary put attraper, entre deux doigts, le coin de l'oreiller qui dépassait. Elle tira, sans succès, et dut s'y reprendre à plusieurs fois avant de voir enfin la grosse masse rebondie glisser lentement vers elle. Pour en finir, elle l'agrippa à deux mains et tira de toutes ses forces ; l'oreiller, enfin, tomba sur son pied. Elle poussa un cri de douleur, s'assit sur le plancher et massa lentement ses orteils endoloris en regardant d'un œil mauvais, puis de plus en plus curieux, le gros coffret de bois qu'elle avait fait tomber.

Oubliant bientôt sa souffrance, elle se pencha pour saisir l'objet ancien, en noyer ou peut-être de bois de rose, en tout cas fort ancien à en juger par la patine qui l'avait rendu bien lisse ; au centre du couvercle avait été fixée une plaque d'argent portant trois lettres entrelacées.

— E… L… M…, énonça la jeune femme à mi-voix, en

suivant, du doigt, le contour des lettres, pour les mieux reconnaître.

Des initiales, à n'en pas douter, mais pas celles de Jesse ; Mary ne savait pas lire, mais possédait assez son alphabet pour s'en rendre compte.

Elle se disposait à remettre sa trouvaille dans le placard quand le couvercle, soudain, se souleva avec un petit bruit de ressort détendu. Elle le rabattit, mais il ne resta pas en place et se dressa de nouveau. Fronçant les sourcils, elle reposa le coffret sur le plancher et se pencha pour l'observer en respirant les effluves musqués qui s'en échappaient. Un parfum corsé, jugea-t-elle ; pas désagréable, mais ancien à coup sûr, et éventé.

Elle savait déjà qu'elle entreprenait une expédition dans le passé ; le passé de Jesse.

Le coffret contenait un chemisier fait du tissu le plus fin que la jeune femme eût jamais vu, et des gants de dentelle avec des boutons si minuscules qu'ils ne pouvaient être mis en place qu'avec un crochet ; une rose séchée aussi, soigneusement enveloppée dans un papier de soie ; un éventail de soie peinte, représentant des myosotis.

C'étaient là les possessions d'une femme, toutes d'une grande finesse, et témoins d'une vie raffinée. Elles avaient appartenu à une dame de qualité ; la mère de Jesse, peut-être ?

Mary remonta les genoux sous son menton, pour réfléchir ; tout compte fait, ces objets n'avaient pu appartenir à la mère de Jesse. Elle avisa alors une petite boîte de cuir, qu'elle ouvrit et qui lui révéla deux portraits en vis-à-vis, dont celui d'une ravissante jeune fille pensive qui, le visage entre les mains, semblait sourire au jeune homme sur l'autre battant.

Mary venait de découvrir le grand secret de Jesse.

Assez joyeux et presque souriant, Jesse entra dans la maison. Il y apportait un oursin qu'il avait trouvé sur la plage, juste sous la haute falaise, et que tout de suite il avait voulu offrir à Mary Dare ; certes, il ne s'agissait pas d'une trouvaille aussi fantastique que la boule de verre, mais c'était un joli oursin parfait en taille comme en symétrie.

Dans la maison régnait une bonne odeur de propre. Il semblait aussi que la lumière y fût plus vive, malgré l'heure déjà tardive et alors que le soleil était prêt à disparaître. Il n'était pas besoin de promener son doigt sur tous les objets pour constater qu'il n'y avait plus un grain de poussière à trouver nulle part : Mary Dare avait dû avoir encore une rude journée.

Donc, elle était parfaitement remise ; partant, elle n'avait plus qu'à aller se faire voir ailleurs ; dès que la route serait dégagée, par exemple.

C'était ce que Jesse avait désiré dès les premiers moments où il avait accueilli la jeune femme dans sa tanière. Combien de fois n'avait-il pas pesté en la voyant s'incruster, trouver tous les prétextes possibles pour l'importuner encore un peu. Mais les manœuvres dilatoires n'étaient plus de mise et, sous peu, il se retrouverait seul pour mener sa petite vie tranquille et sans imprévu.

L'ennui, c'est qu'il n'était plus très sûr de vouloir encore cela. Il était certain qu'une femme comme Mary Dare n'avait rien à faire avec un homme comme lui, qui ne la méritait pas ; et pourtant...

Pourtant c'était sur sa plage que l'océan avait rejeté la jeune femme, juste sous son phare, une nuit où il y était de garde.

« Il y a douze ans, la mer a pris ce que tu avais de plus cher, lui avait dit Palina. Aujourd'hui, elle t'apporte peut-être la compensation que tu mérites. »

C'était une croyance à laquelle Jesse ne voulait pas adhérer, par raison ; et pourtant, depuis que Mary Dare habitait chez lui, depuis qu'elle faisait plus ou moins partie de sa vie, il lui semblait qu'une parcelle de lui-même, pas tout à fait morte contrairement à ce qu'il avait cru, commençait à se réveiller. Naturellement, il ne voulait pas cela, puisqu'il était venu se cacher ici pour souffrir, jusqu'à la fin de ses jours. Le bonheur ? Il ne voulait plus le connaître, il n'y avait plus droit ; la solitude, tel était son destin.

Mary Dare — comment s'en étonner ? — avait d'autres idées, un projet différent qu'il n'approuvait pas. Mais avait-il le droit de rejeter cette femme seule qui avait tout perdu, excepté le bébé qu'elle portait ?

— Mary ? Est-ce que vous êtes là ?

Pas de réponse ; un frisson parcourut Jesse.

— Mary ?

L'horloge égrenait dans le silence son tic-tac lancinant.

Jesse se rendit dans la cuisine, s'empara de sa bouteille de whisky dont il arracha le bouchon. Il but une longue rasade et grimaça sous la brûlure du liquide ; le silence l'oppressait ; l'Irlandaise avait quitté la maison, enfin. C'était bien ce qu'il voulait, n'est-ce pas ? N'est-ce pas ?

C'est alors qu'il perçut un craquement dans le plafond, juste au-dessus de sa tête. Reposant la bouteille sur la table, il se précipita vers l'escalier ; le pire était à craindre : Mary Dare pouvait avoir fait une chute et s'être gravement blessée ; pourvu qu'il ne fût pas arrivé d'accident au bébé... Il entra dans sa chambre et, haletant, la gorge sèche, murmura :

— Mary ?

Assise sur le plancher, adossée au mur, juste sous la fenêtre, elle lui montrait un visage livide, des yeux agrandis comme sous l'effet de la terreur ; tremblant de peur, il fit un pas de plus vers elle.

A ce moment, il découvrit les objets répandus devant elle, et il lâcha un mot affreux, un mot qu'il n'avait jamais prononcé devant une femme, et même pas pour lui-même. Et encore, il ne le trouvait pas suffisant pour exprimer la rage qui l'avait saisi.

Si elle avait été offensée, elle ne le montra pas car elle

ne tressaillit pas, ne cilla même pas. Elle murmura avec douceur :

— Vous auriez dû tout me dire, Jesse.

En un seul bond, il fut près d'elle, se laissa tomber à genoux pour fourrer en hâte son trésor dans le coffret, très vite, sans trop regarder car il y avait là des objets qu'il ne voulait plus regarder, de peur de raviver ses souffrances.

— Vous n'avez rien à faire ici, dit-il d'une voix très basse et chargée de menace. Ma vie ne vous intéresse en rien, et si vous aviez un tant soit peu de respect pour moi vous n'auriez pas ouvert ce coffret, parce que…

— Il est tombé, plaida la jeune femme. Il est tombé et s'est ouvert tout seul.

Jesse se pencha pour attraper le portrait, mais l'Irlandaise, plus rapide, s'en saisit avant lui et l'agita sous son nez en disant :

— Je veux savoir.

— Mais pourquoi, bon Dieu ?

— Parce que je m'intéresse à vous.

— Vous ne devriez pas.

— Trop tard, Jesse ; je m'intéresse à vous et vous ne pourrez pas m'en empêcher.

De quoi se mêlait-elle, alors qu'elle n'avait rien à faire ici, qu'elle habitait dans cette maison, très provisoirement, comme une étrangère tolérée ? Elle devait partir au lieu de se croire obligée à une mission de consolatrice ; mais si, justement, le meilleur moyen de la décourager était de tout lui révéler ?

Jesse se força à fixer son regard sur le portrait et il se reporta ainsi dans le passé, un passé révolu et qu'il avait essayé d'abolir à jamais.

— J'avais vingt ans quand cette photographie a été prise, dit-il d'une voix rauque.

Mary Dare reposa doucement le portrait sur le plancher, entre eux.

— Vous étiez très beau ; aussi beau que le prince charmant qu'on nous décrit dans les contes ; peut-être trop beau même, trop soigné, trop tiré à quatre épingles ; pas un cheveu qui dépasse, pas un faux pli dans vos vêtements ; une vraie gravure de mode ! Alors que maintenant vous paraissez un peu plus rude, plus humain aussi, plus vrai, je dirais.

Jesse reporta son regard sur l'autre portrait, sur la toute jeune fille en robe de dentelle blanche qui n'avait pu fixer l'objectif ainsi que le photographe le lui avait recommandé ; le visage légèrement tourné, elle le regardait avec amour et émotion, et comment s'en étonner puisque le cliché avait été pris le jour de leurs noces ? Et lui, à ce moment, se soûlait de bonheur rien qu'à la regarder, en se disant qu'elle était à lui pour toujours ; ce *toujours*, par malheur, n'avait duré que deux ans.

— Elle s'appelait Emily Leighton ; je l'ai épousée, il y a quatorze ans maintenant.

Mary Dare montra les objets épars.

— Et cela, je suppose, lui appartenait.

Jesse reprit le double portrait et le referma avec bruit ; son portrait et celui d'Emily, témoins d'une époque abolie à tout jamais, ne devaient plus reparaître au grand jour.

— Combien de temps avez-vous été mariés ?

Perdu dans ses pensées, Jesse avait oublié la présence de Mary Dare toujours assise en face de lui et pleine d'une insatiable curiosité.

— Presque deux ans, dit-il ; et puis, un jour, elle a…

Jesse leva les yeux en direction de la fenêtre ; le ciel avait cette couleur-là, ce jour-là… ç'avait été une fort belle journée : soleil éclatant dans un ciel sans nuages, mer d'huile… Jesse avait même pensé : « On ne peut rêver de meilleures conditions pour un voyage. » Mais Emily ne l'entendait pas de cette oreille, Emily se rebellait, et après douze ans il entendait toujours résonner dans sa tête les cris qu'ils s'étaient jetés l'un à l'autre ; leur première querelle depuis le début de leur union…

— Comment oses-tu ? lui avait crié Emily. Comment oses-tu me jeter dans ce bateau comme si j'étais une enfant ?

Il se rappelait encore la douceur de ces épaules qu'il avait prises dans ses mains, pour tenter de raisonner et de calmer sa jeune épouse en colère.

— Emily, je t'en prie, écoute-moi. Ce n'est que pour quelques jours, je te le promets. Je te rejoindrai à San

Francisco dès que possible, et plus tôt que tu ne le crois. Tu verras : tu n'auras même pas le temps de souffrir de mon absence.

La jeune épouse avait haussé les épaules et tapé du pied. Puis de son réticule elle avait tiré un petit mouchoir au moyen de quoi elle s'était tamponné les yeux avant de répondre :

— Tu sais bien que je déteste être sans toi.

— Et pourtant tu as très bien supporté mon absence, l'été dernier. Je crois me rappeler que ta belle-mère et toi avez pris beaucoup de bon temps, aux spectacles et dans tous ces magasins où tu as si joyeusement dépensé l'argent que je me tue à gagner.

Il fallait plaisanter, garder un ton joyeux et léger pour rassurer la chère enfant ; et pourtant, Jesse était aussi malheureux qu'elle. Il reprit :

— Tu es une dame du monde, mon amour, et une expédition annuelle dans la grande ville s'impose. C'est une obligation à laquelle tu ne saurais échapper. Simplement, tu pars cette année un peu plus tôt que d'habitude.

— Cette année, c'est différent.

Prononçant ces mots, Emily avait baissé les yeux en direction de son ventre.

Quand elle lui avait annoncé la nouvelle, il avait poussé des exclamations de joie qui avaient dû s'entendre très loin autour de l'immense maison qu'ils habitaient. Mais, passé ces premiers transports et les congratulations mutuelles,

Jesse avait appris que neuf mois pouvaient paraître très longs, surtout quand la future mère lui avait annoncé qu'elle préférait dormir seule, désormais.

Presque sans y prendre garde, il était alors tombé dans les bras de Lucy au rire éclatant et à la sensualité impérieuse ; cette liaison commencée dans l'insouciance s'était cependant assombrie quand la jeune femme avait émis une série de demandes puis d'exigences que Jesse avait été incapable de satisfaire, parce qu'il continuait malgré tout à tenir à son épouse qu'il n'avait nullement l'intention de quitter. Si bien qu'un matin il s'était réveillé au côté d'une maîtresse qui commençait à lui paraître dangereuse et qu'il avait décidé de lui dire, sans tarder, que tout était terminé entre eux.

— Cette année, c'est différent…

Emily ne croyait pas si bien dire ; sans sourciller, Jesse avait répondu :

— Ne crains rien, nous serons de nouveau bientôt réunis.

Puis il avait désigné la robuste femme en manteau gris qui attendait, silencieuse et massive, parmi les malles.

— Mme Ferris sera avec toi à chaque instant. Tu n'auras même pas le temps de t'apercevoir de mon absence.

Le menton d'Emily tremblait un peu.

— Si, tu me manqueras ; je le sais. Viens avec moi, Jesse.

— Je ne peux pas, Em, murmura Jesse en fourrageant

nerveusement dans ses cheveux. Granger a convoqué une réunion des directeurs pour mercredi prochain. Je n'ai pas le droit de la manquer.

— Granger Clapp s'immisce toujours entre nous. Il cherche toutes les occasions pour nous séparer.

Jesse soupçonnait que cela fût vrai : Granger, lui aussi, avait courtisé Emily et, supplanté, s'était rempli d'une aigreur qui ne tarissait point.

— Je veux attendre avec toi, avait repris Emily. Nous partirons ensemble, la semaine prochaine.

— Impossible, car tout est organisé.

Jesse avait déposé un baiser sur les deux joues de son épouse et goûté le sel des larmes. Il avait entendu encore d'autres supplications auxquelles il avait fermé ses oreilles et son cœur. Levant alors les yeux vers le ciel si parfaitement bleu, il avait observé, à l'horizon, une barre noire et menaçante, dont il s'était dit qu'elle n'était rien ; le bateau d'Emily faisait le même voyage toutes les semaines, par tous les temps, et jamais aucun incident n'avait été à déplorer.

— Donne-moi un dernier baiser, Emily. Je serai si vite près de toi que tu n'auras même pas eu le temps de t'apercevoir de mon absence.

— Oh, Jesse, je ne veux pas partir.

— Il le faut pourtant, mon amour ; ta belle-mère veut te voir.

Disant cela, il n'avait plus pu supporter le regard direct

de sa jeune épouse ; savait-elle ? Pouvait-elle le regarder dans les yeux et lire la trahison dont il s'était rendu coupable vis-à-vis d'elle ?

— Je t'aime, s'était-il empressé de reprendre. Je t'aime tant.

Ces mots qui avaient sonné faux, ces mots qui avaient porté malheur, Jesse s'était juré de ne plus jamais les prononcer.

Tandis que le remorqueur avait tiré le bateau vers la haute mer, Emily s'était tenue sur le pont, cramponnée au bastingage ; son Emily ; sa si jolie, si parfaite épouse, qui portait son enfant, et qu'il avait ignominieusement trahie. Elle avait longuement agité un mouchoir dont il se souvenait toujours comme d'un petit oiseau. Puis, tandis que les nuages s'avançaient et obscurcissaient le ciel, il avait senti son âme envahie par les ténèbres.

— Comment est-elle morte ?

Il fallait répondre à Mary Dare ; Jesse la regarda droit dans les yeux et, d'une voix d'acier, lui jeta :

— Vous voulez savoir comment est morte mon épouse ; fort bien : je l'ai tuée.

11

Mary quitta le cap de Désespérance comme elle y était venue, tout aussi démunie, sans autres possessions que les vêtements qu'elle portait ; seule différence, ces vêtements étaient secs, cette fois ; ils avaient appartenu à Emily Leighton Morgan, la femme que Jesse disait avoir tuée.

De terribles pensées la hantaient alors qu'elle courait sur le chemin serpentant dans la forêt ; elle avait pensé que ce lieu était enchanté, mais elle commençait à comprendre que la magie qui s'y exerçait ici était noire ; ici régnaient la peur et la suspicion ; ici venaient se réfugier les âmes en peine qui ne voulaient plus avoir aucun commerce avec leurs semblables.

« Comme moi », songeait-elle. Elle avait pensé pouvoir jouir au cap de Désespérance de la discrétion et de la sécurité dont elle avait tant besoin ; quelle erreur avait été la sienne ! Elle avait trouvé un être plus malheureux qu'elle, dont elle avait ravivé la douleur. Mais elle partait, et il serait bien content lorsqu'il s'apercevrait qu'elle lui avait rendu la solitude dont elle n'avait pas le droit de le priver.

Jesse Morgan le lui avait clairement fait entendre : de lui, elle ne devait rien attendre. Rien de ce qu'elle pouvait lui offrir ne l'intéressait. Jamais il ne l'aimerait, il était incapable de l'aimer, et s'il voulait bien admettre qu'elle l'avait fait rire, pour la première fois depuis douze ans, elle ne devait pas en tirer des conclusions hâtives, et en concevoir de folles espérances.

Elle s'était bien trompée sur lui ; ce n'était pas la première fois qu'elle faisait preuve d'une aussi grossière erreur de jugement quant à un homme.

Après qu'il se fut accusé de meurtre, elle l'avait regardé avec horreur, et lui semblait satisfait : enfin, il avait réussi à creuser entre eux un fossé qu'elle ne tâcherait pas de combler. Enfin, il allait pouvoir se débarrasser d'elle car, après une telle révélation, il ne faisait pas de doute pour lui qu'elle le fuirait au plus vite.

Et lui, il ne s'était pas trompé.

Mary s'en allait sans espoir de retour, en sachant qu'elle n'oublierait jamais Jesse, qui ressemblait tant à l'archange Gabriel représenté dans la petite chapelle de Ballinskelligs.

Mary courait, sans autre but que de s'éloigner le plus possible du havre de paix que trop vite elle avait cru trouver. Elle ne savait où aller et ne pouvait compter sur personne. Oh, ce n'était pas la première fois qu'elle se trouvait seule au monde ; quand son père et ses frères étaient morts, elle n'avait plus eu que sa mère, qui n'avait pas survécu bien longtemps. Elle avait dû alors vendre tous les pauvres biens de la famille pour rembourser les dettes et acheter un billet de bateau.

Contrairement à ce qu'elle avait cru, l'Amérique n'était pas le paradis. Qu'avait-elle reçu comme gratification, de ce côté-ci de l'Atlantique ? Rien, à part son bébé, et le cœur brisé en prime. Elle laissa échapper un sanglot et courut plus vite dans l'espoir de faire descendre la boule qui obstruait sa gorge. Elle n'avait pas de maison ; pas de toit pour abriter le petit être à qui elle donnerait le jour dans quelques mois.

Le jour tirait à sa fin, la lumière devenait grise. Mary avait le soleil couchant à sa gauche et savait donc qu'elle se dirigeait vers le nord ; la ville nommée Ilwaco se trouvait au nord. En continuant, elle devait retrouver la route, celle qu'elle avait fait barrer par Erik en lui demandant d'abattre l'arbre ébranlé par la tempête.

Elle avait voulu rester, s'installer là. Après tout ce qui lui était arrivé d'aventures amères, elle n'avait pas voulu, trop vite, affronter de nouveau le monde hostile ; une retraite de quelque temps lui avait paru éminemment profitable. Mais plus les jours passaient, plus elle s'était intéressée au gardien de phare adepte de la retraite définitive.

Il ne souriait jamais, et avait pris le parti de se montrer bourru, voire brutal, et pourtant Mary était sûre qu'il possédait en fait des trésors d'amour et de tendresse.

Le souffle court, elle s'arrêta et à haute voix proclama, pour le seul bénéfice des arbres :

— Il n'y a que moi qui connaisse vraiment Jesse Morgan.

D'où il découlait qu'elle seule pouvait le sauver, le délivrer d'un passé ténébreux qu'il ressassait trop à loisir.

— Mais pourquoi ferais-je cela ? demanda-t-elle en reprenant sa marche, à pas plus lents. S'il veut vivre seul, comme une bête dans sa tanière, cela ne me regarde pas.

Elle poussa un long soupir agacé ; une autre conviction la travaillait : son destin était indissolublement mêlé à celui de Jesse Morgan.

L'obscurité envahissait la forêt, l'air devenait plus frais ; Mary trébucha, se rattrapa de justesse à une branche et, soudain découragée par ce menu incident, s'assit sur l'herbe humide. Ayant trop couru, elle avait besoin de repos. D'autre part, elle n'était plus aussi sûre d'agir bien en fuyant la maison de Jesse Morgan. Adossée à un arbre, elle ferma les yeux et respira lentement ; dans sa tête tourbillonnaient les pensées et les souvenirs qui résumaient sa vie au cours des derniers mois.

Elle ne savait ni lire ni écrire, mais il était une phrase qu'elle savait par cœur et reconnaissait entre toutes, parce que c'était la première leçon qui lui avait été inculquée en Amérique. Elle se saisit d'une branchette et dans la boue traça les lettres infamantes : « Ni chiens ni Irlandais. » Combien de fois n'avait-elle pas aperçu ce panonceau dans les vitrines des boutiques, à la porte des hôtels ; le paradis tant rêvé ne voulait pas des pauvres filles comme elle sans argent et sans famille. En franchissant l'Atlantique, elle avait sans aucun doute commis l'erreur la plus tragique de toute sa vie.

Elle ne connaissait qu'un seul endroit accueillant sur cette terre inhospitalière : la petite maison du cap de Désespérance ; Jesse Morgan n'exerçait pas de discrimination, lui ; et pour cause : il haïssait tout le genre humain, en bloc !

Mais les habitants d'Ilwaco ; détestaient-ils aussi les Irlandais ? Ou seraient-ils capables d'accueillir avec humanité une femme pauvre, pas mariée et cependant enceinte ?

Cette idée arracha un rire amer à Mary ; que d'illusions elle pouvait se faire encore ! Comme si elle ne savait pas déjà que le monde était dur pour ceux qui ne faisaient pas partie des riches et des puissants ; mais cela la dispensait-il de lutter ? Non. Courageusement, elle se leva et se remit en route.

Comme pour la moquer, les éléments se mirent de la partie contre elle ; la pluie commença à tomber, en grosses gouttes qui ricochaient avec bruit sur les feuilles des arbres avant de s'écraser sur son visage. Ayant de plus en plus froid, elle releva son châle dont elle se protégea la tête et marcha plus vite ; l'ennui, c'était que les nuages vite amoncelés au ciel avaient aggravé l'obscurité. Elle n'y voyait presque plus.

— Parfait ! murmura-t-elle, les dents serrées ; la pluie, le froid et la nuit ; c'est complet !

Encore quelques pas, et le découragement la prit tout à fait. Perdue, incapable de plus savoir dans quelle direction aller, elle se demanda si elle n'allait pas mourir là, loin de tout ; quelle différence cela ferait-il pour le monde ? Aucune, bien entendu.

De nouveau, elle s'arrêta, s'adossa à un arbre contre le tronc duquel elle se laissa glisser. Elle n'avait plus assez d'énergie pour agir, même pas pour penser ; l'obscurité l'isolait totalement. Trop éloignée de la maison pour apercevoir encore la lumière du phare, et trop fatiguée aussi, elle décida de s'en remettre au hasard ; qui viendrait la visiter ? un vagabond ou un ours ?

Ce fut un ours. Mary entendit le bruit sourd des pas de l'animal lourdaud, qui se rapprochait d'elle dans l'obscurité. Paralysée par la frayeur, elle ne songea pas à fuir, ce qui ne signifiait nullement qu'elle ne résisterait pas en cas de besoin. Elle n'avait pas fait un si long voyage pour se laisser dévorer par le premier ours venu !

Sa main se crispa sur un gros caillou aux arêtes acérées ; le courage lui revenait. Lentement, elle se releva, son arme de fortune à la main ; l'attente devenait intolérable. Puis elle vit son adversaire, énorme silhouette dont les yeux brillaient de malveillance.

— Je ne serai pas un repas facile pour toi, sale bête ! lui cria-t-elle.

De toutes ses forces, elle jeta sa pierre qui atteignit son but en rendant un bruit mou ; mais aussitôt après il y eut un cri horrible de douleur et de fureur à la fois. Elle se boucha les oreilles et voulut contourner son arbre, mais elle se prit les pieds dans une racine et s'étala de tout son long ; le bruit des pas avait repris, plus lentement, plus inégal. Cette fois, elle en était sûre, c'était la fin.

Un nouveau cri retentit, qui ressemblait à un hennissement ; Mary se releva et, l'animal arrivant sur elle, elle se rendit compte de sa méprise ; car c'était bien un cheval qui approchait, un cheval pacifique qu'elle avait injustement frappé ; un cheval qu'elle connaissait bien, puisqu'il s'agissait de d'Artagnan.

Pétrifiée de surprise et de honte, Mary mordit son poing, tandis que Jesse Morgan calmait la pauvre bête choquée qui, enfin, cessa de renâcler et de se cabrer pour ne plus qu'encenser assez vivement, en soufflant par les naseaux dilatés.

— Vous avez voulu tuer mon cheval ? demanda le cavalier, en venant s'agenouiller près de la jeune femme.

Incapable de répondre, elle ne pensa, alors, qu'aux mots terribles qu'il lui avait lancés : « J'ai tué ma femme. » Cependant, elle le laissa prendre ses mains pour la tirer vers le haut, la remettre debout, et s'aperçut qu'il l'examinait avec une inquiétude réelle.

— Je vais bien, dit-elle d'une voix mourante.

Aussitôt, elle vacilla et s'abattit contre lui, qui la retint et la maintint serrée ; sûrement, un homme capable d'un tel geste ne pouvait être entièrement mauvais.

— Ah, Mary, Mary, murmura-t-il ; qu'est-ce que je vais bien pouvoir faire de vous ?

Toute menue dans sa chemise de nuit blanche, une couverture sur les épaules et les pieds nus dans une bassine d'eau chaude, Mary Dare prostrée, la tête baissée et les mains croisées sur les genoux, avait l'air d'une enfant fugueuse tout juste ramenée à la maison. Elle tremblait et claquait des dents.

Debout devant elle, Jesse la regardait d'un œil torve et contenait mal son exaspération ; quel poids, quel boulet elle était pour lui ; difficile à croire, mais cette personne menue et si fragile d'aspect avait réussi à bouleverser sa vie !

Il avait cru que ce serait un grand soulagement que d'être débarrassé d'elle, et quand il l'avait vue se glisser hors de la maison il s'était frotté les mains en essayant de se persuader qu'enfin il recouvrait sa petite vie tranquille ; plus de fleurs dans la maison, et la liberté de lire autant qu'il le voudrait. Il s'était d'ailleurs jeté sur son roman de prédilection, mais au lieu de palpiter aux faits et gestes des *Trois Mousquetaires* il n'avait cessé de penser à la jeune femme, qui devait vivre une aventure bien plus réelle et moins enthousiasmante, dans la forêt déjà envahie par l'obscurité. Bientôt, il s'était senti obligé de sortir à son tour pour aller la chercher, la sauver.

Il n'était plus capable de vivre seul avec lui-même. Maintenant qu'il avait ramené l'Irlandaise, il savait aussi qu'il lui était tout aussi impossible de vivre avec elle.

Elle avala une gorgée de son thé puis, les mains toujours tremblantes, reposa sa tasse pour prendre une brosse à cheveux, au moyen de quoi elle fit quelques tentatives maladroites et inefficaces pour rendre un semblant d'ordre à ses cheveux ; trop faible, trop fatiguée.

A ce spectacle, Jesse se sentit pris de compassion en même temps que d'admiration ; c'était bien d'une femme, vouloir se peigner, en plein milieu de la nuit, alors que personne ne se trouvait là pour lui reprocher une chevelure en désordre, un aspect peu civilisé. Et, sous le coup d'une impulsion subite, il traversa la pièce pour s'emparer de la brosse ; la jeune femme le regarda avec surprise et tenta de se dérober à sa main.

— Ne bougez pas, dit-il avec douceur. Restez assise et laissez-vous faire.

En soupirant, elle s'adossa à sa chaise et lui offrit sa lourde chevelure d'or aux reflets rouges ; Jesse y plongea les mains, mais il avait le regard ailleurs : sur le cou gracile, la naissance des épaules. Il songea qu'il ne lui faudrait qu'un instant pour laisser aller ses doigts sur cette peau blanche et descendre, sans coup férir, jusqu'à la poitrine qu'il voyait palpiter sous le tissu blanc…

Comme un dormeur émergeant tout à coup d'un rêve étrange, il sursauta et chassa ses désirs mal placés. Mais, s'il ne voulait pas succomber, il devait faire vite et la prudence lui commandait de ne plus se proposer pour des tâches aussi intimes.

Plus facile à dire qu'à faire, cependant ; il s'attarda, brossa — ou plutôt caressa — les cheveux plus longtemps qu'il n'était nécessaire, et ainsi se rendit-il malade de désir. Il reposa la brosse et contourna la chaise pour revenir se placer devant Mary, aux pieds de qui il s'agenouilla. Ne sachant que faire de ses mains, il les croisa et les posa sur les genoux de la jeune femme qui le regardait, silencieuse mais non hostile ; sereine, paisible.

— Mary…

Rauque, rocailleuse, sa voix s'étrangla. Il dut toussoter avant de pouvoir reprendre :

— Mary, je n'aurais pas dû vous laisser partir.

— Et pourquoi donc ? lui demanda-t-elle d'un air las ; n'est-ce pas ce que vous désirez si ardemment : être débarrassé de moi ?

— Il est vrai que je préfère vivre seul, admit-il. Je ne vais pas commencer à essayer de vous faire croire le contraire.

— Alors, pourquoi avez-vous couru derrière moi ? Il suffisait de me laisser partir.

— Je ne veux pas non plus qu'il vous arrive malheur à cause de moi.

La jeune femme baissa les yeux.

— De toute façon, ce n'était pas à moi de m'imposer à

vous ainsi que je l'ai fait. Je m'en irai dès que les conditions favorables seront réunies.

Jesse s'irrita.

— La route est dangereuse, et c'était fort imprudent à vous de partir comme cela, surtout en pleine nuit. Si je ne vous avais pas retrouvée, vous auriez pu avoir un accident grave, ou prendre froid et ainsi tomber malade, de nouveau. Et si je vous avais perdue…

Effrayé par l'énormité de ce qu'il avait été près d'avouer, il s'interrompit et resta silencieux, sensible au regard scrutateur dont il était l'objet ; au bout d'un long moment, la jeune femme reprit :

— Si vous m'aviez perdue, donc…

— Je vous demande pardon ?

— Vous avez dit : « Et si je vous avais perdue… », je voudrais connaître la suite.

Jesse pâlit. Les lèvres sèches, il balbutia :

— Il ne faudrait pas croire que…

— Au contraire, Jesse Morgan ; au contraire ; il faut croire…

Mary Dare s'animait :

— Moi, je crois que vous dites la vérité, quand vous ne pensez plus à vous contrôler ; autrement, vous parlez pour ne rien dire, vous dites des mots qui ne valent pas la peine qu'on les écoute.

Lui prenant les mains, elle poursuivit :

— Il faut que vous me disiez ce qu'il est arrivé à votre femme ; sans cela, nous ne pourrons poursuivre…

D'un geste brusque, Jesse retira ses mains à l'emprise de la jeune femme, et il se leva.

— Poursuivre quoi ? demanda-t-il ; et d'abord, qui vous dit que j'ai envie de poursuivre quoi que ce soit avec vous ?

— Je veux simplement que nous nous connaissions mieux mutuellement. Et je crois que la vérité est toujours bonne à dire.

— La vérité ! qu'avez-vous besoin de vous mettre en peine pour *ma vérité* ?

Jesse s'éloigna de quelques pas ; la tournure prise par l'entretien lui déplaisait, et il méditait sa sortie.

— Je suis la seule survivante d'un naufrage, lui dit Mary Dare ; et c'est vous qui m'avez sauvée.

— D'abord, je vous ai ramassée sur la plage, ce qui est bien différent. Et puis, je n'ai fait en l'occurrence que mon travail.

— Mais chacun des événements qui affectent notre vie a une raison, et même si nous ne les connaissons pas ces raisons existent.

Elle sortit ses pieds de la bassine et s'en vint à la rencontre de Jesse, en laissant des traces humides sur le parquet.

— Dites-moi ce qu'il est arrivé à Emily, lui dit-elle encore d'une voix pressante. Pourquoi m'avez-vous affirmé que vous l'aviez tuée ? Pour me faire peur, ou…

— Eh bien, oui ! hurla Jesse, hors de lui. Oui, je voulais vous effrayer, pour ne plus être importuné !

Il tendit vers elle ses mains aux doigts à demi recourbés, comme s'il avait envie de l'étrangler ; pour l'effrayer encore.

— Je les ai chassés de ma vie, reprit-il d'une voix haletante. Je les ai envoyés à la mort aussi sûrement que si j'avais joué du couteau.

— Les ?

Sans le vouloir, il en avait dit plus qu'il ne le voulait, et le détail n'avait pas échappé à sa redoutable questionneuse !

— Emily s'est noyée au cours d'un naufrage. C'est moi qui l'avais mise sur ce bateau, alors qu'elle m'avait imploré pour rester avec moi. Je l'ai chassée de ma vie. Elle était… elle était enceinte quand cet accident s'est produit.

Il s'était arraché chaque mot avec grande souffrance et s'étonna de pouvoir encore rester debout, après.

— Ce n'est pas votre faute, lui dit doucement Mary Dare.

— Attention, hein ! je ne vous ai pas raconté tout cela pour avoir droit à votre pitié !

— Je le sais. Mais si je n'éprouvais aucune compassion pour un homme ayant perdu son épouse dans un naufrage, je serais la dernière des dernières ; vous ne croyez pas ? Il faudrait que j'aie le cœur bien dur et…

— Vous n'avez aucune dureté en vous ; sauf peut-être dans la tête. Vous êtes aussi obstinée qu'une mule !

Un sourire s'ébaucha sur les lèvres de la jeune femme. Elle soupira :

— Je sais bien ; ce n'est pas la première fois qu'on me le dit.

Jesse s'étonnait d'avoir tout dit, d'avoir pu tout dire ; sa souffrance restait vive, mais les mots ne l'avaient pas aggravée non plus.

Mary Dare l'avait quitté pour aller dans la cuisine ; il l'entendit qui manipulait une bouteille, et tout de suite après elle revint avec deux verres remplis d'un liquide ambré.

— Le tord-boyaux de Palina, annonça-t-elle avec un grand sourire.

— Je n'aime pas trop ce genre de boisson, mais pour ce soir je ferai volontiers une exception.

Ils s'assirent tous deux sur le sofa et se perdirent dans la contemplation du feu dans l'âtre, tout en buvant à petites gorgées le liquide qui brûlait leurs entrailles. Quand ils eurent fini, ils se regardèrent avec un sourire hébété.

— Vous êtes une corruptrice, madame Dare, dit Jesse.

Il devait reconnaître, *in petto*, que le whisky artisanal avait d'heureux effets sur son moral.

— N'essayez pas de m'en faire accroire, lui répondit la jeune femme. Je suis certaine que vous appréciiez ces boissons fortes, autrefois. Et maintenant il faut que vous me parliez encore d'Emily. Vous avez dit que vous l'aviez chassée de votre vie ; pourquoi ?

Pourquoi ne pas tout avouer ? Au point où il en était… Ainsi, cette petite fouineuse d'Irlandaise le connaîtrait parfaitement, elle pourrait se dégoûter de lui et le détester autant qu'il se détestait lui-même.

— Parce que j'étais fou, voilà pourquoi ! Je m'étais jeté dans les bras d'une autre femme ; provisoirement, bien sûr. Elle n'était pour moi qu'une diversion, un passe-temps, si vous préférez.

— Oh, mon Dieu !

— Là ! Vous commencez à comprendre ?

— Je comprends que vous étiez jeune, et probablement assez insouciant, comme la plupart des hommes quand ils se marient trop jeunes. Remarquez, cela ne vous excuse pas entièrement. Je suppose que vous aviez déjà décidé de mettre un terme à cette liaison… *provisoire* ?

— Oui ; mais alors, ma maîtresse commença à me présenter des demandes de plus en plus exorbitantes, et comme je refusais d'y répondre elle se mit à me menacer. L'affaire devenait plus sérieuse et c'est pour en terminer plus facilement que je mis Emily sur un bateau en partance pour San Francisco.

— Et le bateau a fait naufrage, souffla Mary Dare.

— Non loin d'ici, sur la barre rocheuse à l'entrée de l'embouchure ; personne n'a survécu.

— Et c'est alors que vous êtes venu aussi, pour vous lamenter et vous repentir.

— C'est moi qui ai incité Emily à prendre ce bateau, affirma Jesse avec force. Elle m'a supplié de la garder avec moi, mais je l'ai poussée vers la passerelle ; comme si je la chassais. C'est parce que j'entretenais une liaison que ma femme s'est embarquée, pour se noyer ; quelle mort horrible elle a connue !

Après un moment de silence troublé par les craquements du feu et le tic-tac de la pendule, Mary Dare reprit :

— Votre chagrin est légitime, mais vous devez y mettre un terme, Jesse.

— Certains chagrins n'ont pas de fin.

— Mais non ! simplement, vous ne voulez pas cesser de vous punir et de pleurer sur vos fautes ; mais je ne vous laisserai pas vous enfoncer davantage.

Jesse comprit bien qu'il s'agissait d'une promesse, non d'une menace, et il regarda, plein d'espoir, cette créature menue et véhémente qui agitait l'index devant lui comme une institutrice sermonnant un élève rétif.

— Vous jouissez de votre malheur, insista-t-elle, et vous refusez de le partager ; c'est de l'égoïsme.

Par Dieu, elle exagérait, cette fois ! Furieux, Jesse jeta son verre dans la cheminée et se mit sur pied en hurlant :

— Je n'ai pas besoin de vos leçons ! Je n'ai pas besoin de vous !

Elle ne dit plus rien, l'Irlandaise. Elle le regarda se diriger vers la porte qu'il ouvrit pour sortir dans la nuit.

Jesse avait l'intention d'aller retrouver Magnus, de le remplacer et de passer ainsi le reste de la nuit au sommet du phare, seul, loin de l'importune, en espérant que celle-ci n'aurait pas l'audace de le poursuivre encore. Mais il s'arrêta après quelques pas dans l'herbe et, conscient d'être encore observé, il se retourna lentement. D'une voix caverneuse, mais dénuée de tout ressentiment, il poursuivit :

— Après la mort d'Emily, je crus que le temps peu à peu apaiserait ma douleur. N'est-ce pas ce qui se passe toujours, dans ces cas-là ? Ne dit-on pas que la vie doit continuer ? Eh bien, après douze ans de veuvage, je commence à sérieusement en douter.

Il revint sur le seuil, puis rentra et referma la porte derrière lui.

— Quand Emily était près de moi, je vivais dans l'insouciance perpétuelle, comme si j'avais l'éternité devant moi. Je faisais les choses à moitié, je reportais mes engagements. Maintenant, j'ai *vraiment* l'éternité devant moi, et je la passe dans la solitude, en pensant à tout ce que j'aurais dû faire.

Hagard, il se passa la main dans les cheveux.

— Si j'avais su… Si j'avais pu prévoir… J'aurais dit…

— Et que croyez-vous que cela aurait changé ?

Mary Dare se leva et vint vers Jesse, pour lui prendre les mains ou quelque chose de ce genre ; il ne le lui permettrait pas, parce qu'il n'était plus un enfant et qu'il ne voulait pas être consolé. Pourtant, quand elle lui caressa la joue, il ne la repoussa pas.

— Peu importe ce que vous avez dit ou pas, murmura-t-elle. Il est temps de guérir, maintenant.

— A condition que j'aie envie de guérir.

— Vous avez *besoin* de la guérison, Jesse Morgan.

— De toute façon, je suis un homme mort ; alors…

Jesse prit la main de Mary et l'éloigna, sans violence.

— Il ne sert à rien de tourner le dos au monde, lui dit-elle. Je veux bien vous montrer à quel point c'est inutile, dangereux même. Mais il faudra me croire.

— Vous êtes fatiguée, répondit-il, pour couper court au débat qu'il n'avait plus envie de poursuivre.

Les observations de la jeune femme, tout de même pertinentes, étaient comme un acide qui coulait sur ses plaies encore vives.

— Allez au lit, lui ordonna-t-il. Quant à moi, je ramasserai les morceaux de verre en réfléchissant à tout ce que vous m'avez dit.

12

Le lendemain, Mary paressa un peu dans son lit. Elle compta les nœuds dans les poutres du plafond ; comme chaque matin, les alouettes chantaient et s'interpellaient, mais ce joyeux tintamarre ne tarderait pas à cesser, quand les aigles et les faucons commenceraient à tourner haut dans le ciel, à la recherche de proies faciles.

Elle ferma les yeux et se demanda où se cachaient les petits oiseaux quand ils ne chantaient plus. Puis elle oublia cette question pour penser à Jesse, à la grande discussion qu'elle avait eue avec lui ; une discussion qui avait bouleversé leurs rapports.

Un tiraillement dans son ventre amena un sourire à ses lèvres ; le bébé devenait plus gros et plus actif chaque jour. Elle se rappela alors la façon dont Jesse l'avait regardée, par en dessous, au moment de lui souhaiter une bonne nuit. Dans ses yeux, elle avait vu… quoi, au juste ? De la curiosité ? De la crainte ?

Imposer à un homme l'enfant d'un autre : c'était beaucoup demander ; pourtant, c'était ce qu'elle voulait, ce dont elle rêvait.

Le cœur battant, les yeux grands ouverts, elle s'assit dans son lit. Sa réponse, elle l'avait ! Le désir qu'elle s'était si longtemps caché, elle le reconnaissait enfin.

Oui, enfin, elle était capable d'admettre la vérité, en oubliant ses idées fumeuses. L'aide qu'elle devait apporter à Jesse ? Son destin à accomplir ? Des excuses, des faux-fuyants pour ne pas avouer qu'elle avait tout simplement envie de vivre auprès de cet homme et d'élever son enfant dans un endroit retiré du monde. Elle voulait *aimer* Jesse Morgan.

— Tout cela n'est pas simple, murmura-t-elle alors qu'elle procédait à ses ablutions matinales. L'homme est un ours qui préfère vivre seul, et lécher ses blessures jusqu'à la fin de ses jours. A-t-il besoin de moi ? Pas du tout ! Et rappelle-toi, ma petite, que tu as déjà donné ton cœur à un homme qui t'avait sauvé la mise, et tu vois où cela t'a menée !

Après un rapide petit déjeuner, elle se mit un châle sur les épaules et sortit. Sans vouloir s'attarder à la contemplation du paysage, magnifique spectacle auquel elle n'avait pas peu contribué en élaborant des massifs floraux qui éclataient en vives couleurs, elle se hâta vers le phare, où elle savait qu'elle trouverait Jesse.

Il travaillait dehors, effectivement. Penché sur un établi de fortune, il s'occupait à redresser une pièce métallique.

Concentré, sérieux, imperméable aux distractions, il n'avait pas vu venir la jeune femme, qui s'arrêta un moment pour l'observer.

Après ce qu'il lui avait dit la veille, elle commençait à le comprendre : c'était par choix qu'il vivait seul et, s'il avait peur de la mer, il était décidé à se battre contre elle chaque fois que nécessaire ; chaque bateau guidé vers le port grâce à la lumière qu'il dispensait, c'était une petite victoire qu'il remportait sur lui ; chaque naufragé tiré des vagues, c'était une revanche qu'il prenait sur les éléments ; et, pour occuper le reste du temps, il entretenait le phare avec un soin maniaque, en ressassant son chagrin.

Mary s'avança vers lui.

— Belle journée, n'est-ce pas ? lança-t-elle d'un ton joyeux.

— Vous trouvez ? demanda-t-il, sans même lever la tête.

Bourru, de nouveau ; mais sa chemise largement ouverte sur son torse puissant lui donnait un charme dont il n'avait pas conscience.

— Bien sûr, reprit la jeune femme, sans se démonter. J'aime quand la brume légère flotte sur la mer ; c'est par ce temps-là que les dauphins se livrent à leurs facéties.

— Ouais, grommela Jesse Morgan en jouant de la lime.

Mary sourit ; ce « ouais » n'était pas très expressif, mais c'était plus qu'il n'en eût dit une semaine auparavant, et beaucoup moins que ce qu'il dirait la semaine prochaine, grâce au patient travail qu'elle avait l'intention de faire sur lui. Parce qu'elle restait ; c'était décidé.

Elle se demanda ce que diraient *les gens* quand ils apprendraient son intention de s'établir avec ce solitaire ; rien de bon, sans doute, ce dont elle n'avait cure, puisqu'elle était heureuse, ce qui jamais ne lui était arrivé avec...

Jesse jura ; Mary sursauta. Il secoua sa main ensanglantée et elle se précipita pour la prendre et l'examiner ; il y avait une profonde entaille dans la paume.

— Pas grave, lui dit-il en tirant son mouchoir, dont il s'enveloppa ; l'ennui, c'est qu'il va falloir que je recoure aux services du forgeron, maintenant. Je vais en ville tout de suite.

— Pendant que nous y serons, nous irons consulter le Dr MacEwan.

Jesse haussa les sourcils. Il était tout pâle et Mary craignit que la blessure fût plus grave qu'il n'apparaissait.

— Nous ?

Le mouchoir était déjà tout rouge ; le sang s'égouttait sur le sol.

— Bien sûr, car je vais avec vous.

— Excellente idée ; j'en profiterai pour vous montrer l'hôtel, et vous y prendrez une chambre.

— Mais ce n'est pas ce que je voulais dire ! s'exclama Mary, prise de panique. Je veux rester avec vous, Jesse, et vous seriez très méchant si vous m'obligiez à partir. Donc, je pars avec vous pour la ville, mais je reviens aussi avec vous.

— Bon ! je n'ai pas besoin de vous, et je vous rappelle qu'il est très dangereux de monter à cheval, dans votre état.

— Nous pouvons prendre la voiture.

— Les bûcherons n'ont pas fini de découper l'arbre qui barre la route.

— Alors, allons-y en bateau. J'ai vu celui que vous entretenez avec soin.

Jesse se raidit et regarda Mary comme si elle venait de prononcer une inconvenance ; ses mains tremblaient légèrement, et sa blessure n'était pas responsable.

— Non, dit-il d'une voix blanche ; ce n'est pas possible.

Etonnée, mais pas décidée à s'en laisser conter, Mary insista.

— Un tout petit voyage de rien du tout !

— Je vous dis que nous ne prendrons pas ce bateau !

Le visage bouleversé, Jesse détourna le regard puis, pour couper court à la conversation, s'élança vers la grange.

Mary le regarda s'éloigner à grands pas, et manifestant encore l'émotion qui l'habitait en donnant un violent coup de pied dans une pierre qu'il envoya jusque dans un massif floral ; il avait peur d'aller en mer, c'était évident, mais l'idée avait de quoi surprendre pour qui l'avait vu se lancer de façon si intrépide dans les énormes vagues pour sauver les marins russes. Ah, Jesse, songea-t-elle ; quelles pensées ont hanté votre esprit durant toutes ces années ?

Elle avait grande envie d'aller lui poser la question, de l'interroger encore, mais le moment était sans doute mal choisi. Elle prit donc, elle aussi, la direction de la grange, et le trouva fort affairé à seller Aramis, le plus petit des quatre chevaux ; il travaillait à mouvements brusques, mais précis, et sans la regarder lui dit :

— Si la route n'est pas dégagée, je vous ramènerai.

— Et si les bûcherons ont fini leur travail ?

— Dans ce cas, vous pourrez m'accompagner en ville. C'est bien ce que vous voulez, non ?

Un discret sourire de satisfaction se dessina sur les lèvres de Mary.

Il n'eût jamais dû lui permettre de l'accompagner.

Jesse jeta un coup d'œil en coin à la jeune femme sagement assise sur le siège à côté de lui et ne retint pas un nouveau soupir d'exaspération. Pourquoi n'arrivait-il pas à lui imposer sa volonté ? Pendant douze ans, il avait réussi à protéger son territoire, son indépendance, sa solitude, et d'ailleurs personne n'avait osé l'importuner ; personne n'avait pu lui faire faire ce qu'il ne voulait pas ; et quelques jours seulement avaient suffi à cette Irlandaise pour s'impatroniser. Il n'aimait pas cela, mais alors pas du tout.

Cela dit, il ne commettait pas d'erreur en l'emmenant à Ilwaco : elle pourrait constater *de visu* les avantages qu'elle aurait à vivre en ville, et elle qui aimait tant parler trouverait là-bas un public capable de lui donner la réplique.

Pour le moment elle se taisait. La tête en arrière, les yeux fermés, elle se grisait du vent qui gonflait son opulente chevelure. Elle était belle, plus que belle, ce que Jesse ne cessait de constater, non sans se demander chaque fois si la perfection de cette femme ne faisait pas partie du châtiment que lui infligeait le destin ; tout aurait été tellement plus simple avec un laideron.

Une pensée entraînant l'autre, Jesse s'interrogea sur la fable que lui avaient servie Magnus et Palina, leur affirmation maintes fois répétée qu'il lui arriverait de grands malheurs s'il chassait *sa* naufragée. Mais il était un homme rationnel, raisonnable, et refusait d'accorder le moindre crédit à une histoire aussi insensée ; Mary choisirait peut-être de rester en ville, et dans ce cas il serait libéré de toutes ses obligations — à supposer qu'il en eût.

— Comme c'est joli, dit-elle en lui montrant un étang autour duquel se dressaient des chaumières petites et aussi joliment entretenues que des maisons de poupées. On a vraiment l'impression de traverser un pays enchanté.

Jesse accorda un regard distrait à ce spectacle qu'il avait traversé dix mille fois sans jamais vraiment le voir.

— Plus beau que l'Irlande ? s'enquit-il.

— Je n'irais pas jusque-là ; l'Irlande est belle à couper le souffle, avec ses collines d'un vert intense. Ballinskelligs ressemble un peu à ce qu'on voit là, les arbres en moins… Je crois que j'aime mieux ici.

La jeune femme posa sa main sur la manche de Jesse, qui aussitôt agita les rênes pour pouvoir se soustraire à ce contact ; qu'avait-elle à le toucher sans cesse, comme s'il lui appartenait ? Gêné, il examina sa main blessée, dans l'espoir que le saignement s'était arrêté.

Tout de même, il aimait bien quand elle le touchait ; raison de plus pour s'en débarrasser le plus vite possible.

— Jesse, regardez !

L'Irlandaise exubérante s'était presque levée dans la voiture, et du doigt désignait une forêt de buissons parmi lesquels s'activaient une multitude d'hommes aux étranges costumes.

— Qui sont-ils ? demanda-t-elle.

— Des Sihouaches, répondit Jesse d'un ton blasé. Ils procèdent à la cueillette des airelles.

— Des Indiens, alors ? Des sauvages ?

Jesse eut un petit sourire ironique.

— Si vous espérez une attaque venant de guerriers sanguinaires, parés de plumes et armés de hachettes, ce n'est pas sur ces gens qu'il faut compter.

Il arrêta la voiture et lança un appel. Un des Indiens se retourna et lui répondit d'un grand signe de la main, avant de s'avancer sans se soucier des trous d'eau où il s'enfonçait jusqu'aux genoux.

— Jesse Morgan ! s'écria-t-il d'une voix joviale lorsqu'il fut à portée de voix, je te salue.

— Et moi, je te salue aussi, Ciel Lumineux, répondit Jesse sur le même ton.

Son interlocuteur était un homme dans la force de l'âge, bien découplé, à l'esprit vif, et doté de nombreuses épouses. Il souriait largement, ce qui avait l'inconvénient de montrer sa bouche presque entièrement démeublée, et il eut dans les yeux une lueur égrillarde quand il hocha la tête en direction de Mary. Puis il reprit :

— Je commençais à croire que tu n'arriverais jamais à trouver une femme.

— Je n'ai pas…

La jeune femme intervint dans la conversation :

— Comment allez-vous ? dit-elle à l'Indien. Je m'appelle Mary Dare.

L'homme ôta son feutre à large bord et s'inclina avec la plus parfaite urbanité, avant de répondre :

— Mary Dare, j'aime beaucoup vos cheveux couleur de flamme.

Et, sans prévenir, il saisit à deux mains la natte de la jeune femme et tira un petit coup sec. Mary cria de frayeur, tandis que Jesse réprimait mal un gloussement de joie.

— Si j'avais à vendre ce scalp, expliqua l'Indien, j'en tirerais beaucoup d'argent.

Avec une surprenante vivacité, la jeune femme lui saisit le poignet et l'obligea à lâcher prise en lui disant :

— Mon scalp ? Essaie de m'arracher un seul cheveu et tu verras comment tu seras reçu !

Pas du tout intimidé, Ciel Lumineux eut une grimace comique de douleur en frottant son poignet et il s'adressa à Jesse sur un ton admiratif :

— Quelle femme ! Où l'as-tu trouvée ? Elle…

A ce moment, il s'aperçut qu'elle était enceinte et son enthousiasme monta encore de plusieurs crans.

— Hé ! mais dis donc ! Tu n'as pas perdu de temps !

— Je crois que nous ferions mieux de partir, murmura Jesse.

Bon Dieu ! il n'était pas encore arrivé en ville que déjà on faisait des gorges chaudes à propos du couple supposé qu'il formait avec l'Irlandaise ; décidément, rien ne serait jamais simple, avec celle-là !

Insensibles à sa gêne, les deux autres poursuivaient la conversation sans lui, et riaient aux éclats. Ciel Lumineux offrait un petit sac d'airelles qui fut reçu de bonne grâce, sans ce regard méfiant que trop souvent les pionniers avaient pour les Sihouaches qu'ils prenaient pour des êtres malfaisants ; une invitation en bonne et due forme fut même lancée pour venir passer une soirée au camp, avec la promesse qu'il y aurait du saumon fumé et des huîtres. Mary Dare accepta d'emblée et posa encore beaucoup de questions sur les us et coutumes de la tribu, s'émerveilla du nombre d'épouses qu'il était loisible à chaque guerrier de posséder et demanda s'il faudrait fumer. En quelques minutes, elle en apprit ainsi plus que Jesse en douze ans de voisinage paisible mais distant.

Aux abords d'Ilwaco, la route longeait la rivière encombrée de bateaux en tout genre. Mary Dare se divertit du spectacle bruyant du port et, avisant un navire à aubes qui remontait le courant, elle déclara :

— Je n'ai jamais voyagé sur un bateau à vapeur.

C'était la première fois qu'elle laissait échapper une vraie confidence. Elle parlait beaucoup, mais jamais d'elle-même.

Le spectacle de la ville l'enthousiasma. Elle regardait de tous côtés, voulait tout voir et s'agita tant sur son siège que Jesse, agacé, lui ordonna plus d'une fois de se tenir tranquille.

La foule était déjà nombreuse, notamment aux abords du principal hôtel et, au cours des semaines suivantes, d'autres touristes arriveraient encore, des gens riches venus de Portland et de Seattle désireux de passer les beaux jours d'été au bord de l'océan. Bien des années auparavant, Jesse avait migré aussi ; mais c'était un temps révolu sur lequel il n'avait pas envie de revenir.

Sans vouloir ralentir alors que Mary Dare l'en priait, il remonta toute la grande rue et bifurqua pour s'engager dans un quartier plus industrieux, en direction de la forge située un peu à l'écart, et dont la fumée montait droit vers le ciel, comme une enseigne animée.

De la foule lui parvint un appel lancé par une voix

féminine qu'il reconnut trop bien, et que d'abord il feignit de ne pas entendre.

— Hello, monsieur Morgan.

Discrètement, il agita les rênes pour demander à son cheval d'aller un peu plus vite.

— Monsieur Morgan !

Plus moyen d'y échapper ! En soupirant, Jesse tira sur les rênes et se retourna en essayant de montrer un visage pas trop maussade.

Avec sa robe d'une ampleur extravagante et les immenses plumes plantées dans son chapeau, Hestia Swann ne pouvait pas passer inaperçue. Elle fendait la foule comme une grosse péniche sur une rivière encombrée par la débâcle et agitait les deux mains ainsi que des sémaphores ; son regard, rivé sur Mary Dare, brillait de curiosité.

— Voici donc votre petite protégée, roucoula-t-elle en arrivant au pied de la voiture ; mon Dieu, comme elle est pâle ! et si maigre ! ce n'est pas bon, ça, quand on attend un enfant. Est-ce qu'elle a un nom, monsieur Morgan ?

— Mary Dare, dit la jeune femme qui contenait son rire avec difficulté. Je suis peut-être pâle et maigre, mais pas sourde ni idiote, ce qui me rend tout à fait capable de répondre aux questions qu'on peut se poser à mon sujet.

La digne Mme Swann sursauta, comme piquée par une guêpe, puis elle recula de deux pas, et dans son regard le miel se changea en fiel.

— Impertinente, de surcroît, notifia-t-elle à l'adresse de Jesse.

— Exact, reprit Mary ; maman m'a reproché bien des fois ce défaut, et j'en ai d'autres. Cela dit, comment allez-vous, madame… madame…

Mal à l'aise, Jesse la renseigna, non sans se maudire de l'avoir amenée à Ilwaco ; en plein jour ! c'était sa plus mauvaise idée de ces derniers temps.

— Mme Swann, dit-il donc, les dents serrées et le regard ailleurs.

— C'est un plaisir de vous rencontrer, minauda l'Irlandaise.

Et alors, la bouche de Hestia Swann affecta la forme parfaite d'un O.

— Irlandaise ? demanda-t-elle ensuite, d'un ton plein de suspicion.

— Oui, madame ; du comté de Kerry, si vous voulez tout savoir.

Mary Dare s'était raidie et ses joues avaient perdu toute la pâleur dénoncée peu de temps auparavant, pour prendre à l'inverse une coloration rouge très prononcée, qui n'annonçait rien de bon ; si Hestia Swann continuait sur le même ton, l'esclandre était inévitable.

Jesse réussit à capter le regard de cette dernière, qui comprit l'avertissement muet mais impérieux qu'il lui lança ; retenant alors l'appréciation peu flatteuse qu'elle s'apprêtait visiblement à formuler sur les Irlandais, et plus précisément sur ceux qui venaient encombrer l'Amérique, elle prononça des paroles plus bénignes, quoique sans conviction :

— Soyez la bienvenue à Ilwaco ; c'est un miracle que vous ayez survécu à cet affreux naufrage.

— Un miracle dont nous devons remercier M. Morgan, répondit Mary Dare.

Jesse s'autorisa à se détendre un peu, et il chercha comment se débarrasser de Mme Swann ; mais une autre femme parut, qui vint s'agglutiner au trio : c'était le Dr Fiona MacEwan qui s'en revenait des magasins, un gros panier sous le bras.

— Eh bien, dit-elle d'emblée, je vois que notre patiente se porte à merveille, contredisant ainsi, sans le vouloir ni le savoir, le diagnostic porté par Mme Swann.

Elle se présenta à Mary Dare :

— Je suis le Dr MacEwan. C'est moi qui vous ai soignée lorsque Jesse vous a ramassée sur la plage, et je dois dire que vous nous avez donné quelque inquiétude. Nous avons très vite pensé que vous ne vous réveilleriez que sous l'action d'un baiser donné par quelque prince charmant.

Elle ponctua sa plaisanterie d'un clin d'œil fort appuyé à destination de Jesse, qui rougit, pendant que Mme Swann étouffait mal un hoquet de surprise choquée et que Mary éclatait de rire.

— Si c'était vraiment un baiser qu'il me fallait pour me guérir, permettez-moi de vous dire que je dormirais toujours à poings fermés, à l'heure qu'il est ! Mais dites-moi : vous êtes bien médecin, madame ?

— Tout à fait ; diplômée de la faculté de Philadelphie, là-bas dans l'Est.

— Dans ce cas, vous avez un patient à voir d'urgence : M. Jesse Morgan, qui s'est tranché la main.

— Vous avez raison, répondit Fiona. Nous bavardons, et pendant ce temps le pauvre garçon se vide de son sang.

— Il faut que je passe chez le forgeron, objecta Jesse. Je viendrai vous voir ensuite.

Mme Swann, contrainte au silence depuis trop longtemps, éleva la voix :

— Nous sommes si heureux de vous avoir parmi nous, madame Dare ; et c'est une merveilleuse occasion qui s'offre à vous, puisque nous aurons bientôt les fêtes du Centenaire. Jesse, nous ferez-vous l'honneur d'y assister, et d'y amener votre jeune amie ?

Il fallut beaucoup de contrôle de soi à Jesse pour ne pas rire à une proposition aussi saugrenue. Il ne participait jamais à aucun événement mondain et n'était pas décidé à commencer, surtout en compagnie de l'Irlandaise.

— Le centenaire ? demandait celle-ci ; quel centenaire ?

— Les Etats-Unis d'Amérique ont été fondés voici tout juste cent ans, le 4 juillet 1776, expliqua fort aimablement Hestia Swann, la bouche en cœur. Pour fêter cet événement, nous aurons une régate, ainsi qu'un grand bal. Ce qui serait bien pour vous deux, mes petits, c'est que vous preniez une chambre à l'hôtel Beau Rivage.

Elle souffla à l'adresse de Mary :

— C'est notre meilleur établissement.

— J'aimerais beaucoup cela, répondit cette dernière, le visage déjà illuminé. Quand cela aura-t-il lieu, exactement ?

— Aucune importance, puisque nous n'irons pas, maugréa Jesse. Nous…

Fiona lui coupa la parole.

— Et pourquoi pas ? Un peu de distractions ne feront pas de mal à cette jeune personne.

Puis elle se tourna vers Mary et, ignorant Jesse qui s'apprêtait à protester, elle lui dit :

— Venez, chère petite ; je vous montrerai la ville pendant que M. Morgan s'occupe chez le forgeron.

Elle tendit la main pour aider la jeune femme à descendre de la voiture, et la conduisit vers le bazar ; Hestia Swann se joignit à elles et commença à expliquer, volubile, qu'une femme ne pouvait se passer de certains accessoires quand elle avait l'intention d'assister à un événement mondain.

Irrité, Jesse les regarda s'éloigner, toutes les trois, comme si elles étaient déjà les meilleures amies du monde ; voilà précisément ce qu'il fuyait comme la peste : les relations avec le voisinage, les sorties, les amusements ; les futilités, en somme.

*
* *

— Il n'y a aucun doute là-dessus, monsieur Clapp, répondit l'avocat en tortillant nerveusement sa moustache ; c'est bien la femme que vous cherchez.

Granger fixait son regard sur le petit globe terrestre qui ornait son bureau. Ce qu'il venait d'apprendre ne le surprenait pas vraiment, et la discrète enquête de Stoner ne faisait que lui confirmer une vérité dont il se doutait depuis longtemps.

— Et alors ? fit-il seulement.

— Il apparaît qu'elle se fait appeler Mary Dare. Elle a très bien surmonté l'épreuve du naufrage et se porte comme un charme.

Stoner avait tiré sa montre et il jouait avec le couvercle, qu'il ouvrait et refermait sans cesse, comme si ce mouvement répétitif avait le pouvoir de le calmer.

Granger, lui, après avoir fait longtemps tourner son globe terrestre, l'avait arrêté de façon à avoir en face des yeux l'océan Pacifique. Il regardait fixement les îles Sandwich qui étaient — mais personne sauf lui ne le savait — sa destination finale. Manque de chance, il devait attendre encore car une rude besogne nécessitait ses soins. Il avait toujours besoin d'un fils, d'un héritier ; ses parents lui rappelaient avec insistance que tous les Clapp avaient donné naissance à un garçon au moins, et ce depuis que le *Mayflower* avait abordé sur les rivages de l'Amérique ; ils comptaient sur Granger pour perpétuer cette heureuse et saine tradition.

— Donc, elle va bien ? questionna-t-il, les sourcils circonflexes.

L'homme en face de lui pâlit. De nouveau, il plongea la main dans sa poche pour en retirer sa montre dont il avait trop vite pensé qu'elle ne lui était plus d'aucune utilité.

— Comme j'ai déjà eu l'honneur de vous le dire, monsieur, elle n'a pas souffert et…

Granger l'interrompit avec rudesse.

— Je vous parle du bébé et vous le savez bien.

— Monsieur, je n'ai pas les qualifications requises pour vous donner à ce sujet des renseignements sûrs.

— Dans ce cas, je trouverai quelqu'un de plus qualifié, dit Granger en abattant sa main, à plat, sur le bureau.

Stoner blêmit et caressa son crâne presque entièrement dépourvu de cheveux. Puis il se lança :

— Cette jeune personne n'a pas perdu son enfant, du moins si j'en juge par l'air de santé insolente qu'elle affiche. J'oserais même dire que l'enfant en question est en parfait état et qu'il n'y a pas de mauvaise surprise à craindre de ce côté-là.

Granger se sentit envahi d'un sentiment de fierté intense, tel qu'il en avait rarement connu. Il avait engendré un enfant. Après tant d'années d'effort, il avait enfin réussi à placer sa semence dans le ventre d'une femme ; de basse extraction certes, et irlandaise de surcroît, mais ces inconvénients lui paraissaient mineurs ; elle était sous la garde de Jesse Morgan et cela, c'était beaucoup plus ennuyeux.

— Avez-vous entrepris les recherches que je vous ai ordonnées ? demanda-t-il. En quoi consistent mes droits sur cet enfant ?

L'avocat Stoner toussota.

— Eh bien, monsieur, je crains que la loi ne soit un peu vague sur ce point ; et la jeune personne se trouve dans l'Etat de Washington, ce qui n'arrange rien, soit dit en passant. Cependant…

— Par tous les diables, est-ce que vous allez parler franchement ? s'exclama Granger.

N'y tenant plus, il se leva et commença à arpenter la pièce, en rond, sans jamais quitter du regard son avocat qui se faisait de plus en plus petit.

— Et surtout, ne me mentez pas, ajouta-t-il, sur le ton de la menace.

— Pour dire la vérité en toute simplicité, monsieur, la loi ne favorise pas beaucoup le père dans un cas tel que celui-ci.

— Vous n'avez qu'à trouver un biais pour que j'obtienne ce que je veux ! hurla Granger. Je vous paie pour cela, non ? Ma femme est incapable d'avoir un enfant, j'ai donc besoin de celui-là.

Stoner opina gravement, en essuyant sur son pantalon ses mains moites. Il reprit ensuite :

— Sans me vanter, j'ai l'oreille du gouverneur, ce qui est un atout non négligeable. Cela dit, vous devrez vous montrer patient et aussi très généreux pour ceux qui accepteront de nous aider. Certains services se paient fort cher.

— Je paierai tout ce qu'il faudra, affirma Granger. Et sachez bien que je suis prêt à tout pour réussir.

13

Mary finissait de s'habiller pour la célébration du Centenaire quand Jesse Morgan lui mit une paire de bottines dans les mains en grommelant :

— Essayez, ça devrait vous aller.

C'étaient les plus jolies choses qu'elle eût jamais vues, et qui lui rappelèrent invinciblement ces autres bottines, les premières qu'elle avait portées, le jour de sa confirmation.

Son père était pêcheur et la famille habitait trop loin du village pour pouvoir assister à la messe chaque dimanche ; le pasteur Farrell, qui passait quatre fois par an pour dîner et contrôler l'éducation religieuse des enfants — maman s'épuisait dans le grand ménage préparatoire à cette visite —, le père Farrell, donc, avait admis la petite Mary, treize ans, à la confirmation et insinué qu'il ne serait pas incongru de lui faire porter, pour cette occasion solennelle, sa première paire de souliers. Alors, maman avait sorti d'une boîte les bottines qu'elle y conservait précieusement, et la petite fille émerveillée les avait aussitôt assimilées aux pantoufles de vair que les princesses usent dans les contes.

L'émerveillement, cependant, s'était éteint quand Mary, arrivée à l'église, avait brutalement pris conscience que ses bottines, peut-être admirables trente ans plus tôt, étaient complètement démodées, ce que les filles Mahoney n'avaient pas manqué de lui faire sentir en exhibant leurs propres chaussures qui venaient tout droit de Dublin.

Mary rougissait encore de honte quand elle se souvenait des regards goguenards qui l'avaient suivie tandis qu'elle remontait la grande allée de la nef pour aller se recroqueviller sur son banc ; parce que sa robe blanche trop simple et jaunie par endroits dénonçait aussi la pauvresse ; il n'était pas jusqu'à son grand corps dégingandé qui lui fît honte — elle avait poussé trop vite au cours des derniers mois ; rien n'allait. Aussi, au moment de la communion, elle avait adressé au Seigneur cette supplication : « Faites qu'un jour je sois riche et belle. »

Maintenant, elle était de l'autre côté du monde et pouvait se regarder dans le miroir sans trop d'inquiétude et il ne lui importait plus de n'être pas devenue riche.

— Je voudrais tant que maman fût là, murmura-t-elle.

Elle porta ses deux mains dans ses cheveux, les tira en arrière pour confectionner hâtivement une grosse natte, et elle reprit :

— C'est comme cela que tu aimais me voir. Ah, qu'il

m'en coûte de savoir que tu ne seras plus jamais là pour me peigner.

Elle ferma ses yeux brûlants de larmes.

— J'ai encore tant besoin de toi, maman. J'ai toujours su que moi-même je serais mère un jour, mais dans mes rêves je te voyais toujours là pour m'aider et me conseiller. J'ai peur. Je fais de mon mieux pour paraître brave, mais l'angoisse me prend à l'idée que je serai seule pour élever ce petit être.

Elle rouvrit les yeux et s'obligea à revenir au moment présent en baignant son visage d'eau froide et en multipliant les objurgations : « Ne pleure pas. Ne te laisse pas aller, sinon tu ne pourras plus t'arrêter. »

Pour se distraire, elle revint se planter devant le grand miroir obligeamment prêté par Jesse et, tournant lentement, elle examina sa silhouette d'un œil critique mais assez satisfait ; Fiona MacEwan et Hestia Swann lui avaient fait don d'une incroyable collection de vêtements parmi quoi elle avait choisi la robe qu'elle jugeait lui convenir le mieux. Elle n'avait plus qu'à nouer un ruban vert dans ses cheveux, tâche dont elle s'acquitta aussitôt en pensant que sa mère serait très fière d'elle.

— Mary ?

De l'autre côté de la porte, Jesse semblait s'impatienter.

— J'arrive, cria-t-elle ; juste un moment, et j'arrive.

Elle s'empara des bottines en regrettant que les filles

Mahoney ne fussent pas là pour crever de jalousie ; le cuir en était si doux qu'on eût dit de la soie et les boutons brillaient comme des pierres précieuses.

Emily Leighton Morgan devait être une grande dame, fort riche et de très bon goût ; il n'était que de voir les effets qu'elle avait portés, tous provenant de chez les meilleurs faiseurs et taillés dans les matériaux les plus somptueux.

Mais si elle avait été riche, pourquoi Jesse vivait-il ici comme un moine, dans un extrême dénuement ? Son chagrin l'avait-il conduit à abandonner ses biens, avant de fuir le monde ?

Le front plissé, Mary tira sur les bas donnés par Hestia Swann et enfila ses bottines. Puis elle essaya de placer le premier bouton dans l'œillet *ad hoc* ; pas facile. La langue entre les dents, elle s'appliqua, multiplia les essais sur d'autres boutons. Après cinq minutes de tentatives infructueuses, elle avait compris pourquoi seules les dames riches mettaient ce genre de choses à leurs pieds : il était impossible de les boutonner sans aide. Elle se résigna donc à appeler le seul auxiliaire disponible.

— Jesse ? Pourriez-vous venir, s'il vous plaît ?

Il frappa avant d'entrer, mais sitôt un pied dans la pièce fulmina :

— Quoi ? Qu'est-ce qu'il y a ?

Avec sa chemise d'un blanc éclatant et sa cravate noire, avec son pantalon gris perle et son frac noir, avec ses gants beurre frais qu'il tenait à la main, il avait l'air d'un fiancé arrivant en visite chez sa belle ; un très beau fiancé, mais revêche.

— Qu'est-ce que vous avez à me regarder comme ça ? grommela-t-il.

— C'est que je vous trouve magnifique.

Il haussa les épaules, mais rougit et finit par répondre :

— Vous n'êtes pas mal non plus. Dépêchez-vous.

Ce n'était pas exactement le compliment qu'attendait Mary, mais le connaissant elle jugea appréciable l'effort qu'il avait consenti pour sortir ces quelques mots tout de même louangeurs. Aussi rosit-elle de plaisir.

— Merci.

Puis elle souleva sa robe pour découvrir ses bottines.

— Je vais avoir besoin de votre aide pour les boutonner.

Elle tendit un pied.

A son tour, Jesse rougit et balbutia :

— C'est impossible ; vous n'avez qu'à fixer quelques boutons, ce sera amplement suffisant.

— Vous voulez rire ? De toute façon, je n'arrive même pas à en boutonner un seul ; alors !

— Dans ce cas, mettez les galoches.

— Vous vous moquez de moi ? De quoi aurais-je l'air ? Et vous, ça vous plairait de vous montrer avec une femme qui porte ce genre de choses ?

Il y eut un moment de silence, au cours duquel ils se défièrent du regard, Mary tendant toujours sa bottine à boutonner et Jesse refusant de s'agenouiller devant elle pour lui rendre ce service. Comme il ne se décidait pas, elle reprit, avec douceur :

— Vous comprenez, je voudrais être présentable, aujourd'hui.

— Vous savez, vous êtes toujours très présentable ; même en loques, vous seriez très bien, j'en suis sûr.

La jeune femme ne put s'empêcher de sourire, mais elle reposa sur le sol sa jambe qui commençait à fatiguer.

— Il y a quelque chose que je voudrais bien vous expliquer. Vous parlez peu de vous, de votre passé, mais j'ai très vite compris que vous n'aviez jamais manqué de rien, et que tous vos désirs devaient être vite satisfaits. Non seulement vous savez lire et écrire, mais vous parlez bien ; il est évident que vous avez reçu une excellente éducation. Comme vous n'êtes pas sot, vous avez dû comprendre qu'il n'en va pas de même pour moi.

Jesse avait froncé les sourcils au début de ce discours, mais il acquiesça à ces préliminaires et ordonna :

— Continuez.

— A treize ans, j'eus la joie de mettre des chaussures, pour la première fois de ma vie.

Sur le visage de Jesse se peignit l'ébahissement.

— Attendez un instant, murmura-t-il.

Il se retourna pour marcher vers un placard, dans lequel il fourragea longuement avant de revenir avec un crochet.

— Donnez-moi votre pied.

Mary souleva de nouveau sa robe et ses jupons, pas trop pour rester correcte, mais assez tout de même pour montrer sa cheville, qu'elle aimait voir ainsi couverte d'un bas fin.

Jesse s'agenouilla et, au moyen du crochet, essaya de mettre un bouton en place, au début avec difficulté parce qu'il essayait de limiter au minimum les points de contact entre ses mains et le pied offert, et qu'en plus il tournait un peu la tête pour éviter de voir la cheville. Quand il devint évident qu'il n'y arriverait pas ainsi, il changea de tactique et alors, en quelques gestes précis, il plongea le crochet au travers de l'œillet, alla chercher le bouton qu'il amena en place.

— Vous voyez comme c'est facile ? Je vous laisse faire avec les autres.

— Oh, je suis certaine que je n'y arriverai jamais, s'exclama Mary, déçue d'être si vite rendue à elle-même. Vous comprenez, j'éprouve des difficultés à me pencher en avant ; forcément, dans mon état. Je veux bien essayer, mais je crains que vous n'ayez à m'attendre longtemps.

— Sans doute.

Ravie de voir la partie déjà si bien engagée, Mary sourit, devint diserte :

— Je n'aurais jamais pensé pouvoir porter des chaussures boutonnées par une tierce personne. Je n'étais même pas capable d'imaginer une telle situation. En fait, j'étais pauvre et je ne le savais pas.

Jesse s'était remis à la tâche. Il releva la tête et interrogea :

— Comment cela, vous ne le saviez pas ?

— C'est la vérité ; est-ce qu'un poisson sait qu'il vit dans l'eau ?

— Bonne question, en effet, répondit Jesse, qui s'activait sur le pied de Mary, laquelle s'épanouissait sous son toucher et regrettait de ne pas sentir ses mains s'égarer en dehors du cuir.

— Qu'est-ce que peut savoir une pauvre fille qui vit au centre du monde ? reprit-elle pour mettre un terme à ses divagations.

Déjà, Jesse passait à l'autre pied.

— Au centre du monde ? En Irlande, vous voulez dire.

— Oui, dans le comté de Kerry, pour être tout à fait exacte, juste au bord de la côte, avec pour unique horizon l'océan qui bat les falaises, un océan tout bleu et si beau que j'avais l'impression de vivre aux confins du paradis. J'étais heureuse quand j'étais petite, et très surprise d'apprendre un jour que j'étais pauvre. Je ne le savais pas.

— Qui vous l'a dit ?

— Personne en particulier, mais j'ai entendu certaines conversations, à la sortie de l'église.

Mary se souvenait trop bien et son regard se voila, tandis qu'elle détournait la tête pour ne pas montrer les larmes qui perlaient à ses paupières ; Jesse se releva et prit son menton pour l'obliger à le regarder.

— On se moquait de vous, n'est-ce pas ?

— Oh, oui !

Elle cilla avec frénésie pour empêcher les larmes de couler, puis reprit, d'une voix cassée :

— Cela se passait il y a bien longtemps, et j'avais presque oublié.

Jesse ne répondit pas. Il gardait dans sa main le menton de la jeune femme qui aimait cette pression légère, la chaleur qu'elle captait, l'assurance que cela lui donnait ; elle n'était donc pas seule au monde, pouvait peut-être compter sur cet homme que le destin lui avait donné. Elle eut aussi cette idée : les contacts humains étaient aussi nécessaires à la vie que l'air et l'eau.

Le silence dura si longtemps qu'à la fin Mary s'étonna :

— Vous ne dites plus rien ?

— Que dire, sinon que je trouve émouvante cette histoire d'une petite fille qui a besoin qu'on lui apprenne qu'elle est pauvre ; les gens sont souvent méchants, et en voilà une confirmation de plus.

— Cela dit, j'avais tout de même trois frères, qui s'y entendaient pour faire ravaler leurs méchancetés à ceux qui avaient la langue trop bien pendue.

— Vous *aviez* ?

— Ils sont morts, tous les trois.

— Mon Dieu !

Jesse se remit debout, si précipitamment que Mary sursauta.

— Que vous arrive-t-il ? demanda-t-elle.

— Je me rends compte que vous avez perdu toute votre famille.

— Ne vous l'avais-je pas déjà dit ?

— Si, mais je pensais que vous ne parliez alors que de vos parents ; jamais vous ne m'avez dit que vous aviez aussi trois frères. Que me cachez-vous encore ?

De nouveau, Jesse se montrait mordant, comme s'il soupçonnait la jeune femme de lui avoir dissimulé d'inavouables secrets ; du même ton, elle riposta :

— Que voulez-vous savoir ? Vous n'avez qu'à poser des questions !

Surpris, il sembla sur le point de se fâcher, mais il prit une longue inspiration et ce fut avec amabilité qu'il questionna :

— Qu'est-il arrivé à votre famille ?

La famille ; dans l'esprit de la jeune femme se reconstitua une scène des jours heureux, maman et papa côte à côte, et s'enlaçant en un moment de repos, avec leurs enfants jouant à leurs pieds, dans l'herbe de la cour.

— Cela s'est passé l'année dernière, dit-elle d'une voix blanche ; papa et mes frères sont allés pêcher en mer et ne sont jamais revenus. Alors, maman… elle a attendu toute une journée et encore la nuit, debout sur la falaise malgré la pluie, pour scruter l'horizon.

Mary se rappelait encore le visage de sa mère quand celle-ci se décida enfin à rentrer à la maison : elle avait le regard éteint et les traits déformés par une douleur qu'elle se refusait à exprimer.

— Quelques jours plus tard, elle s'est alitée. Elle souffrait d'une forte fièvre. Elle a toussé beaucoup, puis elle est morte.

— Mon Dieu ! murmura encore Jesse ; et c'est seulement maintenant que vous me dites tout cela ?

— Je pensais que cela ne vous intéresserait pas.

— Mais comment avez-vous pu accepter une telle épreuve ?

— Il n'est pas question d'accepter ou de ne pas accepter ; les faits sont les faits, et nous n'y pouvons rien. Les hommes meurent comme se fanent les fleurs ; nous aurons beau pleurer et nous révolter, il en sera toujours ainsi.

Mary s'interrompit à cause de la boule dans sa gorge qui l'empêchait de parler. Un peu plus tard, elle reprit en montrant son cœur :

— Quoi qu'il en soit, tous ces êtres chers vivent toujours, pour moi, ici.

Jesse avait l'air si abasourdi qu'il en paraissait idiot. Mary s'en aperçut, ne put s'empêcher de sourire, ce qui lui valut une réprimande.

— Après tant de deuils, vous pouvez encore sourire ; c'est incompréhensible.

— Croyez-vous que mes parents et mes frères me désavoueraient ? Pas du tout ! Ils m'encourageraient plutôt, comme ils voudraient que je me souvienne d'eux dans les bons jours plutôt que dans les mauvais, dans la joie plutôt que dans l'affliction.

— Ne présumez-vous pas beaucoup d'eux ? Je crains que vous ne preniez vos désirs pour des réalités.

— Ah, vous me méprisez, n'est-ce pas ? Vous pensez que je dis des sottises, parce que vous, vous êtes intelligent et instruit !

— Pas du tout ; simplement, je ne vis pas la tête dans les étoiles, moi !

— Vous feriez bien d'essayer !

Jesse n'avait pas terminé de boutonner la seconde bottine. Impérieuse, Mary lui tendit son pied.

Le voyage vers Ilwaco avait commencé dans le silence, chacun se renfermant dans ses pensées. Mais, dès qu'ils eurent abandonné la voiture pour entrer à pied dans la ville d'où leur parvenaient déjà les échos de la fête, Mary Dare prit la parole :

— Le centenaire de l'Indépendance ! comme vous avez raison de fêter cet événement. Nous, les Irlandais, nous espérons notre émancipation depuis plusieurs siècles, et je crains que nous n'ayons à l'attendre encore longtemps.

Elle attrapa la main de Jesse dont elle voulait attirer l'attention, et lui désigna une construction assez rustique d'aspect, tout en rondins pointus au-dessus desquels flottaient une multitude d'étendards.

— Qu'est-ce que c'est ?

— Le vieux fort ; il a été construit, il y a longtemps, parce que c'était l'époque des guerres indiennes et que certains politiciens ont cru qu'il fallait se prémunir au cas où les hostilités se seraient étendues jusque par ici.

Jesse ne put s'empêcher de sourire au rappel de cet épisode assez cocasse.

— Les Sihouaches ont regardé édifier ça avec une stupeur bien compréhensible, car ils sont un peuple éminemment pacifique, qui jamais n'a cherché noise aux pionniers ; lesquels ne voyaient pas non plus l'utilité d'un bâtiment à usage militaire, et retardèrent tant les travaux que le fameux fort ne fut jamais terminé. Vous remarquerez qu'il n'a toujours pas de toit, et qu'il n'en aura jamais.

Justement, quelques représentants du peuple sihouache se promenaient dans la foule. Eux aussi avaient revêtu leurs plus beaux atours, très colorés et qui tranchaient sur les costumes sombres des Blancs. Les deux peuples se mêlaient sans aucune réserve, dans une atmosphère paisible et joyeuse.

Jesse s'interrogeait pour savoir quand il avait vu autant d'animation autour de lui ; il lui fallait remonter loin en arrière ; jusqu'au temps d'Emily, en fait.

Au centre de la petite ville se dressait l'hôtel de ville, qui ressemblait à une grosse pâtisserie toute blanche posée sur la pelouse. C'était là que l'honorable Hiram Palmer recevait les personnalités et tous ceux qui voudraient bien le saluer, mais la grande majorité de la foule préférait rester dehors pour écouter l'orchestre et danser.

Jesse n'était pas sans éprouver quelque réticence au milieu de toute cette foule, et soudain il s'arrêta, comme égaré et prêt à faire demi-tour pour s'enfuir vers sa chère thébaïde. Mary le tira alors par la manche, et voulut l'encourager par une réflexion plaisante :

— N'ayez pas peur, tous ces gens ne sont pas venus pour assister à votre exécution.

— Qu'est-ce que vous dites ?

— A voir votre tête, on jurerait que vous êtes sur le point d'être pendu ! Je voulais donc vous rappeler qu'il s'agit d'une fête, et que vous êtes censé vous amuser.

— Je regrette, mais je n'ai rien d'un boute-en-train et je me demande pourquoi je me suis laissé entraîner ici.

Repartir sur-le-champ, c'était impossible ; inutile même de le proposer, car Mary lui refuserait cette faveur, et de telle façon qu'elle attirerait l'attention sur elle et sur lui ; la prudence s'imposait donc... Mais Jesse pouvait espérer qu'elle se fatiguerait vite de cette presse — étant donné son état ! — et qu'alors elle se laisserait conduire docilement vers la voiture ; c'était une question de minutes, tout au plus.

Son espoir fut déçu.

Non seulement la jeune femme ne se lassa pas, mais elle se mit soudain à agiter la main en criant :

— Youhou ! Madame Swann ! nous sommes ici !

Plusieurs douzaines de paires d'yeux se tournèrent vers elle, et donc vers Jesse qui se trouva aussi honteux que s'il eût été exposé nu devant cette foule.

« L'enfer, se dit-il, maintenant, je sais ce que c'est que l'enfer ! »

14

Mary n'eût pas été plus heureuse en voyant s'ouvrir devant elle les portes du paradis ; tout, en cette journée, lui paraissait nouveau, intéressant, enthousiasmant. Et c'était la seconde occasion, la seconde chance qu'elle avait tant espérée, ce pour quoi elle avait tant prié, la justification du miracle qui l'avait faite seule survivante du naufrage ; ici, tout pouvait recommencer pour elle ; parce qu'ici personne ne savait qu'elle avait été la prostituée d'un homme riche.

— Jesse, dit-elle en lui pressant la main alors qu'elle l'entraînait dans la foule toujours plus dense ; merci de m'avoir amenée.

— Je ne vois pas pourquoi vous me remerciez, lui répondit-il à voix basse, comme s'il craignait d'être entendu par des oreilles indiscrètes.

La jeune femme le regarda et faillit éclater de rire : tout, dans l'attitude de son compagnon, dans la mine comme dans le maintien, montrait qu'il n'était vraiment pas à la fête. Elle s'émerveilla d'autant plus d'avoir pu le décider à venir jusqu'ici.

— Vous verrez, nous allons bien nous amuser, s'écria-t-elle en surveillant, du coin de l'œil, Mme Swann qui approchait en fendant la foule d'un air impérieux, et ouvrant un large sillage à cause d'une crinoline exagérément ample.

Et, en plus, la dame avait un chapeau de paille qui portait plus de fleurs qu'un pré en plein été ; coquelicots, marguerites et bleuets éclataient comme un feu d'artifice aux couleurs nationales.

— Ah, vous voilà enfin, tous les deux ! s'exclama-t-elle en pointant sur eux, d'un air menaçant, son parasol bleu, blanc et rouge.

La musique s'interrompit juste à ce moment. Sur l'estrade monta un homme en chapeau haut de forme et armé d'un porte-voix, dont il se servit pour souhaiter à tout le monde la bienvenue en ce jour de commémoration de l'Indépendance. Remercié par une ovation formidable, il salua de la main et disparut, pendant que l'orchestre se préparait à un nouveau morceau.

Mme Swann n'avait rien écouté de tout cela, occupée qu'elle était à examiner Mary à qui elle communiqua son appréciation :

— Ravissante ; une vraie gravure de mode.

— Grâce à vous et au Dr MacEwan.

— Vous voulez rire ; ce n'est pas à nous que vous êtes redevable de la belle couleur rose de vos joues.

Hestia Swann se pencha alors pour adresser un clin d'œil appuyé en direction de Jesse, qui se dissimulait derrière Mary, et elle poursuivit :

— Peut-on désigner le responsable de ce teint éclatant ?

— En tout cas, ce n'est pas moi, se hâta de répondre Jesse, qui n'appréciait pas ce genre de plaisanteries. Mme Dare n'a pas recours à mes soins pour guérir.

— Mais si, mais si ! reprit Hestia Swann, qui décidément avait le ton badin ; c'est une histoire si romantique ! il ne faut pas avoir honte, mon petit Jesse. On peut dire que vous avez ramené cette jeune personne à la vie, tel Orphée sauvant son Eurydice des enfers.

Au contraire de Jesse, Mary s'amusait beaucoup. Elle se tourna vers lui.

— C'est vrai que je vous dois la vie. C'est à vous que je serai redevable de tout ce qu'il m'arrivera désormais, du meilleur comme du pire.

Mais Mme Swann, qui tournait comme une toupie, s'exclamait :

— Oh, regardez ! voici le révérend et Mme Hapgood, avec leur petit garçon.

Elle procéda aux présentations ; à Mary, le pasteur et sa femme parurent très gentils, un peu timides, effacés même, mais ils avaient un enfant tout à fait charmant.

Après l'échange de quelques banalités et les habituels souhaits de bienvenue proférés à l'usage de la jeune femme, les Hapgood mirent le cap en direction d'un autre groupe qui les réclamait ; Hestia Swann les regarda s'éloigner et, certaine de ne plus pouvoir être entendue d'eux, elle commenta, l'œil humide :

— Un couple digne de tous les éloges, vous ne trouvez pas ? et des parents admirables ; il faut voir comme ils gâtent leur petit garçon ; un peu trop, peut-être, mais cela ne nous regarde pas.

— C'est vrai qu'il est mignon, dit Mary.

Hestia Swann baissa la voix ; on passait du stade des confidences à celui des indiscrétions :

— Et plus cher à leur cœur que vous ne sauriez imaginer ; voyez-vous, ils ont perdu leur premier enfant.

— Quel malheur ! s'écria Mary.

— Si nous y allions ? dit Jesse d'une voix cassante.

— Que s'est-il passé ? s'enquit Mary, dont la curiosité demandait à être satisfaite. Comment cet enfant est-il mort ?

— Il n'est pas mort, et c'est bien cela le plus triste de l'histoire. Il fut pris par...

Sans ménagement, Jesse coupa court à la conversation.

— Cela suffit, madame.

Son intervention fut couronnée de succès car, après un sursaut, Hestia Swann s'éventa au moyen du mouchoir qu'elle tira précipitamment, et toute rouge elle balbutia :

— Vous avez raison ; je ne sais pas ce qui m'a pris, car

je n'ai pas l'habitude de m'adonner aux ragots. Pourrez-vous jamais me pardonner ?

Fiona MacEwan, qui venait d'arriver et avait saisi au vol ce dernier échange, prit la parole afin d'abréger le léger moment de gêne qui s'ensuivit :

— Comment vous portez-vous, ma chère ? demanda-t-elle à Mary.

Le groupe se dirigeait à présent vers les tables couvertes de nappes à carreaux.

— Très bien, je vous remercie, répondit la jeune femme ; un peu fatiguée, peut-être.

— Ne l'écoutez pas : elle va très bien, affirma Jesse. Elle peut venir s'installer en ville, maintenant que…

— Oh, regardez ! lança Mary, un peu parce qu'elle venait de découvrir un sujet d'intérêt, beaucoup parce qu'elle ne voulait pas donner à Jesse le loisir de développer une argumentation qu'elle redoutait ; des huîtres ! Je me suis laissé dire que les huîtres d'ici figuraient parmi les meilleures au monde.

Précédant ses compagnons, elle arriva devant la table où s'amoncelaient des coquillages de toutes sortes ; en face, des hommes dégustaient déjà en échangeant leurs appréciations.

— Vous prétendiez aimer les huîtres, je crois, lui dit Jesse.

— Pas du tout, répondit-elle, je vous ai même dit exactement le contraire. Mais c'est probablement que je n'ai jamais eu l'occasion d'en goûter de bonnes.

Un des amateurs, de l'autre côté, affirma :

— Alors, vous êtes venue au bon endroit. Prenez celle-ci, vous m'en direz des nouvelles.

Et il lui tendit le coquillage qu'il venait d'ouvrir pour lui.

Elle regarda la chair pâle et brillante qui dansait dans l'écrin nacré ; et comme elle ne se décidait pas Jesse l'encouragea.

— Goûtez donc. N'est-ce pas pour cela que vous m'avez fait venir jusqu'ici ?

Ainsi était-elle prise à son propre piège ; voilà ce que c'était que de parler trop ; maman lui disait toujours qu'il fallait tourner sa langue sept fois dans sa bouche avant de l'ouvrir, et que quelques tours supplémentaires ne pouvaient nuire. Pour le moment, impossible de reculer ; les autres convives s'étaient immobilisés, tous la regardaient. Elle jeta un nouveau regard sur son huître, essaya d'oublier qu'elle devait dévorer toute crue la petite bête, puis ferma les yeux et la goba. La masse gélatineuse glissa entre ses lèvres, franchit le barrage de ses dents, descendit très vite vers son gosier en lui laissant dans la bouche un goût de marée pas désagréable du tout.

— Délicieuse, s'exclama-t-elle en jetant, triomphante, sa coquille vide sur le tas ; vraiment très bonne.

Elle attrapa le bras de Jesse.

— Merci, mille fois merci de m'avoir donné l'occasion de cette expérience unique ; maintenant, croyez-vous que je pourrais avoir un verre de limonade ?

— Encore une huître, en attendant ?

— Non, merci, il ne faudrait pas abuser.

Jesse se mit à rire. Il avait compris. Il emmena Mary vers la table où étaient servies les boissons, et dut répondre en chemin à beaucoup de salutations. Il était très connu dans la région, mais il confessa qu'il ne savait pas, lui, qui étaient tous ces gens auprès de qui il était si populaire.

Ils passèrent non loin d'un bœuf entier qui rôtissait au-dessus d'un lit de charbons ardents, et humèrent le fumet roboratif qui s'en dégageait déjà. Mary voulait tout voir et s'émerveillait de tout. Elle s'exclama soudain :

— C'est comme dans un rêve !

— Vraiment ?

— Oui, tout est si agréable, ici : les dames en blanc, la musique, les enfants dans leurs beaux habits, toutes ces bonnes choses offertes à notre convoitise, le beau temps et, là-bas, les navires dans le port avec tous ces petits fanions qui flottent au vent. Comme vous avez de la chance de vivre dans un tel pays, parmi ces personnes si aimables.

— Vous avez peut-être raison, lui répondit Jesse, sans enthousiasme aucun, mais tout de même sur un ton agréable, pas en proférant un de ces grognements d'ours dont il était si coutumier.

— L'Irlande aussi est un beau pays, mais nous vivions

loin de tout, et dans le village les occasions de se réjouir étaient rares. Et puis, je vous le rappelle, nous n'avons toujours pas réussi à convaincre les Britanniques de nous accorder notre indépendance.

Des bruits sourds, des clameurs insistantes attirèrent l'attention de Mary qui, aussitôt suivie de Jesse, voulut y aller voir ; au milieu d'une aire délimitée par des cordes, à l'arrière de l'hôtel de ville, des hommes fendaient de grosses bûches sous les vociférations d'un public enthousiaste.

— Vous voulez montrer ce que vous savez faire, jeune homme ? cria, à l'adresse de Jesse, l'arbitre en chapeau de paille et aux manches retroussées ; trois coups, un penny ! Le premier prix : une broche à l'emblème de l'aigle national, pour votre femme.

Mary frissonna : sans un mot, Jesse enjambait la corde et saisissait une hache plantée dans un billot ; ravi d'avoir un nouveau concurrent, l'arbitre reprenait son boniment :

— Trois coups, un penny !

— Je n'ai pas besoin de trois coups, déclara Jesse à voix basse, comme s'il avouait un travers ou un vice.

Il retira sa veste, retroussa les manches de sa chemise. Puis, la hache sur l'épaule, avec un calme olympien, vint se placer devant une des bûches à débiter et chercha la meilleure assise, écartant les pieds avant de les rapprocher un peu.

De nouveaux spectateurs arrivaient autour de Mary, qui entendait les murmures.

— Qui est celui-là ?

— Un gardien de phare ; celui du cap de Désespérance.

— On dit qu'il a sauvé plus de naufragés que tous les autres gardiens de la côte.

— Oui, mais c'est un homme bizarre ; on ne le voit pas, on ne sait pas ce qu'il fait.

— C'est rare qu'il vienne en ville.

Sourd à ces bavardages, insensible à la curiosité dont il était l'objet, Jesse dénouait sa cravate et ouvrait son col. Puis il s'absorba dans la contemplation de son adversaire immobile ; plus rien n'existait plus pour lui que ce morceau de bois qu'il devait massacrer en moins de trois coups de hache, parmi les éclats et les rondins entamés que les précédents concurrents avaient abandonnés.

Lentement, il éleva sa hache et l'abattit, sans effort apparent ; presque sans bruit, les deux moitiés du rondin, parfaitement égales, s'écartèrent et tombèrent en dégageant une bonne odeur de résine fraîche.

Tandis que les applaudissements crépitaient, l'arbitre s'avança pour serrer la main du champion et lui donner le prix en déclarant avec bonne humeur :

— On ne m'avait pas prévenu qu'Hercule nous ferait l'honneur d'une visite.

Jesse s'esquiva assez vite et alla rejoindre Mary. Aussitôt, il lui glissa la broche dans la main en lui jetant, presque comme une insulte :

— Prenez ça ; moi, je n'en ai pas l'usage.

— Merci, répondit-elle d'un ton pincé.

Elle avait grande envie d'en dire plus, de commenter le ton extrêmement cavalier dont il usait avec elle, mais elle était trop heureuse pour gâcher définitivement une journée si bien commencée. En silence donc, elle épingla la broche sur sa robe et se tourna un peu vers Jesse pour la lui faire admirer sur elle.

Mais derrière eux se fit entendre une voix mâle et forte :

— Bon Dieu ! serais-je sujet aux hallucinations ?

Jesse et Mary s'arrêtèrent de marcher pour se retourner ; derrière eux venait un jeune homme en canotier et vêtu d'un élégant costume blanc, accompagné d'une dame elle-même tout de blanc vêtue.

Mary n'eut besoin que d'un regard sur eux pour comprendre qu'elle avait affaire à deux représentants de la haute société, deux personnes comblées d'argent et de privilèges ; le monsieur aux cheveux blonds et aux yeux bleus souriait avec la facilité de qui n'a jamais connu le moindre ennui.

— Je n'en crois pas mes yeux ! s'exclama-t-il en tendant la main. Et pourtant je suis sûr de ne pas me tromper. Jesse Kane Morgan, n'est-ce pas ? Est-ce que tu te souviens de moi ? Elliot Webber. Webber, de Portland !

— Bien sûr que je me souviens de toi, répondit Jesse en prenant la main offerte.

Elliot fronça alors les sourcils, retira vite sa main comme s'il se l'était brûlée et l'essuya sans discrétion avec un mouchoir immaculé prélevé dans sa pochette.

Gêné, Jesse toussota.

— Mille excuses. Je viens de prendre un peu d'exercice en fendant un rondin.

— Je sais, dit la dame, l'œil brillant d'admiration. Je vous ai vu.

Mary lui décocha un regard dissuasif, mais l'autre s'en soucia comme d'une guigne et continua de faire des mines à Jesse.

— Je vous présente ma femme, Sarah, déclara Elliot.

Jesse s'inclina avec la plus parfaite urbanité ; un exercice dans lequel Mary, étonnée, le découvrait sous un jour nouveau.

— Madame…

Il procéda ensuite à la partie qui lui incombait des présentations :

— Voici Mary ; Mary Dare.

La jeune femme eut droit à sa courbette, de la part d'Elliot qui mettait chapeau bas. Mais elle remarqua qu'il avait pour elle un regard… intéressé. Malgré les mises en garde répétées de sa mère contre toutes les vanités et contre celle-là en particulier, elle en fut bien aise.

— Bonjour, déclara Elliot.

— Bonjour, répondit-elle.

Dans le regard d'Elliot, l'admiration céda à la curiosité, et il posa cette question :

— Ne nous sommes-nous pas déjà rencontrés, mademoiselle ?

— Je ne pense pas ; non, sûrement pas.

— Pourtant, votre visage me semble familier.

Puis Elliot se tourna vers son épouse.

— Jesse et moi avons fréquenté ensemble le même collège. Il était capitaine de l'équipe de cricket, et m'avait pris comme remplaçant.

Il s'adressa enfin à Jesse :

— Tu étais toujours le meilleur, mon vieux ; quand je pense à ce que tu avais fait de ta société ! Tu n'imagines sans doute pas le choc que ça a été pour tout le monde quand tu as tout abandonné après que... Oh, je suis désolé ! Voilà que je me mets à radoter et à parler du bon vieux temps comme si nous n'avions pas encore tout l'avenir devant nous.

— Qu'est-ce qui t'amène par ici ? demanda Jesse, un peu plus raide.

— Nous venons en villégiature chaque année, répondit Sarah. Nous aimons beaucoup cet endroit.

Elle parlait un peu bizarrement pour Mary, les dents si serrées que ses « r » se transformaient presque en « l ». Affectation ridicule !

— Aujourd'hui, mon intention est de battre les pêcheurs

du cru dans la régate qu'ils ont organisée, reprit Elliot Webber, les pouces dans les poches de son gilet.

Il avait l'arrogance d'un homme à qui la chance sourit, à qui tout est dû : jolie femme, beaucoup d'argent et même une victoire sur des gens simples, dans une épreuve sans importance. Il continua :

— J'ai quelque souci, à cause d'un de mes hommes d'équipage, qui a trop bu hier et qui est toujours mal fichu.

Et, sous le coup de l'inspiration, il claqua des doigts.

— Mais dis donc, Jesse, pourquoi ne le remplacerais-tu pas ? Tu étais un excellent marin, au collège ! Tu te rappelles quand nous avons fait équipe pour la régate de fin d'année ? Quelle histoire, mesdames, quelle histoire ! Figurez-vous que le coup de canon avait à peine retenti que déjà…

— Désolé, coupa Jesse, mais c'est impossible.

Seule Mary perçut la détresse qu'exprimait ce refus si net et si cassant en apparence. Elle seule aussi pouvait en comprendre la raison. Par sympathie, elle glissa son bras sous celui de Jesse.

Sarah Webber se mit de la partie.

— Ce serait si merveilleux ! Je suis sûre que tous les deux vous pourriez donner à ces marins mal dégrossis la leçon qu'ils méritent. Après, ils n'oseront même plus monter sur un bateau !

Sous les doigts de Mary s'accentua sensiblement la tension de Jesse ; Sarah se mit à minauder.

— Allons, monsieur Morgan, un bon geste ! pour me faire plaisir ! Je ne peux pas imaginer que la coupe mise en jeu aille à un pêcheur d'huîtres, peut-être même à un de ces étrangers qui pullulent de plus en plus par ici, comme ces étranges Norvégiens, ou ces sales Irlandais qui…

— Non, dit Jesse, la voix coupante. Nous avons mieux à faire. Je regrette.

Il fut relayé par Mary qui flambait de la rage allumée par l'insulte dont elle venait d'être victime ; imitant, de Sarah, la voix et les mines, elle ajouta :

— La coupe à un Irlandais ? Dieu nous en préserve !

Elle s'énervait ; son châle glissa de ses épaules. Elle le rattrapa et, d'un grand geste théâtral, le remit en place… pour comprendre aussitôt qu'elle venait de commettre une dramatique erreur.

Car elle vit les regards des Webber se porter sur son ventre dont la rotondité leur avait jusque-là échappé ; la surprise, puis l'incrédulité se peignirent sur leur visage, et la vérité enfin s'imposa à eux ; il y eut un moment de silence que Sarah rompit la première.

— Il ne manquait plus que cela !

Dans un bruissement de riches étoffes, elle se détourna et s'éloigna vivement, aussitôt suivie de son Elliot qui osa tout juste traduire, en un sourire piteux, les regrets et les excuses qu'il n'osait pas exprimer à haute voix.

Anéantie par le chagrin, Mary vacilla. Elle n'y voyait plus, n'entendait plus, n'était plus sensible qu'à ces idées qui s'entrechoquaient dans son esprit : la fête était terminée pour elle, l'illusion n'avait plus cours car on l'avait reconnue pour ce qu'elle était : une fille, une moins-que-rien qui n'était pas à sa place dans ce lieu réservé aux gens honnêtes. Elle ferma les yeux et donna libre cours à ses larmes.

— Mary…

Maladroitement, Jesse l'effleurait de sa main.

Elle sursauta comme s'il l'avait piquée et recula, d'un pas, puis de deux, en chancelant. Elle rouvrit les yeux et jeta méchamment :

— Ah, ne me touchez pas ! Vous entendez ? Ne me touchez plus !

— Pour l'amour de Dieu, je…, balbutia Jesse, tout timide.

Mary eut envie de l'insulter pour se rendre détestable, encore plus méprisable ; mais à ce moment des cris retentirent.

— Au secours ! à l'aide !

C'était une femme en détresse.

— Il faut que j'y aille, dit Jesse.

Il s'élança ; épuisée, Mary s'adossa à une barrière et le regarda courir en se disant qu'elle vivait là l'exacte représentation de ce qu'était sa vie depuis un certain temps. Elle était tout près d'aimer un homme qui profitait toujours du moindre prétexte pour la fuir.

Les cris redoublaient, la foule accourait.

— Au secours ! mon petit !

Mary reconnut la voix de Mme Hapgood, la femme du pasteur ; soudain ses soucis lui parurent de bien peu d'importance en regard du drame qui était en train de se jouer.

Epuisé, Jesse retournait vers l'hôtel de ville, un précieux fardeau dans les bras : le petit Hapgood encore tout tremblant qui s'accrochait à lui, les deux bras autour de son cou.

— C'est une sacrée cavalcade que tu as faite là, dit-il pour tenter de le distraire. Mais je parie que tu ne t'attendais pas à un cheval si vigoureux, si rapide surtout.

— J'ai eu peur, monsieur, murmura le garçonnet ; si grande peur.

Et comment n'eût-il pas eu peur ? Jesse ne pouvait repenser sans frémir à la façon dont s'était emballé le cheval attelé à la voiture, où était imprudemment monté l'enfant ; en un instant, un destin pouvait s'anéantir, et d'autres vies plonger pour toujours dans le désespoir. Mais ne le savait-il pas déjà, d'expérience ?

Mû par l'émotion et la tendresse, il éleva jusqu'à son visage le garçon qu'il avait sauvé d'une mort certaine, et lui plaqua un baiser sonore sur le front. Mais il n'eut pas le loisir de s'épancher davantage, car les parents affolés accouraient, et Mme Hapgood criait en pleurant :

— Mon bébé ! mon bébé !

L'enfant se tourna vers ses géniteurs.

— Maman ! papa !

La discrétion s'imposait ; Jesse posa le petit Hapgood sur le sol, afin qu'il pût courir se jeter dans les bras tendus.

Le père et la mère tombèrent à genoux. L'un devant lui et l'autre derrière, ils enlacèrent leur fils, le faisant disparaître aux yeux des spectateurs qui accouraient. Et ils le couvraient de baisers, et ils mêlaient les larmes aux ris, et ils multipliaient les douces remontrances en même temps que les questions inquiètes.

Puis le révérend se leva et marcha à grandes enjambées vers Jesse resté à l'écart, lui prit les mains et murmura d'une voix tremblante :

— Merci.

La formule pouvait paraître brève, voire sèche, mais Jesse avait vu briller les larmes dans les yeux de cet homme, et cela valait tous les brevets de sincérité. Incapable de formuler lui-même la moindre réponse, il se contenta d'un hochement de tête avant de s'éloigner pour retrouver Mary.

Il n'eut pas à la chercher longtemps, car elle n'avait pas bougé de l'endroit où il l'avait quittée. Tournée en direction de l'océan, elle avait le regard dur, le visage fermé. Il se souvint alors de l'algarade qui les avait opposés au moment où les appels au secours avaient retenti, et nota que la jeune femme ne faisait plus l'effort de cacher sa grossesse, elle semblait au contraire exposer avec fierté ce ventre arrondi qui avait tant scandalisé Sarah Webber.

— Alors, vous voilà un héros, lui dit-elle avec une froide

ironie, sans le regarder. Cette famille est heureuse de vous avoir eu dans les parages aujourd'hui. Oui, vraiment, on peut dire que vous êtes l'envoyé de la Providence !

Blessé, Jesse préféra ne pas répondre et maudit en silence les Webber à cause de qui cette journée si bien commencée finissait si mal. Ne sachant quelle attitude prendre, il accueillit comme une heureuse diversion le départ imminent de la régate et suivit Mary qui se dirigeait vers la falaise surplombant la baie.

Sans se regarder, sans rien se dire, ils assistèrent à toute la course, comme s'ils étaient étrangers l'un à l'autre. Au contraire des autres badauds qui commentaient avec ferveur les évolutions des voiliers, ils restaient immobiles, comme si tout cela ne les intéressait pas. Tout juste la jeune femme esquissa-t-elle un sourire de satisfaction au moment où un bateau de pêcheur franchissait en vainqueur la ligne d'arrivée, loin devant les yachts élégants des gens riches venus de Portland et d'Astoria.

Au moment de quitter le promontoire, et comme déjà les autres spectateurs s'égaillaient, Jesse s'éclaircit la gorge avant de dire :

— Vous ne croyez pas, j'espère, que j'approuve la scandaleuse attitude des Webber à votre égard ?

Mary tourna la tête et lui jeta un regard fier.

— Certainement pas !

— Alors, venez avec moi et voyons si nous pouvons participer au banquet.

Elle hésita puis hocha la tête et suivit Jesse en silence, qui trouva deux places à l'immense tablée installée sur des tréteaux, devant l'hôtel de ville.

Beaucoup de gens vinrent encore congratuler le héros du jour, l'accabler de grandes bourrades dans le dos, ce qui l'ennuyait profondément. Il n'avait pas besoin de la reconnaissance publique. Quand il avait compris quel danger courait le petit Hapgood, il avait foncé pour le sauver, et sans réfléchir, sans même comprendre qu'il y risquait sa propre vie, il l'avait tiré de ce mauvais pas. C'était tout ce qu'on pouvait en dire et il n'avait pas l'impression d'avoir fait preuve d'héroïsme.

Vers la fin du repas, Mary commença à bavarder avec le jeune couple assis à côté d'elle, recevant à propos de la population d'Ilwaco beaucoup d'indiscrétions sans gravité qui suscitèrent maintes fois son hilarité. Jesse fut content de la voir plus gaie, plus détendue. Il l'entendait qui battait la mesure sous la table, le pied frappant avec vigueur la terre juste à côté de lui, pour accompagner l'orchestre.

Elle le surprit quand elle se tourna tout à coup vers lui pour demander :

— Racontez-nous ce qu'il est arrivé au premier enfant Hapgood.

— Je n'en ai pas la moindre idée.

Elle protesta avec pétulance.

— Mais si ; maintenant, ou vous nous le dites, ou je vais questionner Mme Swann !

Jesse soupira. Il n'avait vraiment pas envie d'évoquer cette lamentable histoire, encore moins de voir le visage de Mary lorsqu'elle l'entendrait ; mais puisqu'elle insistait... Il ferma les yeux.

— Mme Hapgood eut un enfant alors qu'elle était encore jeune fille ; le père — un homme déjà âgé et sans descendance — organisa, peu après la naissance, l'enlèvement du petit, qu'elle n'a jamais revu depuis.

Abasourdie, prostrée, Mary eut la réaction qu'avait imaginée Jesse. Muette d'horreur, elle resta silencieuse et immobile. Jesse, qui ne l'avait jamais vue si petite ni si fragile, songea qu'une diversion s'imposait.

— Voulez-vous danser ? demanda-t-il, d'une voix mécanique.

— J'aime beaucoup danser, lui répondit-elle doucement, mais pas ici, je vous en prie ; tout le monde me regarderait et j'en serais trop gênée.

Elle faisait parler sa raison, mais le regret était très perceptible dans sa voix ; aussi Jesse la prit-il par la main et l'entraîna.

— Venez donc.

Elle ne lui résista pas et s'enquit :

— Où m'emmenez-vous ?

— Vous verrez bien ; c'est une surprise.

En dehors du cercle des torches régnait l'obscurité déjà, et seule la lune éclairait d'une lumière bleutée l'immense esplanade où Jesse se dirigeait avec autorité. Il connaissait son but : devant la façade est de l'hôtel de ville, un kiosque dont le treillis peint en blanc et envahi par les roses trémières les isolerait de la foule. Il aida Mary à monter les quelques marches et questionna aussitôt en s'inclinant :

— Voulez-vous m'accorder cette danse ?

Il se sentait un peu ridicule, mais content de l'être. Et il regretta aussitôt son geste, car Mary fondit en larmes.

— Mon Dieu, murmura-t-il, certain d'avoir commis une erreur et cherchant le moyen de la réparer.

— Je suis désolée, lui dit la jeune femme en reniflant sans élégance, puis en épongeant même ses larmes dans l'étoffe de sa manche. Toute la soirée, je me suis demandé si vous m'inviteriez à danser et maintenant que vous réalisez mon rêve je m'effondre. Que je suis sotte ! Mais dites-moi : comment avez-vous su ?

— Su quoi ?

— Que j'avais si grande envie de danser.

— Vous cachez mal vos sentiments, jeune dame. Maintenant, est-ce que nous dansons, oui ou non ?

— Oui, murmura Mary, son sourire illuminant ses dernières larmes ; oui, j'ai envie de danser avec vous.

C'était un exercice que Jesse n'avait plus pratiqué depuis longtemps, et que pourtant il se rappelait très bien. Des pas, des figures et du rythme, il n'avait rien oublié ; la seule surprise lui vint du bonheur qu'il ressentit à presser une femme dans ses bras : de cela, il ne se souvenait plus, si toutefois il l'avait déjà connu.

Mary s'abandonna à lui avec une grâce et une nonchalance tout à fait charmantes. Quand le morceau arriva à terme, quand la musique s'éteignit sur un dernier accord mourant avec lenteur dans l'air frais du soir, elle leva les yeux vers son cavalier pour lui dire avec effusion :

— Merci, Jesse ; merci pour m'avoir permis de danser.

Il se trouva ensuite qu'il y eut un long baiser échangé, sans que Jesse sût qui en avait pris l'initiative. Surpris d'abord de ce qu'il lui arrivait, presque choqué même, il oublia peu à peu ses réserves et, s'enhardissant à un point inimaginable, il pressa ses mains contre le dos de Mary, afin de l'attirer contre lui. Puis, sans lui rendre la liberté, il l'entraîna sur un des bancs disposés tout autour du kiosque.

Ils ne s'y assirent pas mais s'effondrèrent dessus, sans cesser de se dévorer tandis que leurs mains exploraient avec hardiesse.

Quand Jesse eut réussi à introduire sa main dans le corsage de Mary, pour lui prendre un sein, il crut défaillir et il soupira :

— Ah, Mary, Mary ! vous êtes si bonne !

Fou de désir, il se jeta sur le cou tendre offert à sa concupiscence et reprit peu après :

— J'ai besoin d'être tout près de vous ; est-ce que vous comprenez ?

Sans attendre de réponse, il bascula en arrière et attira

Mary sur lui qui, tout aussi ardente, s'abattit sur sa poitrine et commença à ouvrir sa chemise, non sans arracher quelques boutons qui lui résistaient.

Heureux, Jesse l'était certainement, et pourtant une vieille douleur se réveillait au plus profond de lui-même, se signalait à lui pour rappeler une leçon qu'il avait apprise longtemps auparavant et qu'il ne devait pas oublier : l'amour fait souffrir.

Pour faire taire la petite voix importune, il resserra ses bras sur Mary, comme un naufragé accroché à une planche de salut au milieu de la mer tourmenteuse. Hélas, il sentit la jeune femme se raidir puis se soulever sur les mains comme pour lui échapper. Il demanda :

— Cela vous déplaît-il ?

— Bien sûr que non ; qu'est-ce qui vous fait penser cela ?

— C'est que vous poussez et…

Il s'arrêta ; effectivement, Mary poussait, elle poussait encore, mais elle lui dit en riant :

— C'est à cause du bébé. Il s'est mis à bouger et cela m'a fait un peu mal. D'ailleurs, je suis sûre que vous l'avez senti aussi.

Jesse sursauta, faillit la rejeter avec violence et, s'il se retint juste à temps, ce fut pour la prendre par les épaules et la repousser sans brutalité mais avec fermeté, afin de l'asseoir à côté. Lui-même se redressa et referma sa chemise ; le charme était définitivement rompu.

— Je suis désolé, dit-il d'une voix glaciale. Je vous ai manqué de respect et je veillerai à ce que cela ne se reproduise plus jamais.

— Mais, Jesse…

Il se mit debout et prit Mary par le coude afin de l'aider à se relever aussi et ainsi la ramena-t-il parmi la foule qui s'amusait toujours au son de la musique. Il avait l'impression d'être ivre, et ce n'était pas agréable du tout.

— Que se passe-t-il ? s'enquit Mary, qu'il obligeait à courir pour le suivre. Est-ce que vous êtes ému ? Il est très normal que le bébé se manifeste par quelques mouvements, vous savez ; c'est plutôt le contraire qui serait inquiétant.

— Il ne s'agit pas de cela ; vous n'avez rien compris !

— Alors, expliquez-moi. Pourquoi m'avez-vous repoussée, tout à coup ? Et pourquoi me considérez-vous, de nouveau, comme une gêneuse ?

— Aviez-vous vraiment envie que je vous culbute, ici, presque aux yeux de tous ? Parce que c'est ce vers quoi nous nous dirigions, vous savez ; encore quelques minutes, et je vous retroussais comme une fille. Est-ce cela que vous voulez, Mary ?

— Mais je…

— Est-ce cela que vous voulez ? hurla Jesse. La question est pourtant simple, et la réponse doit être brève : oui ou non, avez-vous l'habitude de vous livrer à ces ébats dégradants avec le premier venu ?

Les larmes aux yeux, Mary répondit d'une voix tremblante de honte et d'indignation à la fois :

— La réponse est *non* et vous le savez parfaitement.

15

Le lendemain matin, Mary se trouvait dans le vestibule de l'hôtel Pacifique et observait l'animation qui y régnait : la plupart des gens en villégiature repartaient, dans un grand concours de malles et de valises véhiculées par des porteurs surmenés ; près de la porte d'entrée se tenait un homme d'affaires qui, à chaque minute, tirait la montre du gousset et en ouvrait le couvercle d'un geste nerveux, comme si ce manège avait le pouvoir de faire passer plus vite le temps.

C'était un hôtel immense et aussi luxueux que certains de ceux que la jeune femme avait pu observer à San Francisco ; elle chassa aussitôt de son esprit l'image de cette ville, qui s'associait à une époque révolue de son existence et dont elle espérait qu'elle n'aurait pas à vivre, dans un temps prochain, les funestes conséquences.

Elle sourit à Mme Hapgood qui passait non loin d'elle, tirant par la main le petit garçon sauvé la veille par Jesse. Elle essaya de se la représenter telle qu'elle avait pu être, quelques années plus tôt, jeune fille à qui on arrachait le bébé qu'elle venait de mettre au monde. Elle frémit et se sentit glacée jusqu'à la moelle : cela se pouvait-il donc ? Un homme riche pouvait-il accaparer un enfant sous le prétexte qu'il l'avait engendré ?

Et au moment précis où cette pensée affreuse traversait son esprit, elle *le* vit, trônant sur une chaise surélevée et tendant le pied à un petit cireur de chaussures. Prise de panique, elle porta les mains à sa gorge pour empêcher le cri qui montait du plus profond de son être d'en jaillir. Puis elle reporta son regard sur *lui* : il lisait un journal et n'avait pu la voir. Lentement, pour ne pas attirer l'attention par un mouvement désordonné, elle se dirigea vers une porte de service, mais, au moment où elle posait la main sur la poignée et se retournait une dernière fois pour s'assurer qu'elle n'avait pas été aperçue, *il* leva les yeux et porta le regard sur elle.

Elle faillit éclater de rire ; ce n'était pas *lui* ! Elle se mettait à divaguer, c'était sûr ; son esprit lui jouait de bien méchants tours. Pourquoi s'affoler ? Non seulement elle avait réussi à fuir l'odieux personnage, mais encore elle avait survécu à un terrible naufrage. N'était-ce pas le signe qu'elle était née sous une bonne étoile ? Sûrement son destin ne l'avait pas amenée ici pour lui infliger un revers plus cuisant, définitif ; et puis, San Francisco était si loin, à plusieurs *miles* d'ici. Alors, que risquait-elle ?

Oui, mais *il* avait aussi une résidence à Portland, une belle demeure juste de l'autre côté de la rivière, et il venait parfois avec son épouse, cette femme incapable de lui donner un enfant.

Mary commença à claquer des dents ; où était Jesse ? Nerveuse, elle trouva un refuge discret, derrière un arbuste en pot dont elle n'avait qu'à écarter les branches pour surveiller le vestibule sans crainte d'être démasquée ; ç'avait été de toute façon une erreur que de venir en ce lieu ; une idée à elle, parce qu'elle pensait que Jesse avait besoin de voir du monde, au lieu de toujours se cacher. Elle avait simplement oublié qu'un homme puissant la poursuivait, un homme décidé à avoir un enfant ; *son* enfant.

Elle tremblait à présent de tous ses membres et s'aperçut qu'elle martyrisait les feuilles de l'arbuste en pot. Elle essuya sur sa robe sa main humide de sève et de sueur.

— Vous savez, je viens juste de me rappeler où je vous avais déjà vue.

Elle sursauta et émit un gémissement douloureux en apercevant Elliot et Sarah Webber.

— Je suis certaine que nous ne nous sommes jamais rencontrés, se hâta-t-elle de répondre tout en cherchant le moyen de s'esquiver.

— A cause de vous, mon mari a passé la moitié de la nuit éveillé, dit Sarah Webber, la voix pointue et le regard mauvais.

— C'est dans le journal que nous vous avons vue ! lança Elliot, triomphant. Vous êtes la rescapée du naufrage !

— Impossible, reprit Mary d'une voix blanche ; personne n'a pris de photographie de moi.

— Oh, mais si ! dit Sarah ; il n'y a pas de doute là-dessus. Alors, Jesse vous a sauvée, et comme si cela ne lui suffisait pas il s'est institué votre protecteur. C'est merveilleux, vous ne trouvez pas ? Je dirais même : incroyable.

— Vous vous trompez, protesta Mary, sur le point de défaillir. Ce n'est pas ma photographie que vous avez vue dans le journal ; adieu !

Très digne, la démarche raide et la tête haute, elle passa devant les deux importuns et sortit de l'hôtel. Aussitôt dehors, elle entendit Jesse qui l'appelait, mais elle ne s'arrêta pas, ne ralentit pas, ne se retourna pas.

Jesse la rattrapa juste devant les écuries. Il lui prit le bras et serra trop fort en disant d'une voix sifflante :

— Vous n'avez pas entendu que je vous appelais ?

— Oh, mais si !

— Alors, pourquoi ne vous êtes-vous pas arrêtée ?

— Parce que je…

Mary s'interrompit. Jesse se rendit compte de son malaise.

— Mais que se passe-t-il ? Vous êtes pâle comme un linge. Est-ce que vous êtes malade ? Si vous voulez, je peux appeler le docteur afin…

— Je viens d'apprendre que vous aviez envoyé ma photographie aux journaux.

La dénégation attendue ne vint pas ; il fallait au moins rendre cette justice à Jesse qu'il ne savait pas mentir.

— Bien sûr que j'ai fait cela, dit-il même, comme s'il en était fier.

— Je vous avais pourtant bien demandé de renoncer à ce projet ; pourquoi ne m'avez-vous pas écoutée ?

— Il faut me comprendre ; dans les premiers temps, je ne savais rien de vous et je m'étais persuadé que votre famille serait heureuse d'avoir de vos nouvelles.

Le visage sombre, les yeux baissés, Jesse conclut :

— Je sais ce que c'est que d'attendre, en se demandant à chaque instant s'il faut craindre le pire ou espérer de bonnes nouvelles.

Pour lors, Mary ne se laissa pas émouvoir.

— Et il ne vous est jamais venu à l'idée que si je ne voulais pas avoir mon portrait dans tous les journaux, c'est que j'avais de bonnes raisons ?

— Vous ne me les avez pas expliquées, ces raisons.

— Parce que vous ne m'en avez jamais donné l'occasion !

Mary s'enflammait, le ton montait ; comme plusieurs personnes se retournaient pour la dévisager, Jesse la prit par le coude afin de la conduire dans un endroit plus discret pour vider cette querelle.

— Je vous la demande, l'explication ; dites-moi tout.

La jeune femme hésita ; pourquoi Jesse l'avait-il trahie ? Elle l'avait imploré de ne pas diffuser son portrait, il avait promis et avait passé outre ; oui, mais… « Je sais ce que c'est que d'attendre… »

— Je vous ai dit dès le début, reprit-elle, que je ne voulais plus rien avoir à faire avec le père de mon enfant, parce que j'avais commis… une erreur ; la plus tragique des erreurs.

Elle vit Jesse qui reculait pour s'adosser à un arbre en croisant les bras sur la poitrine ; comme le soir précédent, il prenait du champ parce qu'il allait être question du bébé.

— J'ai peur de ce qui m'arriverait si cet homme me retrouvait. Il sait ce qu'il veut et ne recule devant rien pour l'obtenir.

— Fort bien ; dans ce cas, pourquoi vous êtes-vous embarquée dans une histoire avec lui ?

— C'est qu'il cache son jeu et peut être charmant comme tout, murmura Mary, incapable à ce moment d'affronter le regard de Jesse. Il faut vous dire aussi qu'en arrivant à San Francisco je n'avais rien de plus qu'une maigre bourse contenant mon salaire de cuisinière sur le bateau qui m'avait amenée là ; une bourse que je ne tardai pas à vider complètement, inutile de vous le préciser ; et que voulez-vous, une pauvre Irlandaise sans un penny en poche n'a guère le choix. Oh ! j'ai bien essayé de me faire engager comme bonne à tout faire, mais personne n'a voulu de moi. Puis le sort me fit rencontrer le si charmant M. Jones qui, tout de suite, s'intéressa à mon cas. Il m'installa dans un appartement, où il vint souvent me visiter en m'apportant des fleurs et des bonbons.

Elle ferma les yeux et se souvint de ses nuits d'abandon. Elle se livrait alors aux délices de la sensualité, sachant qu'elle péchait, essayant de s'absoudre sous le prétexte qu'elle était seule au monde et avait besoin de la présence d'un autre être humain. Elle ne savait pas encore qu'il y aurait un prix à payer ; et quel prix !

— Je ne savais pas qu'il était marié, poursuivit-elle. Et quand je l'appris il était trop tard. Je lui annonçai la nouvelle, à propos du bébé, et il en fut si heureux que je pensai, naïvement, qu'il allait tout de suite me proposer le mariage. Mais je ne tardai pas à comprendre que s'il désirait bien cet enfant il n'avait plus besoin de moi.

Elle s'interrompit de nouveau, et Jesse respecta son silence. Mais ne devait-elle pas tout dire de ce qu'avait été sa déchéance ? A voix très basse, elle continua :

— Il m'a utilisée comme une pouliche et si je n'avais pas réussi à fuir, comme une voleuse dans la nuit, il m'aurait pris le bébé ; voilà la vérité !

Exténuée par sa confession, elle chancela ; Jesse, qui ne disait toujours rien, ne lui tendit pas la main secourable qu'elle avait espérée. Le chapeau rabattu sur les yeux, impénétrable, il gardait l'immobilité d'une statue.

— Ici, parmi tous ces gens, reprit la jeune femme accablée, je me suis soudain rappelé que je n'étais pas entièrement tirée d'affaire. Surtout depuis que je sais que vous avez répandu ma photographie dans les journaux ; et puis, la mésaventure de Mme Hapgood se voyant arracher son premier enfant m'a terrifiée, Jesse. Vous comprenez, je ne suis personne, moi. Je n'ai pas d'appui. Que deviendrai-je si cet homme a lu un des articles publiés à mon sujet ?

Le silence, d'abord, succéda à cette question pleine d'angoisse ; puis Jesse demanda :

— Vous m'avez bien dit qu'il se faisait appeler Jones ?

— Oui, pourquoi ? Est-ce que vous pensez que ce n'était pas son vrai nom ?

Sur une moue pleine de scepticisme, il s'éloigna. Mary se hâta de courir derrière lui et s'emporta :

— Je ne vous comprends pas, Jesse Morgan. C'est à cause de vous que je crains de nouveaux ennuis et vous, non seulement vous ne me proposez rien pour m'aider, mais vous partez comme si rien de tout cela ne vous concernait !

Sur le seuil de l'établissement parut Mme Swann, qui attendait qu'un palefrenier eût fini d'atteler sa voiture. Elle observa avec étonnement Mary qui vociférait et gesticulait, mais celle-ci n'en avait cure, car après avoir connu une nuit blanche très éprouvante elle était arrivée à la conclusion que Jesse méritait une bonne leçon, qu'elle devait lui délivrer sans tarder, même en public ; et il pouvait bien marcher à grandes enjambées, il ne la distancerait pas.

— Je vous ai tout dit de mes angoisses, cria-t-elle ; et vous n'avez rien à répondre ; rien du tout ! Je me suis souvent demandé si vous n'aviez pas la tête de bois, et le cœur en pierre. Jamais vous n'avez prononcé la moindre parole de réconfort. Jamais vous ne m'avez dit que vous seriez là pour me protéger en cas de besoin.

Jesse avait pris la direction de l'hôtel de ville.

— Tout est votre faute ! C'est bien vous qui avez pris une photographie de moi pour la montrer à tout le monde, non ? Et puis d'abord, pourquoi est-ce que vous m'amenez ici ?

La voix de Mary résonnait étrangement dans l'immense et sonore vestibule. Elle eut froid, parce que le décor et l'atmosphère l'étaient. Elle marcha moins vite, et sur la pointe des pieds, parce que ses pas claquaient trop bruyamment sur les dalles de marbre. Et d'une voix chuchotée elle jeta :

— Alors, quoi, vous n'avez rien à dire ? Vous n'osez pas ou…

Jesse ouvrit une porte, s'effaça pour inviter Mary à pénétrer dans une pièce plutôt exiguë où travaillait un petit homme assis devant une table surchargée de papiers ; un écriteau annonçait : « Hiram Palmer, juge. »

Jesse se présenta :

— Je suis gardien de phare au cap de Désespérance.

— J'ai entendu parler de vous, répondit le fonctionnaire, la plume en l'air. Que puis-je pour vous ?

— Quel est le montant des droits pour un mariage ?

— Quatre-vingts *cents*.

— Parfait !

Jesse plongea la main dans sa poche, et plaqua deux dollars d'argent sur la table. Puis il en ajouta un troisième en précisant :

— Celui-ci, c'est pour procéder immédiatement.

— Maintenant ? dit le petit juge.

— Maintenant.

— Co… comment ? s'exclama Mary.

Mais le juge s'était levé et courait en direction d'une porte latérale, qu'il ouvrit pour appeler ; aussitôt arriva un scribe à calotte et à manches de lustrine, portant sous le bras un grand registre qu'il posa sur la table et ouvrit, avant de se saisir de la plume.

La tête bourdonnante, Mary répondit tant bien que mal aux questions pourtant simples qui lui étaient posées : nom, prénom, date de naissance… Elle dut ensuite signer à la place qui lui était indiquée. Heureusement, elle savait, mais elle se maudit pour le gros pâté qu'elle laissait à la postérité. Cela fait, elle se cramponna au bras de Jesse.

— Qu'est-ce que vous faites ? balbutia-t-elle.

— C'est simple : je vous épouse.

— Pourquoi ?

— N'est-ce pas ce que vous voulez ?

— Je…

— Ne dites pas le contraire ; si votre enfant a un père, plus personne d'autre ne pourra le revendiquer ; c'est exact, oui ou non ?

Abêtie par l'étonnement, remplie de gratitude et d'effroi, elle balbutia :

— Oui, mais…

— Dans ce cas, taisez-vous et épousez-moi.

Le lendemain, à l'aube, Jesse méditait, seul au sommet du phare. Il était marié depuis presque vingt-quatre heures et n'arrivait pas à se persuader qu'il était un époux.

Il ne savait pas, d'ailleurs, ce qu'il était censé ressentir. La journée qui commençait lui semblait semblable à toutes les précédentes, et la lumière qui montait de l'est n'avait pas de qualité particulière. A l'issue de sa nuit de veille, il se tenait sur la passerelle et scrutait la mer, étudiait le temps, comme un général attendant la bataille ; mais contre quel ennemi ?

Il avait épousé la femme rejetée par l'océan ; pourquoi ? Sa décision impulsive ne laissait pas de le troubler. Il était rentré d'Ilwaco avec un tel mal de tête que tout habillé il avait dû se jeter sur son lit. Depuis, il ne cessait de s'interroger sur ses mobiles, ses raisons secrètes.

Sur le chemin du retour, il n'avait pas pu parler avec Mary parce que Abner Cobb, l'épouse de celui-ci, ainsi que Fiona MacEwan l'avaient prié de les ramener ; les trois femmes avaient jacassé comme des amies de longue date et s'étaient beaucoup amusées à lire, l'une déchiffrant avec difficulté, les deux autres la corrigeant en riant, le certificat de mariage délivré par le juge Palmer. Abner somnolait consciencieusement, et Jesse conduisait en silence, en ruminant des pensées pas très gaies.

Après avoir peu dormi, il s'était levé en fin de journée puisque c'était à lui de monter la garde au sommet du phare. Il s'y était acquitté de ses fonctions avec son zèle coutumier, mais d'une façon mécanique, l'esprit tout occupé de Mary et sans éprouver ses satisfactions ordinaires à l'idée d'œuvrer pour le bien de son prochain.

Le soleil était déjà haut dans le ciel quand il se décida enfin à quitter son refuge pour rentrer chez lui, à pas lents. Il poussa la petite porte du jardin, et s'arrêta ; jamais les changements inaugurés par Mary ne lui avaient paru aussi éclatants ; il y avait des fleurs partout, des marguerites et des pétunias le long de l'allée, des géraniums dans des pots sur les fenêtres et dans des paniers accrochés au-dessus de la porte, et partout, partout des roses, ces roses qui, abandonnées, laissées sans soins, avaient refusé de mourir ; la nature, la vie même s'étaient réveillées comme sous le toucher d'une baguette magique.

Troublé, Jesse reprit son chemin et entra ; il faisait chaud, et bon, et l'atmosphère sentait le café fraîchement passé ; l'accueil était loin d'être désagréable.

Pourtant, Jesse ne voulait pas accepter avec simplicité ces joies domestiques. Il n'avait pas épousé Mary pour faire d'elle sa servante ; seulement pour lui rendre la paix de l'esprit en s'instituant le père de l'enfant qu'elle portait.

« Menteur ! murmura la voix de sa conscience ; menteur ! menteur ! menteur ! »

— Bonjour !

Fraîche et joyeuse, la voix venait de la cuisine. Mary parut sur le seuil, la cafetière à la main, aux lèvres un sourire radieux, mais empreint de timidité. Elle versa du café dans une tasse, ajouta du sucre, exactement la quantité qui convenait à Jesse, lequel se sentit touché, puis agacé en comprenant qu'elle l'avait observé avec attention afin de pouvoir satisfaire ce menu désir.

— Merci, dit-il sans amabilité.

Ils s'assirent de part et d'autre de la table, et en silence déjeunèrent de café et de pain ; Jesse faisait de son mieux pour ne pas croiser le regard de Mary, pour rester désagréable bien sûr, mais aussi parce qu'il avait peur que celle-ci pût y lire le désir qu'il éprouvait pour elle. Il brûlait pour ce beau fruit offert à sa concupiscence ; un fruit défendu.

Pensive, le menton dans le creux de la main, elle énonça :

— Vous m'avez épousée.

Comme si elle avait, elle aussi, besoin de dire ces mots afin de se convaincre qu'elle n'avait pas rêvé.

— Oui.

— Je n'arrive pas à y croire.

— Mmm…

— C'est tout ce que vous avez à me dire ?

— Vous croyez qu'il faut en rajouter ?

— Je suppose que oui…

Mary s'arrêta, soupira, se leva à demi, puis se rassit afin de poursuivre :

— Je n'ai presque pas dormi de la nuit ; les idées tourbillonnaient dans ma tête, vous savez.

Tout comme lui ! mais il n'en fit pas l'aveu : cela ne la regardait pas.

— J'ai une confession à vous faire, ajouta-t-elle. Très peu de temps après mon arrivée ici, je me jurai que je resterais, quoi qu'il advînt, quelle que fût votre humeur à mon égard. Pour cela, j'étais prête à tout, même à soudoyer Erik afin qu'il abattît un arbre sur la route d'Ilwaco. C'est parce qu'ici je me sens plus en sécurité que partout ailleurs. C'est ici que mon enfant viendra au monde.

Jesse sirotait son café en silence ; la ruse de l'arbre couché sur la route ne l'étonnait qu'à moitié.

— En fait, reprit Mary, je me trompais ; non sur mon désir de rester ici, mais sur les raisons qui m'y poussaient. Car voyez-vous, s'il ne s'agissait que d'assurer mon existence auprès de vous, le mariage d'hier devrait me combler d'aise ; ce qui n'est pas le cas.

— Alors, vous n'êtes pas encore satisfaite ?

— Non.

— Qu'est-ce qu'il vous faut de plus ?

Question dangereuse : Jesse se doutait qu'il n'en aimerait pas la réponse. Concentré, nerveux, il porta avec lenteur la tasse à ses lèvres, et entendit ceci :

— Ce que je veux, ce que je veux vraiment, c'est que vous m'aimiez.

La tasse s'abattit sur la table avec violence ; le café gicla ; Jesse proclama :

— Alors ça, c'est impossible !

— Je savais que je vous énerverais, commenta Mary. Mais j'ai pensé que le plus simple était de tout vous avouer.

— Ce n'est pas ça qui changera la situation ; et j'aime autant vous prévenir : inutile de vous bercer d'illusions, vous n'avez rien à espérer de moi.

— Comment pouvez-vous être aussi affirmatif ? Vous n'avez même pas essayé de…

Lentement, Jesse se leva, posa les mains à plat sur la table et se pencha vers Mary.

— Et je n'essaierai jamais. Je vous ai épousée pour que vous arrêtiez de vous ronger les sangs à propos de ce M. Jones ; un point, c'est tout !

Candide, tranquille, elle lui répondit :

— Vous refusez d'exprimer vos sentiments ; je vous ai bien observé, et je sais ce qu'il y a en vous, sous votre caparaçon : la tendresse, le besoin d'aimer et d'être aimé.

Touché ! Jesse faillit se rendre, avouer qu'en effet il ne supportait plus la solitude glaciale à laquelle il s'était condamné. Puis les vieux réflexes reprirent le dessus, et il s'abandonna avec délice à sa mauvaise humeur renouvelée.

— Ce n'est pas à vous de me dire ce que j'ai ou n'ai pas en moi.

Mary cilla, se troubla.

— Je n'aurais pas dû vous tenir ce genre de discours, admit-elle d'une voix lasse. Jamais je n'aurais dû vous avouer que j'avais besoin de votre amour ; le mal est fait, si tant est qu'il s'agit d'un mal.

Elle se leva et commença à rassembler les reliefs du petit déjeuner.

— Quoi qu'il en soit, je suis votre épouse, maintenant ; c'est vous qui l'avez voulu.

Imprévisible, incompréhensible à ses propres yeux, Jesse se dirigea vers elle pour la prendre dans ses bras ; qu'est-ce qui l'avait ému ? Peut-être la façon dont la lumière du matin mettait de l'or dans les cheveux de la jeune femme ; peut-être, plus prosaïquement, la manière dont celle-ci s'acquittait du travail matinal, avec lenteur et pourtant une grande efficacité ; ou alors, tout simplement, la tristesse sans excès et sans ostentation qu'elle lui avait montrée depuis le début de leur entretien.

Jesse, d'ailleurs, ne s'interrogea pas. D'une main fébrile et maladroite, il ébouriffait les cheveux de Mary et s'émerveillait, comme d'autant de victoires, des infimes détonations métalliques signalant chaque épingle tombant sur le sol. Puis, impérieux, il fondit sur une bouche qui se rendit à lui sans coup férir.

Il éprouvait un désir si violent qu'il ne voulait plus entendre les excellentes raisons qui lui interdisaient de posséder Mary. Aussi, après l'avoir à demi dévêtue, il la prit par la main et la conduisit vers sa chambre ; vers son lit qu'il n'avait partagé jusqu'ici qu'avec ses pensées grises et ses rêves noirs.

16

— J'ai été trop rapide, je m'en rends compte. C'est trop bête. J'aurais dû…

Mary, qui reposait sur l'épaule de Jesse, ne dormait pas. D'un doigt, elle lui ferma la bouche en disant :

— Tu ne pourrais pas cesser de grogner, non ? Je ne veux plus entendre le moindre mot de récrimination.

— Mais je…

— J'ai dit : plus un mot ! Tu ne pourrais pas accepter le plaisir comme il vient ? Qu'as-tu encore à te torturer, à chercher des raisons de te lamenter et de te reprocher ce que nous venons de faire ?

Jesse ne répondit plus. Non qu'il fût à court d'arguments, ni même empêché, mais la main qui le bâillonnait avait quitté sa bouche pour descendre sur sa poitrine et sur son ventre, avec une lenteur calculée, en lui griffant la peau, délicieuse torture aux effets imparables. Bientôt il se sentit prêt de nouveau ; déjà Mary se soulevait, se couchait sur lui et se redressait en souriant d'un air engageant.

Au cours de ses nuits solitaires, il avait souvent imaginé

des scènes d'un érotisme torride, dont aucune ne valait la réalité qu'il était en train de vivre. Il ne rêvait plus ; c'était une femme de chair et de sang qu'il possédait — ou devait-il dire qu'elle le possédait ? —, une femme qu'il pouvait toucher, caresser ; une femme en qui il pouvait croire ; une femme qui le sauverait, à moins qu'elle ne fût destinée à renouveler ses souffrances.

Mary s'éveilla tard, en fin d'après-midi. Elle ouvrit les yeux et se sentit désorientée, car elle ne reconnaissait pas le plafond, ni la fenêtre d'où tombait la lumière du soir. Puis elle se souvint et sourit, heureuse. Elle était dans le lit de Jesse, son mari, qui dormait à côté d'elle.

Le mariage s'était décidé si rapidement que même encore maintenant elle avait du mal à y croire. Bien sûr, elle s'était déjà beaucoup interrogée lorsque, en rentrant d'Ilwaco, Jesse s'était d'abord enfermé pour dormir, avant de disparaître pour passer la nuit dans le phare ; toutes sortes d'idées inquiétantes l'avaient obsédée : Jesse regrettait déjà la faute qu'il avait commise et non seulement il ne l'accepterait jamais pour véritable épouse parce qu'il ne pouvait oublier le passé, mais il la chasserait comme il en avait maintes fois exprimé l'intention.

Mais ce matin tout avait changé : Jesse lui avait fait l'amour. Frémissante de bonheur, elle se pelotonna contre lui qui s'était montré maladroit en même temps qu'impérieux, ce qui n'avait fait qu'augmenter son plaisir et sa passion.

Emue, elle souleva la tête pour le regarder : même dans le sommeil il gardait une réserve certaine, ce que dénonçaient la bouche pincée et certains traits un peu crispés. Elle admit que, s'il était encore loin de l'aimer, il s'était déjà rapproché d'elle, et d'une façon significative.

Elle restait persuadée qu'elle n'eût pas dû lui dire qu'elle avait besoin d'être aimée, pas seulement tolérée ou supportée ; car il avait le caractère ainsi fait qu'il était capable de résister juste par besoin de prouver qu'il restait le maître dans cette maison et qu'il ne faisait que ce qu'il voulait.

Mais après tout pourquoi eût-elle caché la vérité ? Elle avait la conviction profonde que cet amour qu'elle réclamait réduirait à néant le désarroi dont elle souffrait depuis si longtemps.

Posant ses lèvres sur la poitrine nue de Jesse, elle murmura :

— Tu sais, il ne faut pas avoir peur d'aimer.

— Mmm ?

Il s'étira et enfouit son visage dans les longs cheveux qui l'avaient chatouillé et réveillé.

— Tu as dit quelque chose ?

Elle se frotta contre lui ; délicieuse sensation !

— J'ai toujours quelque chose à dire, tu le sais bien.

Un appel monta de l'extérieur.

— Hello ! il y a quelqu'un ?

Les yeux au plafond, Jesse soupira :

— C'est Fiona ; qu'est-ce qu'elle nous veut ?

Mary se leva et à pas de loup marcha jusqu'à la fenêtre, dont elle souleva imperceptiblement le rideau.

— C'est bien Fiona, murmura-t-elle ; accompagnée de quelques autres.

Jesse étouffa un juron, mais il fallait bien descendre rencontrer la compagnie.

En hâte, ils se rhabillèrent ; au moyen de quelques épingles habilement distribuées, Mary remit un semblant d'ordre dans ses cheveux. Puis ils descendirent. Devant la porte, ils se consultèrent encore du regard, mais que pouvaient-ils faire, sinon ouvrir ?

Fiona MacEwan et Hestia Swann venaient en tête d'un assez fort contingent venu de la ville ; les Jonsson aussi étaient là. Ils poussèrent des cris de joie en voyant paraître les jeunes gens, qu'ils congratulèrent avec la bonne humeur et la grivoiserie qui convenaient en de telles circonstances.

— Moi, je venais simplement pour voir si ce qu'on m'avait annoncé était juste, déclara Mme Swann, qui portait toujours son chapeau de paille orné de fleurs tricolores. Les fiançailles ont été un peu courtes à mon goût, mais j'approuve sans réserve ce mariage.

Bert Palais appliqua sa large main sur l'épaule de Jesse.

— Bienvenue dans le monde des hommes mariés, mon garçon ! tu verras, la vie n'aura plus jamais le même goût pour toi.

Il fallait régaler tout ce monde, qu'on invita à entrer ; Jesse alla chercher à la cave un tonnelet de bière, et il commença à remplir et à distribuer les verres. Il se comportait avec une sorte de dignité un peu gauche que Mary trouvait émouvante. Après douze ans de solitude et de quasi-claustration, il n'était pas bien préparé pour jouer les maîtres de maison.

— Je savais que cela finirait par arriver, ne cessait de répéter Palina, des larmes plein les yeux. C'est la destinée, ça ! Mary, vous avez sauvé notre Jesse.

— Je ne suis pas sûre qu'il ait envie d'être sauvé, murmura Mary, qui ne le quittait pas du regard.

Le dos un peu courbé, les mouvements brusques, il évoquait un animal pris dans un filet et ne sachant comment s'en dépêtrer.

— Si vous lui posez la question, reprit Palina, il vous répondra qu'il préférerait que rien n'ait changé dans sa vie. Donc, ne posez pas la question. Aimez-le et tout sera bien.

Mary sourit.

— Je pense que c'est dans mes cordes.

Hestia Swann, qui s'était d'abord écroulée sur le sofa pour boire coup sur coup deux grands verres de bière en gardant l'œil sur la jeune femme, s'exclama soudain :

— Comme vous êtes belle, ma chère petite ! vraiment, ravissante.

Et à la surprise de tout le monde elle fondit en larmes. Mary s'assit à côté d'elle.

— Madame Swann ! qu'est-ce qu'il vous arrive ?

Sanglotante et reniflante, la brave femme ouvrit son sac, en sélectionna un parmi la douzaine de mouchoirs qu'elle y renfermait, se moucha bruyamment et se tamponna les yeux.

— Pardonnez-moi, mais je n'ai pu m'empêcher de penser au capitaine Swann, disparu avec son bateau. Dieu ait son âme ! Quant à nos enfants, ils sont partis s'établir en Californie. Alors, je me sens si seule, parfois !

— Je suis désolée d'apprendre votre deuil, et je compatis de tout cœur.

— Merci, chère petite ; merci ; j'essaie de ne pas désespérer, mais parfois je me dis que ma vie ne sert plus à rien. Je pourrais tout aussi bien me coucher et mourir, personne ne s'en apercevrait.

Mary jeta un regard interrogatif à Fiona MacEwan, qui ne s'en aperçut pas parce qu'elle était prise dans une conversation animée avec une nouvelle venue, une femme au visage émacié qu'accompagnaient une ribambelle d'enfants.

— J'erre comme une âme en peine dans cette maison trop grande pour moi, sanglotait Hestia Swann. J'ai fermé à clé les portes des chambres où je n'ose plus entrer, parce que cela me brise le cœur chaque fois.

Elle souffrait — Mary le comprenait peu à peu — du

même malheur que Jesse : la perte d'êtres chers, qu'elle ne parvenait pas à accepter.

— Regardez la vieille bête que je suis, reprit-elle après s'être mouchée une nouvelle fois avec énergie. Je gâche cette charmante réunion, avec mes pleurnicheries.

— Il ne faut pas vous le reprocher, répondit Mary. Maman avait coutume de nous répéter que nos larmes avaient pour fonction de désaltérer les anges.

Elle se retourna, consciente que le regard de Jesse s'attachait à elle, et se trouva surprise de le voir non méprisant comme elle l'avait pensé, mais au contraire intrigué et compatissant. Mais il fallait trouver un dérivatif et, désignant la personne qui conversait avec Fiona MacEwan, elle demanda :

— Qui est-ce ?

— Mélissa Cloney, répondit aussitôt Hestia, ravie de pouvoir faire une nouvelle fois la preuve qu'elle connaissait sur le bout des doigts la biographie de tous ses compatriotes d'Ilwaco ; son mari était marin sur le bateau de mon mari et lui non plus n'a pas survécu au naufrage. Elle dispose d'une toute petite pension, très inférieure à la mienne forcément, et comme elle a cinq enfants en bas âge, je me demande comment elle s'en sort.

Mme Cloney s'approchait justement de Jesse et, retenant d'une main son châle usé et troué par endroits, elle le salua en ces termes :

— Je tenais, moi aussi, à vous féliciter, monsieur, et à vous remercier pour tout ce que vous avez fait.

— Qu'est-ce qu'il a fait ? murmura Mary à l'adresse de Mme Swann.

— Il paie son loyer depuis quelques mois déjà.

— Jesse ?

— Oui ; ne l'ébruitez pas, parce qu'il ne veut pas que cela se sache, mais il y a eu des indiscrétions, évidemment. Votre mari a l'air arrogant, mais vous devez savoir qu'il a un cœur gros comme ça.

Jesse regardait la veuve comme si elle venait de prononcer des grossièretés. Très rouge, il s'empressa de lui dire en l'attirant un peu à l'écart :

— Je vous assure, cela ne vaut même pas la peine que nous en parlions.

— Quoi qu'il en soit, il me fallait vous présenter tous mes vœux et vous dire que si vous désirez tout arrêter, maintenant que vous avez charge de famille, je le comprendrai aisément.

— Cela n'empêche pas que…

Plus fière qu'elle ne l'était apparue au premier abord, la jeune femme coupa la parole à Jesse.

— Il est hors de question que je reste à votre charge. Tenez, je vous ai apporté ceci.

Elle posa un minuscule paquet sur la table et se hâta vers la porte, ses enfants sur les talons ; Mary se leva.

— Attendez !

Elle prit Hestia Swann par la main et l'entraîna en lui demandant :

— Combien, disiez-vous, que vous aviez de chambres vides, dans votre maison ?

— Eh bien, mais… oh, je comprends ! Je crois que j'en aurais assez.

Le regard d'Hestia se reporta sur les enfants, qui attendaient, sagement alignés par ordre de grandeur. En souriant, elle reprit :

— J'ai même exactement ce qu'il faut à cette famille.

Mary et Jesse saluaient les dernières personnes à quitter leur maison. Erik devait prendre la veille, au cours de cette nuit que Mary se réjouissait donc de passer avec Jesse : sa première *vraie* nuit de femme mariée ! Elle se pencha sur l'épaule solide de celui-ci et murmura :

— Merci pour cette bonne journée.

Il s'étonna.

— Tu me remercies ? Pourquoi ?

— Normal ; tu m'as rendue si heureuse.

Il se dégagea avec une telle brutalité que Mary vacilla. Puis il s'éloigna à grands pas, en fourrageant nerveusement dans ses cheveux. Et il s'exclama :

— Ne me fais pas meilleur que je ne suis, veux-tu ? Tu as vraiment l'art de mettre du sentiment où il n'a que faire. Et d'abord, ce n'est pas notre mariage qui va changer la face du monde.

De nouveau, Mary se sentit prise des frissons si désagréables qu'elle avait cru, un peu trop vite, ne plus jamais connaître ; de nouveau le doute s'insinuait en elle : et si Jesse ne l'avait épousée que sur un coup de tête charitable, un peu comme il s'était mis à soulager les difficultés financières de Mme Cloney ? Mais elle évacua ces idées comme insanes.

— Que tu le veuilles ou non, tu as bouleversé ma vie, Jesse, lança-t-elle ; et je t'aime !

— Ce n'est pas vrai ! hurla Jesse.

Il donna sur le montant du porche un coup de poing si violent que toute la maison trembla. Puis il reprit, avec une violence mal contenue :

— Je t'interdis de tenir désormais de tels discours ; est-ce bien compris ? Cesse de te monter la tête !

Patiente, Mary répondit :

— Tous les chagrins, même les plus violents, finissent par s'éteindre ; vois Mme Swann et Mme Cloney : elles…

— Justement, à propos : tu as réussi à les réunir sous le même toit, mais ce n'est pas ta bonne action qui consolera ces enfants quand ils se réveilleront la nuit et pleureront en réclamant leur papa. Quant à Hestia, elle ne se sentira pas mieux lorsqu'elle pensera à son mari disparu.

— Je n'arrive pas à croire que tu sois aussi amer.

— Et moi, je ne comprends pas comment tu peux être aussi naïve.

— Naïve à quel propos ?

— A propos de l'amour.

— Comment ?

— Parfaitement ! tu prétends savoir ce que c'est que l'amour. Mais si tu avais aimé, vraiment aimé, de tout ton cœur, tu saurais qu'il ne s'oublie pas facilement ; et quand l'amour véritable se termine on n'a pas envie de faire un trait dessus pour passer à autre chose.

— Tu en parles comme si c'était une maladie !

— C'en est peut-être une ; une maladie incurable.

Nerveux, Jesse se dirigea vers la porte et se retourna.

— Tu es d'une compagnie agréable, Mary ; peut-être trop agréable, d'ailleurs ; et trop bien pour moi. J'ai apprécié quand nous étions… ensemble… cet après-midi ; c'était bon, plus que bon ; mais cela me suffit, je ne veux rien de plus.

Il entra et claqua la porte derrière lui.

Mary resta longtemps à observer le soleil qui plongeait dans l'océan, dans un grand bouillonnement de nuages rouges et violets. Elle n'osait pas entrer. Pas encore, car elle se sentirait alors obligée de se livrer un peu plus, de dire tout ce qu'elle avait dans la tête et dans le cœur, au risque de se rendre un peu plus ridicule, un peu plus pitoyable.

Avant de rentrer, elle devait recouvrer son calme, apprivoiser sa douleur et s'habituer à recevoir des coups à l'âme ; peut-être que Jesse ne l'aimait pas, après tout ; peut-être qu'il ne voulait pas avec elle d'une vie telle qu'elle l'avait rêvée. Mais elle n'avait d'autre choix que de rester auprès de lui.

— Vous êtes certain ? Tout à fait certain ? demanda Granger Clapp à son avocat.

— J'ai pris la peine de vérifier les registres à l'hôtel de ville : elle a bien épousé Jesse Morgan, gardien du phare au cap de Désespérance.

Granger se sentit consumé par une rage terrifiante, et pourtant pas un muscle ne tressaillit dans son visage. Il reprit la parole avec un calme parfait, glacial :

— En quoi ce mariage affecte-t-il mes droits sur l'enfant ?

Stoner se racla la gorge, sortit sa montre dont il ouvrit et referma le couvercle d'un geste mécanique, sans regarder l'heure.

— Nous n'avons aucun texte légal sur lequel nous appuyer, monsieur ; je le crains.

Granger s'esclaffa.

— Des textes légaux ! nous n'en avons pas besoin.

— Je crains de ne pas comprendre, monsieur.

— Cela ne m'étonne pas ! Je me passerai de vos services, dorénavant.

Il regarda l'homme qui se hâtait de quitter la pièce, sans cesser d'être attentif aux émotions violentes qui bouillonnaient en lui ; une fois de plus, Jesse Kane Morgan gâchait son bel avenir, en lui volant son bien le plus précieux.

Une fois encore, il devrait lui faire payer ce crime impardonnable.

Non contente d'accueillir chez elle Mme Cloney et les enfants de celle-ci, Hestia Swann avait conçu le projet de rechercher les familles de tous les marins péris en compagnie de son mari. Ainsi avait-elle offert une chambre à Mme Selkirk, la mère d'un mousse, et une autre à Rheingold, le fils malade du machiniste ; ce pauvre garçon impotent, qui craignait d'échouer dans un hôpital, s'était vu installé au second étage de la grande maison, servi et choyé par les filles de Mme Cloney, et bien souvent par son hôtesse elle-même, une nouvelle mère pour lui.

Mary et Palina avaient pris l'habitude d'une visite par semaine, pour livrer des œufs, du beurre et des produits du jardin, mais aussi pour le plaisir de jouir, pendant quelques heures, de l'atmosphère joyeuse d'une maison qui ne connaissait plus le silence que pendant la nuit.

— Tu n'imagines pas les changements qui se sont passés là-bas, déclara-t-elle à Jesse, un soir au cours du dîner, après une visite qui l'avait particulièrement enthousiasmée. On se sent requinqué rien qu'à regarder vivre tous ces gens si heureux. Tu devrais y aller voir aussi, pour te rendre compte.

— Je n'ai pas l'habitude d'aller en visite pour satisfaire ma curiosité. En plus, moi, les mondanités…

Mary insista.

— Viens avec moi ; les Jonsson étant absents, je serai obligée d'y aller toute seule, la prochaine fois.

— Impossible, justement : j'ai deux fois plus de travail au phare.

Mary termina le repas en silence, en observant Jesse qui se restaurait avec plaisir ; il ne se répandait pas en compliments, mais il appréciait toujours sa cuisine, en particulier celle de ce soir, une soupe crémeuse de céleri et de carottes — encore une recette de maman —, qui serait suivie d'une tarte aux pommes.

Au dessert, elle revint sur le sujet qui lui tenait à cœur :

— Mélissa Cloney est une maniaque du ménage, alors, toutes les fenêtres brillent, et on serait en peine de trouver le moindre grain de poussière sur les bois cirés. Quant à Rheingold — c'est ce garçon qui était si mal en point, tu te souviens ? —, il peut enfin se reposer et améliorer son état, encore que Fiona avoue qu'elle ne voit pas d'issue vraiment heureuse à l'affection dont il souffre ; mais il fait une bonne équipe avec le vieux M. Selkirk, pour tous les petits travaux. Hestia donne des leçons aux enfants et elle s'est juré que le jeune Edward — l'aîné des enfants Cloney — sera le premier à entrer à l'université… A quoi est-ce que cela ressemble ?

— Quoi donc ?

— L'université, voyons ; j'ai l'impression d'une institution prestigieuse, et le nom m'intimide sans que je sache seulement ce qu'on y fait, et dans quel but.

— L'université... Eh bien, représente-toi un rassemblement de jeunes hommes pourris de privilèges, qui s'imaginent tout savoir et s'échinent à prouver qu'ils surpassent leurs petits camarades dans tous les domaines. Ils disputent sans fin à propos de sujets aussi importants que la justice, l'extinction de la pauvreté ou l'amélioration de la société ; chacun expose ses idées géniales, sur lesquelles personne ne s'accorde, puisque les autres ont des idées tout aussi géniales, mais diamétralement opposées. C'est ainsi que naissent des rivalités, voire des inimitiés qui peuvent durer toute une vie.

Mary fit la moue et conclut en riant :

— Eh bien, voilà réduit à ses justes proportions le prestige de l'université ! mais dis-moi, quel avantage aurait le jeune Edward à fréquenter ce genre d'établissement ? A quoi cela sert-il de perdre son temps à des futilités ?

— Rassure-toi, on n'y perd pas entièrement son temps, car on y apprend aussi beaucoup de choses utiles. J'y ai moi-même passé assez d'années pour en parler savamment.

Jesse réfléchit quelques secondes avant de reprendre :

— Cela dit, je me demande si ce n'est pas de la vie, et en particulier ici, que j'ai reçu les leçons les plus profitables, les plus durables.

— Eh bien…, murmura Mary, étonnée par ces confidences inattendues.

Elle poursuivit :

— J'essaie parfois de me représenter ce qu'était ta vie, avant de venir ici. J'imagine de grandes et belles maisons, comme celles que je vis à San Francisco, et dans ces maisons des gens toujours bien habillés, qui consacrent leur temps à des activités agréables. Mais j'ai du mal à te faire entrer dans ce tableau.

— Tout cela est du passé pour moi ; la page est tournée, et définitivement.

— Je crois que tu t'es décidé trop vite, sans réfléchir assez.

— Qu'est-ce que cela signifie ? questionna Jesse, assez vif.

Mary savait qu'elle risquait de l'agacer une nouvelle fois et de s'attirer de furieux reproches, voire des invectives, mais elle avait quelques vérités à lui délivrer, et le plus tôt serait le mieux. Elle expliqua donc :

— Tu n'aurais pas dû couper tous les ponts après la mort d'Emily.

Concentrée sur son message qu'elle élaborait avec difficulté — les mots ne lui venaient pas facilement —, elle voyait se former sur le front de Jesse des plis dangereux, annonciateurs de l'algarade. Elle poursuivit néanmoins :

— La fuite n'a jamais résolu les difficultés ni vaincu l'adversité, car…

D'un grand geste de sa main coupant l'air, Jesse l'interrompit, et il s'emporta.

— Tu dis n'importe quoi ; d'abord, ce sont mes affaires, qui ne te regardent pas.

La réplique fusa :

— Je ne dis pas n'importe quoi, et je maintiens que depuis ton deuil tu as peur d'aimer.

— Ha ! tu ne sais même pas ce que c'est qu'aimer !

Piquée au vif, Mary se leva ; sa chaise tomba derrière elle.

— Je ne sais pas ce que c'est qu'aimer ? Qu'est-ce qui te donne le droit de proférer de telles âneries ? Je n'ai pas aimé ma famille, peut-être ? Crois-tu que je n'aie pas pleuré mon père et mes frères péris en mer ; ma pauvre mère morte dans mes bras ? Comment peux-tu affirmer que je ne les ai pas aimés, que je les ai oubliés ?

— Parce que tu les as tous perdus et que tu peux encore être heureuse ; c'est aussi simple que cela.

Le coup était rude ; Mary s'en trouva très affectée, ce qui n'atténua pas sa combativité, bien au contraire.

— Nous y voilà ! Tu penses que je n'ai pas aimé les miens parce que je ne me lamente pas sans cesse sur leur disparition. Monsieur pense qu'il est le seul à savoir ce qu'est l'amour véritable ! Pensez donc ! Après avoir perdu sa femme, il court se cacher au bout du monde pour se ronger les sangs ! Quel exemple ! Je suis impressionnée.

Froidement, Jesse contre-attaqua :

— Je réagis comme je peux et je fais ce que je veux. Tu n'as pas à me juger et si tu continues sur ce ton tu vas souffrir, toi aussi, car je ne me laisserai pas faire.

— Essaie, Jesse. Essaie, mais tu ne réussiras pas à me faire souffrir.

— Parce que tu es si forte que ça ?

— Parce que je te connais bien. Je sais que tu n'es pas méchant.

Cette profession de foi, Mary la formulait à son propre usage. Elle en avait besoin pour ne pas désespérer.

— J'ai aimé ma famille, reprit-elle avec conviction. Je l'ai tant aimée que je croirais la déshonorer en pleurant sur elle au lieu de vivre.

Puis elle alla se placer à côté de Jesse resté assis, pensif maintenant, les mains croisées sur la table. Elle murmura :

— Ce n'est pas renier ma famille que de rire, Jesse, car c'est en son sein que j'ai appris ce qu'était la joie de vivre.

La tête baissée, immobile, Jesse ne répondit pas. Se préparait-il à une riposte terrible, choisissant les mots les plus propres à blesser ? Eh bien non, car ce fut d'une voix fort douce qu'il répondit :

— Admettons que je me suis trompé en prétendant que tu n'avais pas vraiment aimé ta famille. Je t'en demande pardon. Il n'empêche que ta façon de concevoir la vie ne me convient pas, qu'elle n'est pas faite pour moi.

— Parce que tu ne veux même pas envisager cette possibilité. Empêche le passé d'obscurcir sans cesse ton présent. Essaie d'aimer de nouveau.

Jesse sembla se rapetisser encore sur sa chaise, et il soupira :

— Cela, c'est vraiment impossible ; il ne faut pas trop m'en demander, tout de même.

Mais il avait un ton — et Mary croyait ne pas s'y tromper — qui prouvait qu'il récitait une leçon à laquelle il ne croyait déjà plus tout à fait ; et à cet instant elle en fut convaincue : un jour, il aimerait ; il l'aimerait !

Jesse se leva et à pas traînants, le corps comme brisé par l'affrontement, il se dirigea vers la porte, qu'il ouvrit sur l'automne ; déjà il faisait nuit et les premières feuilles tourbillonnaient dans le vent aigre. Il porta son regard sur le phare déjà allumé ; tout était en ordre, cette nuit Erik monterait la garde.

Mary remit une bûche dans la cheminée et laissa échapper un sourd gémissement en se relevant ; cette douleur, dans son dos, se signalait encore, et avec plus d'acuité.

Jesse se retourna.

— Quelque chose ne va pas ?

— Non, non…

Les deux mains sur les reins, Mary alla vers les rayons de la bibliothèque et caressa les reliures bien alignées en demandant :

— Qu'est-ce que tu veux me lire, ce soir ? J'ai beaucoup

aimé l'histoire du roi Arthur, et j'aimerais en connaître la suite.

Ses doigts s'arrêtèrent sur un gros volume au dos rouge et brillant. Elle l'attira à elle, le soupesa et questionna :

— Qu'est-ce qu'il raconte, celui-ci ?

Jesse s'empressa de refermer la porte pour venir à elle et lui prendre l'ouvrage.

— Un cadeau de ma sœur, expliqua-t-il ; ce sont les essais d'Emerson.

Il le feuilleta ; une feuille prise entre les pages s'échappa et voleta entre les jeunes gens.

Mary se baissa et s'en empara.

— Une lettre ?

— Oui ; ma sœur Annabelle avait coutume de m'écrire, autrefois. Mais elle a cessé, parce que je ne lui répondais jamais.

— Veux-tu me lire celle-ci ?

Jesse hocha la tête et s'installa sur le sofa. Il acceptait donc de partager avec Mary un peu de son passé ; c'était un progrès.

Elle le suivit, s'assit à côté de lui et arrangea les coussins derrière son dos.

Il ouvrit la lettre et prit une photographie jaunie sur laquelle il médita un moment avant de la tendre à la jeune femme.

— Tiens, voici Annabelle avec son mari, le jour de leurs noces.

Mary prit le petit morceau de carton et, au premier regard qu'elle y jeta, sentit son sang se glacer. Sa main tremblante tomba sur ses genoux tandis qu'elle continuait de fixer, horrifiée, le couple immobile qui lui souriait.

A côté d'elle, Jesse lisait ; quoi ? La lettre, un passage de ses livres préférés ? Mary n'écoutait pas, elle succombait à la fascination morbide que suscitait en elle la photographie. Annabelle, une très belle jeune femme, ressemblait à Jesse, avec la même forme de visage, le même air de calme assurance, de confiance en soi, voire d'arrogance.

Et puis, il y avait le mari, dont l'image était imprimée depuis quelque temps déjà dans l'esprit de Mary. Si, refusant de voir plus longtemps le portrait photographique, elle fermait les yeux, elle voyait, toujours avec la même netteté, le visage agréable mais un peu trop émacié, ce qui lui donnait de la dureté ; la petite moustache toujours taillée avec un soin maniaque ; les cheveux très blonds et déjà raréfiés ; les lèvres minces et étirées en un perpétuel et automatique sourire ; et surtout, surtout, les yeux au regard aigu et si inquiétant, des yeux que la jeune femme, de longtemps, avait comparés à ceux d'un oiseau de proie.

La nausée montait ; la sueur aux tempes, le cœur battant trop fort, Mary prit de longues inspirations qui n'apaisèrent pas son malaise. D'une toute petite voix tremblante, elle murmura :

— Jesse ?

Celui-ci interrompit sa lecture.

— Oui, qu'y a-t-il ?

— Il faut que je te dise quelque chose.

— Maintenant ?

— Oui ; cela ne peut attendre.

Avec calme, Jesse replia la lettre qu'il posa à côté de lui, et reçut la photographie que lui rendait la jeune femme, d'une main tremblante, en disant :

— Ta sœur est vraiment très belle.

— Je sais. La dernière fois que je l'ai vue, elle n'avait que douze ans et j'ai parfois du mal à imaginer qu'elle est devenue, elle aussi, une adulte. Je suppose que j'aurais dû assister à son mariage, mais je n'avais pas envie de quitter mon refuge.

— Et son mari ?

— Il s'appelle Granger Clapp. Nous avons fréquenté le même collège puis, associés, nous avons dirigé la compagnie maritime fondée par nos parents.

— Granger Clapp…

Mary avait besoin de répéter le nom, pour en essayer l'effet sur elle. Puis elle plongea son regard dans celui de Jesse.

— Je le connais.

Jesse fronça les sourcils.

— Granger ? Tu le connais ?

— Oui, mais à moi il disait s'appeler Jones ; Granger Jones. C'est lui le père de mon enfant.

17

Un jour où Jesse entraînait ses chevaux pour le sauvetage en mer, une vague énorme l'avait submergé ; le souvenir lui en restait, très vif. Il avait alors prêté à cette masse d'eau une personnalité, et des intentions mauvaises à son égard ; elle l'avait frappé comme d'un coup de poing avant de l'étouffer. Quand, ayant touché le fond, il avait voulu remonter, il lui avait semblé qu'une force terrible essayait de le retenir.

C'étaient, à peu de chose près, les mêmes sensations qu'il éprouvait maintenant. Inapte à comprendre, incapable de penser, il se leva avec lenteur et comme un vieillard se dirigea vers la porte. Il sortit.

Insensible à la fraîcheur de cette nuit d'automne, sans penser à vérifier, d'un regard machinal, que le phare fonctionnait correctement, il marcha en foulant l'épais et tout bruissant tapis de feuilles mortes. Puis il entendit des pas précipités derrière lui et se retourna : Mary accourait.

— Jesse, murmura-t-elle, haletante ; je voudrais que tu me dises quelque chose.

Il eut un rire sardonique.

— Mais qu'est-ce que je pourrais dire, hein ? Que tout cela n'a aucune espèce d'importance ? Que je ne suis pas surpris que Granger ait été ton amant ? Que cela m'amuse même de proclamer ma paternité sur un enfant qui se trouvera être, en fait, mon neveu ou ma nièce ?

Avec plaisir, il vit la jeune femme vaciller et reculer comme si elle s'apprêtait à recevoir des coups. Oui, il lui plaisait de la frapper avec ses mots, tout en sachant qu'il ne devait pas, qu'il avait une conduite indigne de lui, et injuste pour elle. Et pourtant il poursuivait, parce que lui aussi était blessé.

Elle lui avait offert de revivre et il commençait à croire au miracle quand, d'une terrible révélation, elle avait anéanti ses espérances ; ce n'était donc qu'un rêve inaccessible.

Il trouvait une étrange satisfaction à se dire qu'au fond c'était lui qui avait raison, qu'il avait toujours eu raison en répétant que l'amour ne pouvait procurer que des souffrances ; qu'il valait mieux vivre seul plutôt que de s'offrir aux coups d'un amant ou d'une maîtresse qui pouvait se révéler soudain pire qu'un ennemi.

Ebranlée certes, et sérieusement, Mary ne tarda pas à recouvrer ses esprits, et toute sa combativité. Sans crainte, elle fit face à Jesse et lui répondit :

— Il faut que nous parlions sérieusement, afin de déterminer la conduite à tenir.

— Quel choix penses-tu que nous ayons ? riposta Jesse en donnant du poing sur le pilier du porche.

Puis il soupira :

— Je suis abattu.

— Et moi, crois-tu que je ne le sois pas ? Alors, je t'en prie, cesse de tourner en rond, comme un ours en cage. Et fais-moi le plaisir de croire que je n'ai pas organisé le naufrage du *Chanceux* pour tomber dans tes bras et t'entraîner dans cette aventure.

Jesse se laissa lourdement tomber assis sur les marches du perron.

— Au fait, s'enquit-il, est-ce que Granger connaît ton nom ?

— Mon nom ?

— Oui : sait-il que tu t'appelles Mary Dare ?

La jeune femme eut un fin sourire et répondit :

— Tu es le seul à savoir qui est Mary Dare.

Admiratif déjà, Jesse demanda confirmation :

— Tu as menti à propos de ton nom ?

— Oui, car j'ai pensé que c'était plus prudent. Dare, c'est le nom de jeune fille de ma mère, et moi je m'appelle Mary Dare O'Donnell. Je n'ai jamais parlé à Granger de mon côté *Dare*.

— De même qu'à moi tu n'as rien dit de ton côté *O'Donnell*.

Pas troublée par ce reproche implicite, les poings sur les hanches, Mary expliqua :

— Il faut me comprendre : après mon naufrage, je me réveille auprès d'un étranger qui passe son temps à m'invectiver et à me rappeler que je le gêne. Pourquoi me serais-je répandue en confidences ?

Après un moment de méditation passé à se mordiller les lèvres, elle reprit :

— Ce qui m'étonne un peu, c'est que tu t'inquiètes de moi, des réactions possibles de Granger, mais jamais de ta sœur ; pourquoi ?

Jesse frissonna.

— Annabelle ? Elle reste un peu en dehors de cette histoire, parce qu'elle est l'épouse légitime de Granger, non une…

Jesse referma la bouche ; trop tard.

— Tu veux dire qu'elle n'est pas une aventurière ? une espèce de prostituée comme moi ?

— Je n'avais pas l'intention de…

— Mais si, et tu avais bien raison : c'est parce que son épouse est incapable de lui donner une descendance que cet homme s'est rabattu sur moi. Au début, je ne savais pas qu'il était marié, mais il m'a avoué la vérité après que nous…

Mary passa une main fébrile sur son ventre.

— Il m'a dit qu'elle désirait un enfant, et qu'elle élèverait le mien comme si elle lui avait donné le jour, et que ce petit serait comblé : jolie maison, bonne éducation, et tous les avantages que moi je ne serais jamais capable de lui offrir.

Naturellement, cette argumentation ne l'avait pas convaincue, ce qui n'étonna pas Jesse. Il éprouva une grande tristesse pour Annabelle qu'il avait connue si belle et si insouciante ; elle devait avoir bien changé, après tant d'années, surtout après avoir subi une si dure épreuve.

La conversation reprit :

— Il ne sert à rien de discuter à perdre haleine sur ce qu'il aurait pu se passer, d'épiloguer sur un épisode regrettable de ta vie. Envisageons seulement les conséquences de cette histoire : je t'ai épousée sans savoir qui avait engendré l'enfant que tu portes.

— C'est un élément que je n'ai pas caché sciemment, songeant que le nom de l'homme n'avait pas d'importance. J'étais loin de me douter que tu le connaissais, et surtout qu'il était si proche de toi.

— Quoi qu'il en soit…

Mary lui coupa la parole. Exaspérée, elle s'emporta.

— Mais pourquoi la personnalité du père devrait-elle être un problème particulier ? Tu…

Elle s'interrompit et pencha la tête, comme si elle avait perçu un bruit qu'elle cherchait à capter de nouveau.

— Qu'est-ce qu'il y a ? demanda Jesse.

— Rien, répondit-elle, pourtant soucieuse ; tu n'as toujours pas répondu à ma question à propos de Granger. C'est une vie bien différente de celle d'avant que tu mènes ici et cet ami que tu as fui, tu ne l'as pas revu une seule fois en douze ans ; alors, pourquoi t'en faire ?

— Et pourtant je m'inquiète.

— Pourquoi ?

— Parce que si Granger est devenu le genre d'homme que tu m'as décrit, capable de déshonorer une pauvre fille perdue et de lui voler ensuite le bébé qu'il lui a fait, je pense que ma sœur court un grand danger à vivre avec lui.

Mary pâlit et crispa sa main sur le montant du porche.

— Alors, dit-elle, il faut que tu ailles vite à Portland pour la voir.

— Oui…

Oui, mais en douze ans Jesse n'avait pas quitté une seule fois le cap de Désespérance ; en outre, ce voyage l'obligerait à prendre le bateau ; impensable !

— Tu lui diras toute la vérité à mon propos, poursuivait Mary.

— La vérité ? s'exclama Jesse, le regard mauvais, la bouche crachant le mépris et la haine ; tu me vois expliquer benoîtement à Annabelle que je viens d'épouser la maîtresse de son mari, et que pour faire bonne mesure je suis décidé à donner mon nom à l'enfant qu'ils ont conçu ensemble ? Ce serait une conversation un peu faisandée, surtout en un jour de retrouvailles familiales ; tu ne trouves pas ?

Mary recula comme sous l'effet d'un coup de poing. Elle prit sa tête à deux mains, les yeux écarquillés et la bouche grande ouverte, prête à hurler de chagrin. Mais elle descendit les marches du perron et se perdit dans la nuit du jardin.

Jesse réagit avec un temps de retard.

— Mary !

— Ne m'approche pas !

Il s'élança derrière la jeune femme.

— Mary ! Est-ce que tu penses que je…

Immobile contre un arbre, le visage couvert de sueur, elle se tenait le ventre. Elle tremblait de tous ses membres, et finit par se laisser glisser le long du tronc, pour s'asseoir.

— Mary, que se passe-t-il ?

— J'ai perdu les eaux ; mon bébé est sur le point de naître.

L'esprit vide, Jesse fit pourtant preuve d'une rapidité et d'une efficacité remarquables. Il se pencha, prit Mary dans ses bras et la conduisit dans la petite chambre à côté de la cuisine. La panique s'emparait de lui, qui ne l'empêcha pas de remplir une grande bassine d'eau à faire chauffer sur le feu, ranimé par ses soins.

Il était seul, seul avec une femme en couches, et il n'avait pas la moindre petite idée de l'aide qu'il pouvait lui apporter. Les mains tremblantes, et claquant des dents, il retourna dans la chambre.

— Mon Dieu, souffla Mary ; comme je voudrais que maman fût ici.

Elle se tourna sur le côté et, le visage crispé, ramena

ses genoux sous le menton; Jesse retenait sa respiration. Après un long moment de silence troublé seulement par la respiration haletante de la jeune femme, celle-ci rouvrit les yeux.

— Tu pourrais m'aider à enfiler ma chemise de nuit? demanda-t-elle.

Jesse s'agenouilla, ou plutôt tomba sur les genoux, en se demandant par où il devait commencer; déshabiller Mary, bien sûr... lui ôter cette robe... qui avait appartenu à Emily...

Une fois encore, le souvenir d'une de leurs conversations l'assaillit.

— Non, affirmait-il, je n'ai pas la moindre idée de ce que doit porter une dame pour assister à un match de base-ball; alors, tu mets ce que tu veux; de toute façon, tu es toujours adorable; pourquoi t'inquiéter?

— Est-ce que le base-ball, c'est un jeu comme le tennis? Si oui, je pourrais mettre la robe que j'avais pour la rencontre de...

— Non, Emily; mille fois non! le base-ball, ce n'est pas comme le tennis, mais alors, pas du tout! Et dépêche-toi, car nous allons être en retard. Mets donc ta robe bleue, celle qui a plein de plis à l'arrière.

— J'en étais sûre! elle te plaît parce qu'elle met ma croupe en valeur, hein?

Ramené au présent, Jesse tressaillit. La robe bleue se

déchira sous ses doigts fébriles et maladroits ; il la rejeta, en même temps que ses souvenirs.

Quand Mary fut prête, il se dirigea vers la porte.

— Où vas-tu ? lui demanda-t-elle.

— Chercher le docteur.

— Tu me laisses seule ?

— Je dirai à Erik de venir veiller sur toi ; pour une fois, le phare peut bien fonctionner tout seul.

— Erik ? il ne supportera pas de me voir dans cet état, il prendra peur et ne sera bon à rien en cas de besoin. Il vaut mieux qu'il aille, lui, chercher Fiona.

— Impossible : il se perdrait dans la forêt, dit Jesse en prenant sa grosse veste à la patère ; je reviens aussi vite que possible. N'aie pas peur.

— Tu y vas à cheval ?

— Bien sûr.

— Tu irais plus vite en bateau, le long de la côte.

Jesse s'immobilisa tout net, en l'air le chapeau qu'il s'apprêtait à poser sur sa tête.

— J'aime mieux prendre le cheval, souffla-t-il.

— Le trajet te prendra au moins deux heures, plaida Mary, d'une voix altérée par la souffrance ; je t'en prie, ne me laisse pas.

— Il le faut, pourtant.

— Non ! tu dois rester près de moi, et m'aider à mettre le bébé au monde.

— Je ne sais pas ce qu'il faut faire !

— Moi non plus.

— Ah, tu vois ? Nous avons besoin de Fiona…

— Non : j'ai besoin de *toi*.

Jesse s'emporta.

— Nous perdons notre temps à discuter ainsi ; je pourrais déjà être sur le chemin.

Il empoigna une lanterne.

— Jesse…

La voix inaudible, tout juste un soupir, retint par sa faiblesse même Jesse qui s'apprêtait à fuir ; il reposa la lampe et revint près du lit.

— J'ai peur, dit Mary.

— Moi aussi ; je reste près de toi.

18

A mesure que la nuit s'avançait, les périodes de répit devinrent de plus en plus rares et de plus en plus courtes ; puis il n'y en eut plus et Mary ne connut plus qu'une longue souffrance ininterrompue qui, à maintes reprises, la mit au bord de l'inconscience. Pour se soutenir, elle ne cessait de se répéter qu'elle n'était pas venue en ce lieu par hasard, que son destin l'avait conduite là, près de Jesse ; non pour mourir, mais pour redonner à celui-ci la vie en même temps qu'elle mettrait son bébé au monde.

Cela dit, elle souffrait tant que son espoir, peu à peu, s'amenuisait.

— Pourquoi est-ce que cela dure si longtemps ? murmura-t-elle après un moment où la souffrance avait été particulièrement intolérable. Oh, doux Jésus, je voudrais que maman…

Même parler lui était devenu trop difficile ; aussi joignit-elle les mains pour s'abîmer dans une prière muette.

L'aube blanchissait les fenêtres, mais la jeune femme ne s'en aperçut pas. Il lui fallait faire un effort de mémoire pour se rappeler où elle était. Parfois elle entendait la voix de Jesse qui l'implorait, de très loin, comme venant d'un autre monde. Elle savait ce qu'il voulait d'elle : la ramener à lui, l'inciter à se battre pour donner le jour à son enfant et survivre au lieu de se laisser attirer par la mort qu'elle espérait maintenant comme une libératrice, parce qu'elle souffrait trop.

Elle se mit à délirer.

Le bateau craquait de toutes parts, il prenait l'eau déjà et penchait dangereusement. Les marins criaient, ils s'agitaient et actionnaient des pompes, mais il était trop tard. Soudain, une vague plus brutale que les autres sanctionna une nouvelle victoire de l'océan sur l'homme…

Mary était dans l'eau jusqu'au cou. Elle avait froid, elle avait peur. Elle se cognait durement aux épaves. Il faisait noir, elle ne voyait rien. Elle pensait qu'elle était perdue, qu'il ne servait à rien de lutter. Mais au moment où elle se laissait couler elle pensa à son bébé ; sa main s'accrocha à un mât. Puis elle aperçut, au loin, la lumière clignotante…

Oui, elle avait déjà connu le même désespoir, la même tentation insidieuse d'en finir vite pour ne plus souffrir. Mais au lieu de succomber, au lieu de se laisser engloutir, elle avait ouvert grands les yeux en décidant de lutter parce qu'elle n'était pas seule en cause…

Mary ouvrit les yeux ; il faisait grand jour et Jesse était là, qui lui tenait la main. Allons, elle n'était pas seule et le moment était venu ! Le corps tendu, la respiration bloquée, elle poussa de toutes ses forces pour expulser son bébé, en gémissant, en émettant des cris inarticulés, des plaintes de bête blessée.

— Je crois… je crois que je vois la tête, murmura Jesse, qui s'était déplacé vers le pied du lit.

Les dents serrées, Mary redoubla d'efforts. Convaincue de mourir parce que sa souffrance devenait intolérable, elle avait néanmoins la satisfaction d'accomplir son devoir. Elle laisserait sur terre, pour la remplacer, un petit être qui n'aurait pas de mère, mais Jesse la remplacerait et parfois il parlerait d'elle. Il serait un bon père, avec un seul défaut : il hurlait trop fort et lui donnait mal aux oreilles…

— Il arrive ! Il arrive ! Je le vois !

Jesse s'adossa au mur et ferma les yeux. Agité de mouvements convulsifs, hésitant entre le rire et les larmes, épuisé et soulagé à la fois comme après un sauvetage particulièrement difficile, il se sentait fier aussi, et émerveillé. Quand il arrachait les naufragés aux vagues, il n'accomplissait que son devoir. Dans cette chambre, c'était un miracle qui venait de se produire, un miracle auquel il avait contribué en ne ménageant pas sa peine. Mary reposait maintenant, le bébé dans les bras ; tout était bien.

— Jesse !

Il courut près du lit.

— Est-ce que c'est un garçon ou une fille ?

— Je n'en sais rien.

— Mais tu étais aux premières loges, non ?

— C'est possible, mais je n'ai pas fait attention à ce genre de détail.

En riant, Mary souleva la couverture dans laquelle le bébé, gisant entre ses bras, était enveloppé.

— Un garçon, murmura-t-elle, le visage rayonnant de joie et de fierté. Nous avons un fils, Jesse.

Jesse fourragea dans ses cheveux, geste dont il était coutumier dans ses moments de perplexité ou d'embarras. Puis, ne sachant que répondre, il commença à s'agiter dans toute la maison, vidant les bassins, rassemblant en un tas les linges qu'il faudrait laver, faisant chauffer de l'eau dont il apporta un récipient à Mary afin qu'elle pût procéder à une rapide toilette avant de se changer, et pour cela il lui fournit une autre chemise de nuit. A tout moment il revenait près du lit, et trouvait la jeune mère tantôt le regardant avec un air admiratif et aimant qui augmentait sa confusion, tantôt somnolant, serrant contre elle le petit garçon. Celui-là, il n'osait pas trop le regarder parce qu'il n'avait pas encore réussi à définir ses sentiments envers lui, ni à déterminer quelle attitude serait la sienne dans les jours, les mois à venir.

Quand le jour fut bien avancé, et la maison pratiquement en ordre, Jesse n'eut plus rien à faire et alors il se trouva obligé de s'asseoir un moment. Monter prendre un peu de repos, il ne le voulait pas, parce qu'il se sentait trop énervé pour dormir, et qu'il voulait rester près de Mary, en cas de besoin ; elle dormait de nouveau, et le bébé aussi. Il resta donc là, sur sa chaise dans la cuisine, attendant avec impatience qu'on eût de nouveau besoin de lui ; cela ne tarda pas trop : Mary l'appela pour lui dire qu'elle avait faim. Il s'empressa de lui apporter un verre de lait chaud et quelques tranches de pain grillé.

— J'ai pensé à un nom, lui dit-elle.

Il ne répondit pas.

— David. David Dare Morgan. Qu'est-ce que tu en penses ?

Jesse esquissa une moue qui ne voulait rien dire, parce qu'il ne savait que répondre ; sans se décourager, Mary lui expliqua :

— Le curé de ma paroisse m'a lu son histoire, il y a longtemps ; c'est dans la Bible.

— Je sais ; le roi David…

— Le fils de Jessé.

Jesse, qui remportait le plateau dans la cuisine, faillit tout laisser tomber. La tête baissée, il murmura :

— Ce n'est pas mon fils.

— Il portera ton nom, c'est toi qui l'as aidé à venir au monde, c'est dans tes bras qu'il a respiré pour la première fois. Alors, comment peux-tu dire qu'il n'est pas ton fils ?

— Je maintiens qu'il n'est pas mon fils, mais celui de Granger.

— Granger ne le connaît pas, et ne le connaîtra jamais : j'y veillerai.

Jesse ne voulait pas blesser la jeune femme, mais il n'avait pas non plus le cœur à mentir, ni à se bercer d'illusions. Avec patience, il reprit :

— Tu sais que je prendrai soin de toi et de cet enfant. Mais il ne faut pas en attendre plus de moi.

— Pourquoi ?

— Parce que je n'ai pas davantage à te donner.

Il s'attendait que Mary fondît en larmes, mais se trouva fort surpris de la voir sourire.

— Jesse Morgan, lui dit-elle, tu m'as donné la vie, et l'espoir ; grâce à toi, j'avais déjà une maison, un nouveau nom, et le respect de la communauté. Cette nuit, tu m'as accouchée de mon fils ; de *notre* fils. Et tu appelles cela *rien* ?

— J'appelle cela : devoir. J'ai promis, en t'épousant…

— Je me moque de ce que tu as promis ; si tu t'es dévoué pour nous cette nuit, ce n'est pas pour honorer ton serment devant le juge, mais parce que tu vis sans amour depuis douze ans et que cela te manque.

Jesse reprit le chemin de la cuisine.

— Et voilà que de nouveau tu cherches à décrocher la lune, maugréa-t-il. Repose-toi, cela vaudra mieux. Quant à moi, j'ai du travail.

*
* *

— Qu'est-ce que vous avez là ? demanda Granger en entrant comme une tornade dans le petit salon.

Annabelle sursauta et porta sur son cœur sa main crispée sur un morceau de papier jaune. Toute pâle, elle répondit :

— Granger, mon ami, vous m'avez fait peur.

— Le majordome m'apprend à l'instant que vous avez reçu un télégramme ; de quoi s'agit-il ?

Granger désigna le morceau de papier chiffonné dans la main de sa femme. Il avait envie de le lui arracher.

— Figurez-vous que je viens de recevoir le plus inattendu des messages : mon frère…

— Jesse ?

— Oui…

Granger s'avança et tendit une main impérieuse.

— Voyons cela.

Il eut l'impression que son épouse, d'ordinaire si timide, si obéissante, hésitait maintenant à obtempérer ; elle eut même un regard en direction de la cheminée, comme si elle méditait d'y jeter le télégramme, qu'elle lui tendit pourtant et qu'il déplia fébrilement.

« Pardonne-moi de t'avoir donné de si rares nouvelles. STOP. Si tu as besoin de mon aide, n'hésite pas. STOP. Jesse Kane Morgan. STOP. »

Granger regarda sa femme. Il avait le regard aigu.

— *Besoin de son aide* ; qu'est-ce qu'il entend par là ?

Il savait très bien ce que cela signifiait : Jesse avait tout compris, savait ce qu'était devenue la vie d'Annabelle et voulait intervenir.

La jeune femme avait le regard candide.

— Je n'en ai pas la moindre idée, mon ami, affirma-t-elle.

— Avez-vous l'intention de lui répondre ?

— Ce serait manquer de courtoisie à son égard que de l'ignorer.

Granger jeta le télégramme dans les flammes et alla se placer derrière le fauteuil de sa femme.

— Ne vous mettez pas en peine pour lui, très chère. Vous savez bien que votre pauvre frère n'a pas toute sa tête. Si vous voulez, c'est moi qui me chargerai de lui transmettre la réponse qu'il mérite.

Annabelle se tourna à demi et, le regard toujours aussi serein, répondit avec la douceur dont elle ne se départait jamais :

— Je m'en remets à vous, et vous remercie.

Au milieu de la deuxième nuit après la naissance, Jesse fut réveillé par des pleurs. Il sauta hors du lit, enfila en hâte son pantalon dont il ne prit pas le temps de boucler la ceinture avant de dévaler l'escalier. Dans la chambre du bas, il trouva Mary assise, toute blanche, très droite, les mains croisées entre les genoux, tandis que le bébé, au contraire, avait le visage rouge et se débattait en émettant des cris perçants qui n'étaient pas sans rappeler des feulements de grand fauve.

— Qu'est-ce qu'il a ? demanda Jesse.

— Il a faim, dit Mary, d'une toute petite voix.

— Eh bien, tu n'as qu'à le nourrir.

— Je... je ne peux pas.

Et Mary fondit en larmes.

Jesse eut un regard dubitatif. Il n'avait pas voulu se montrer curieux ni importun, mais il lui avait bien semblé, depuis deux jours, que la jeune mère avait plusieurs fois attiré le bébé à elle en ouvrant largement la chemise de nuit qu'il lui avait prêtée.

— Je ne sais pas ce qui se passe, reprit-elle en reniflant. J'ai trop de lait.

Jesse comprenait de moins en moins. Il lui semblait que la difficulté pouvait se régler très vite en régalant ce petit monstre hurlant, qu'il saisit et tendit à Mary ; mais celle-ci, qui pleurait de plus en plus, refusa de le prendre ; elle dit :

— Il n'arrive plus à téter ; et j'ai de plus en plus mal.

Jesse berçait le bébé, qui se calmait un peu. Il proposa :

— Qu'est-ce que nous pouvons faire ? As-tu besoin de quelque chose ?

Et dire qu'il avait imaginé pouvoir se tenir en dehors de tout cela, prendre ses distances et vivre sous le même toit, certes, mais sans promiscuité ! Il avait pensé que Mary, bonne mère et femme efficace, saurait s'occuper de tout, résoudre les difficultés sans avoir besoin de lui ; il semblait que ce fût impossible ; le bébé n'avait que deux jours et déjà le chaos régnait !

S'avisant que Mary semblait fiévreuse, il sortit de la chambre et, le bébé toujours dans les bras, il trempa une serviette dans un bassin d'eau fraîche et la lui apporta.

— Rafraîchis-toi, dit-il avec brusquerie.

Elle posa la serviette sur sa poitrine et s'allongea, les yeux fermés. Comme elle paraissait épuisée encore, toute pâle avec les coins de la bouche qui s'affaissaient.

Emu et se reprochant de l'être, Jesse repoussa deux mèches de cheveux qu'elle avait dans les yeux.

— Repose-toi un moment, conseilla-t-il.

Il sortit de la chambre et, dans la maison assombrie, il promena le bébé apaisé depuis un instant, mais qui semblait rassembler des forces pour une nouvelle salve de cris. Lui-même sentait la fureur monter en lui. Il ne demandait qu'à vivre en paix et n'avait besoin de personne, surtout pas de ce petit être à la capacité de nuire inversement proportionnelle à sa taille et à son poids.

Mary l'appela ; il s'empressa de retourner auprès d'elle, qui lui parut plus calme. Surtout, elle lui sourit.

— Je crois que je peux le nourrir, maintenant, dit-elle.

Avec un soulagement non dissimulé, Jesse rendit le bébé que la jeune femme plaqua sur sa poitrine. Par acquit de conscience, mais sans trop oser regarder quand même, il s'assura que tout allait bien, effectivement, et il sortit de la pièce sur la pointe des pieds.

La paix revenait dans sa maison ; pour combien de temps ?

Les cadeaux arrivèrent en nombre et, plusieurs fois par jour, Mary pleura de bonheur en constatant à quel point tous les gens du voisinage se montraient bons pour elle, admiratifs pour le bébé et très prudents dans les compliments qu'ils décernaient à celui-ci.

— Comme il vous ressemble ! déclara, par exemple, Hestia Swann. Et je crois qu'il aura les mêmes cheveux que vous. Vraiment, c'est un beau garçon.

Fiona vint aussi au chevet de la jeune mère, pour examiner le bébé qu'elle déclara parfaitement conforme et en bonne santé. Et elle conclut, en le remettant dans le lit, à côté de Mary :

— Dieu du ciel, est-ce qu'il y a quelque chose de plus beau au monde qu'un nouveau-né ? Qui pourrait ne pas fondre de tendresse devant ce petit être ?

Le cœur de Mary se serra alors, car elle connaissait la réponse : Jesse ne fondait pas de tendresse, il ignorait le bébé dont il avait dit : « Il n'est pas mon fils », et chaque jour il se montrait plus taciturne, plus froid.

— Et vous, mon petit, comment vous sentez-vous ? lui demanda Fiona.

— Bien ; j'ai un appétit féroce, mon bébé aussi, et nous nous plaisons beaucoup, ensemble, l'un nourrissant l'autre. Le reste du temps, nous dormons comme des bûches.

— Excellent ; c'est ainsi que doivent se passer les premiers jours après l'accouchement.

Puis Fiona alla chercher un fauteuil, qu'elle traîna près du lit et où elle s'installa posément.

— A part les repas et le sommeil, tout va bien ? demanda-t-elle.

— Oui, répondit Mary, d'une toute petite voix.

Et elle fondit en larmes.

— C'est Jesse qui m'inquiète, reprit-elle après avoir abondamment mouillé le mouchoir que Fiona s'était empressée de lui donner. Il est sombre et n'entre dans ma chambre que si je l'y appelle. Oh, il satisfait à tous mes désirs, mais dès qu'il a accompli ce qu'il considère comme son devoir il quitte vite la chambre, comme s'il y étouffait. Il n'a encore jamais voulu prendre le petit dans ses bras.

— Je m'en doutais, murmura Fiona ; mais il faut lui donner un peu de temps. Tout a été si vite pour lui. Vous verrez qu'à la longue lui aussi adorera ce petit bout de chou.

Mary réussit à sourire, d'autant plus que de nouvelles visites s'annonçaient : Hestia Swann, de nouveau, accompagnée de Magnus et de Palina tout juste revenus de leur voyage.

« J'ai une famille », put se dire Mary, en les voyant tous trois, attendris, autour du bébé.

— C'est l'événement le plus heureux qui soit survenu au cap de Désespérance, en tout cas depuis que nous y habitons, déclara Palina. Comme Jesse doit être fier.

Mary baissa la tête et ne répondit pas. Magnus prit la parole :

— Je vois, dit-il simplement. Laissez-moi vous dire que je n'ai plus qu'un poing disponible, mais s'il faut cogner sur la tête de ce garçon afin d'y faire entrer un peu de bon sens je m'en sens tout à fait capable.

— Non…

— Attendez !

Mary et Palina avaient voulu répondre en même temps. Elles se regardèrent, puis éclatèrent de rire.

— Il ne faut pas le brusquer dit ensuite Palina.

Elle ajouta quelques mots en islandais, avant de reprendre, toujours à l'adresse de son mari :

— Toi-même tu n'étais pas très aimable, juste après la naissance d'Erik.

Magnus haussa les épaules d'un air outragé, mais aussitôt se pencha pour déposer un baiser sur le front de sa femme, avant de quitter la maison.

— Maintenant, dit Palina à Mary, racontez-moi tout.

Pensive, la jeune femme déclara :

— Jesse m'a apporté toute l'aide possible au cours de mon accouchement, mais depuis il redevient comme avant :

renfermé, taciturne. Il ne me parle plus, il veut toujours être seul et ne rien avoir à faire avec le bébé et avec moi. Je crois qu'il regrette de m'avoir épousée, maintenant.

— Evidemment, si vous lui posez la question, c'est ce qu'il vous répondra, dit Palina. Mais moi, j'ai le pouvoir de regarder les gens et de les voir tels qu'ils sont, et non comme ils voudraient apparaître. Et quand je vous regarde, Jesse et vous, je sais que l'amour est en train de naître entre vous.

Mary frissonna. Elle demanda :

— Que voulez-vous dire ?

— Ce n'est pas difficile à comprendre. Quand vous regardez Jesse, vous ne voyez rien de tout cela parce que vous êtes trop occupée à vous demander comment vous pourriez l'amener à vous aimer. Quant à lui, il fait de son mieux pour lutter contre l'amour qu'il ressent déjà confusément, mais dont il ne veut pas. Mais moi, je sais bien la façon dont il vous regarde, de loin, quand vous êtes occupée par ailleurs et que vous ne soupçonnez pas sa présence dans les parages. C'est pourquoi je vous l'affirme : ne croyez pas qu'il ait envie de se débarrasser de vous ; c'est même tout le contraire : il a peur de vous perdre.

Jesse avait découvert qu'en essayant très fort il réussissait à ne plus penser à Mary et au bébé pendant plusieurs minutes d'affilée ; tant qu'ils dormaient tous les deux dans la chambre du bas, tant qu'il avait son travail au phare — et il s'y entendait tellement bien pour multiplier les tâches qu'il y passait maintenant presque tout son temps —, il pourrait presque croire que rien n'avait changé.

Ce matin-là, il descendit de son refuge et se dirigea vers l'abri au bord de l'océan. Il voulait vérifier l'état de la barque de sauvetage, qu'il n'avait plus contrôlée depuis neuf jours ; depuis la naissance du bébé.

Il avait le cœur léger, parce qu'il avait reçu la veille la réponse d'Annabelle à son télégramme : apparemment elle se portait aussi bien que possible et lui annonçait le retour prochain de leurs parents. Il en déduisait qu'il n'avait pas à redouter de drame de ce côté-là, ce qui lui procurait un soulagement un peu lâche : sa sœur n'avait pas besoin de son aide. Il n'aurait pas à prendre le bateau.

Il trouva en parfait état la barque, pour laquelle il avait le même soin que pour ses chevaux, la seule différence étant que, s'il montait souvent ceux-ci pour les habituer au bruit et à la violence des vagues, jamais il ne mettait celle-là dans l'eau.

Il passa le plus de temps possible dans l'abri, qu'il nettoya de fond en comble, poussant vers l'océan les feuilles mortes que les vents y avaient accumulées, mais il savait ne pouvoir retarder indéfiniment l'échéance. Il devait rentrer à la maison, perspective qui ne l'enchantait pas.

Mary était assise près du feu, dans le fauteuil à bascule dont Magnus lui avait fait cadeau. Elle portait sa robe verte — autre cadeau, de Palina cette fois — qu'elle avait déboutonnée pour donner le sein à l'enfant.

Apercevant cette scène depuis la cuisine, Jesse battit en retraite aussitôt.

— Je vais chercher du bois, lança-t-il.

— Inutile, la réserve est pleine.

— Il faut aussi que j'aille voir les chevaux.

— Erik s'en est occupé, voici moins d'une heure.

— Oui, mais il oublie parfois de…

— Il n'oublie jamais rien, et tu le sais parfaitement.

Au milieu de la cuisine, Jesse dansait comme un ours, d'un pied sur l'autre. Il avait besoin d'un prétexte pour partir et s'agaçait de n'en pas trouver. Surtout, il ne pouvait arracher son regard de la poitrine dénudée de Mary, qu'il trouvait belle, émouvante, et il savait qu'il ne devait pas se complaire à un tel spectacle. Il recula de deux pas.

— Jesse, ne pars pas, lui dit Mary. J'ai préparé de la soupe de poule et Palina nous a apporté une miche de pain frais.

— Appelle-moi quand le repas sera prêt.

— Il est prêt.

— C'est très bien ; appelle-moi quand *tu* seras prête.

Aussitôt, Mary détacha l'enfant de son sein. Sans hâte, elle referma sa robe et se leva pour venir dans la cuisine.

— Prends-le, dit-elle en plaçant le bébé dans les bras de Jesse ; il est presque endormi. Tu n'as qu'à le mettre dans mon lit pendant que je prépare la table.

Jesse n'osait plus bouger, ni même respirer. Il regardait le bébé qu'il n'avait pas eu le temps de refuser, bébé si léger qu'il ne pesait rien dans ses mains. Se sentant fondre de tendresse, il se préserva de ce danger en se rappelant que cet enfant était le fils de Granger ; un bâtard, pour employer le mot exact.

19

— On m'a beaucoup prévenue contre les hivers d'ici, dit Mary en levant les yeux vers le ciel de novembre, bleu comme le cristal. On m'a même affirmé que je ne reverrais plus le soleil avant le mois de mars.

Jesse agita les rênes qui claquèrent sur l'encolure du cheval et, alors que la voiture entrait dans Ilwaco, il donna pour toute réponse son habituel grognement qui ne voulait pas dire grand-chose.

— Ce genre de temps me convient tout à fait, reprit la jeune femme.

Elle respira à fond. C'était vrai qu'elle aimait l'air frais chargé de senteurs marines avec celles, plus caustiques, que produisait le port où plusieurs bateaux étaient en cours de calfatage.

David, qui somnolait, poussa un petit cri de surprise alors que la voiture tressautait en s'arrêtant. A six semaines, c'était déjà un petit garçon alerte, très éveillé et, le matin même, il avait gratifié sa mère de son premier vrai sourire.

— Attends un moment, déclara cette dernière en posant

sa main sur le bras de Jesse qui s'apprêtait à descendre ; peut-être qu'il va sourire encore.

La mine renfrognée, Jesse se tourna vers l'enfant qu'il regarda à peine deux secondes, avant de sauter sur le sol en disant :

— Non, je ne pense pas.

— Mais puisqu'il l'a fait ce matin, insista Mary ; je l'ai vu, de mes yeux vu ! Hein, mon petit, que tu as souri ce matin à ta maman ?

David ne sourit pas, mais il souleva ses paupières ; ses yeux commençaient à s'éclaircir et viraient au bleu ; Granger Clapp avait les yeux bleus.

C'était le genre de pensée sur lequel Mary préférait ne pas s'attarder. Aussi s'intéressa-t-elle au spectacle de la rue pendant que Jesse attachait le cheval. Elle était heureuse parce que c'était la première fois qu'elle revenait en ville depuis la naissance du bébé. Elle avait envie de le promener partout pour le faire admirer à tous ceux qui ne l'avaient pas encore vu ; la population d'Ilwaco ne la déçut pas de ce point de vue.

S'imposait d'abord une visite chez Fiona, qui déclara l'enfant bien portant, d'une croissance en taille et en poids tout à fait normale.

Au bazar, où l'on entra ensuite parce qu'il fallait de nouvelles couvertures, Abner et Mme Cobb formulèrent les compliments qui convenaient et multiplièrent les exclamations admiratives pendant que leurs enfants, accourus de l'arrière-boutique, se chamaillaient pour avoir le droit de prendre le bébé dans leurs bras.

Judson Espy, le capitaine du port, poussa la porte à ce moment. Lui aussi se pencha sur le bébé et bêtifia consciencieusement.

David émit une sorte de grognement sourd, et Mary craignit qu'il ne se mît à pleurer, mais, miracle, il sourit ; et cette fois elle avait trois témoins, dont Jesse, lequel haussa les épaules en soupirant :

— C'est ridicule ; je n'ai pas vu autant d'excitation dans ce pays depuis le passage de la comète.

Il refusait de partager la joie de Mary, qui essayait de se convaincre que cela n'avait aucune espèce d'importance, et que Palina avait raison en affirmant que Jesse aimait l'enfant d'une manière distante, très maladroite, mais réelle. Pourtant, après l'avoir suivi toute la matinée dans la ville sans pouvoir échanger avec lui d'autres paroles que celles strictement nécessaires mais si prosaïques, elle recommença à douter.

A midi, ils se présentèrent chez Hestia, qui prêta volontiers une chambre du deuxième étage pour permettre à Mary d'accomplir ses devoirs de mère. Et celle-ci, bercée par les balancements du fauteuil à bascule tandis que le petit David tétait goulûment le sein qu'elle lui offrait, se sentit envahie d'une incommensurable tristesse.

De nouveau, ses pensées revinrent à Granger Jones ; Granger Clapp plutôt, puisque tel était le véritable nom de celui-ci ; Jones, c'était l'identité qu'il donnait aux portiers d'immeubles et aux petites Irlandaises stupides. Mary se souvint du jour où il lui avait révélé, froidement, le plan qu'il avait conçu pour le bébé : sûr que ce serait un garçon, il avait annoncé, très fier de lui, que ce petit aurait la plus belle chambre de Portland, et remplie de jouets, avec les meilleures nourrices pour s'occuper de lui ; qu'ensuite, il fréquenterait les collèges les plus huppés et que, parvenu à l'âge adulte, il commencerait une carrière brillante à la tête de la compagnie maritime. Au début, Mary émerveillée avait cru — la naïve ! — qu'elle avait sa place dans ce conte : mais Granger voulait le bébé, seulement le bébé ; pour lui, Mary n'était qu'une bonne pouliche ; l'odieux personnage !

Heureusement, c'était de l'histoire ancienne, une page définitivement tournée dans la vie de la jeune femme, qui disposait maintenant d'une maison et d'un mari capable de la défendre en cas de besoin ; le seul ennui, c'était que Jesse dormait toujours seul dans la chambre du haut, et qu'il n'avait pour l'enfant que de l'indifférence, voire de la hargne mal contenue, ce qui ne laissait pas d'inquiéter.

Soudain, la porte s'ouvrit ; sur le seuil apparut, en bonnet de laine et dans un manteau élimé, une femme qui sursauta violemment en découvrant la pièce déjà occupée.

— Bonjour, dit Mary avec gentillesse.

Troublée, très agitée, la femme s'accrocha au chambranle. Son bonnet tomba, mais elle ne pensa pas à le ramasser.

Mary lui vit alors un œil tuméfié, complètement fermé, dénonçant un coup reçu récemment.

— Il ne faut pas avoir peur de moi, reprit-elle en refermant sa robe ; je m'appelle Mary Morgan.

En tremblant, la femme se baissa pour récupérer son bonnet qu'elle plaça de guingois sur sa tête. Puis elle tourna les talons et disparut dans l'escalier.

Un peu plus tard, Mary descendit à son tour. Au salon, elle trouva Jesse qui l'attendait : sagement assis sur un canapé couvert de soie, à la main une tasse de thé, il écoutait la harangue que lui débitait Hestia Swann, les poings sur les hanches.

— Et moi, je vous dis que la femme n'est pas l'esclave de son mari, que celui-ci n'a pas le droit de vie et de mort sur elle ! J'ai l'intention d'en parler moi-même au gouverneur, même si pour cela je dois aller à pied jusqu'à la capitale !

Entendant du bruit derrière elle, elle se retourna et changea de ton :

— Oh, vous êtes là, tous les deux ! Viens, mon petit, viens voir tante Hestia.

Sans se faire prier, Mary plaça le bébé dans les bras tendus, et elle interrogea :

— Vous me semblez très émue ; que se passe-t-il ?

— J'avais, avec votre mari, une petite discussion à propos d'un sujet déplaisant. J'ai dénoncé une canaille au shérif, lequel n'a rien voulu faire en arguant qu'il n'avait pas à intervenir dans la vie privée des citoyens. Si ç'avait été moi, je l'aurais habillé de goudron et de plumes, pour…

— Qui ?

— Ollie Hagglund, le bûcheron, qui est presque constamment ivre, fait du scandale en ville et commet d'inqualifiables brutalités. Seulement voilà, le shérif ne veut pas l'arrêter.

— Pourquoi ? demanda Mary, déjà indignée.

— Parce que la victime est l'épouse ; voilà pourquoi !

Se souvenant de la femme qu'elle avait vue quelques instants plus tôt, Mary s'enquit :

— Elle s'est réfugiée ici, n'est-ce pas ?

Hestia s'enflamma.

— Livie Hagglund *vit* ici, désormais. Elle ne retournera pas auprès de ce rustre ; je ne le permettrai pas !

— Son mari n'a pas cherché à la voir ? questionna Jesse.

— Si ; il nous a causé une belle frayeur ; heureusement, Fiona était là, et elle a réussi à le chasser au moyen du harpon à baleines de feu mon mari. Mais que se passera-t-il si cet horrible individu revient faire du scandale ? Il a la taille d'un bœuf !

Calmement, Jesse se leva et posa sa tasse sur une table.

— Il ne reviendra pas, assura-t-il.

Il sortit du salon ; on ne tarda pas à entendre s'ouvrir puis se refermer la porte d'entrée.

— Vous croyez qu'il va chercher ce M. Hagglund ? demanda Mary, troublée.

— Je ne le crois pas, j'en suis sûre, répondit Hestia, un grand sourire aux lèvres.

— Mais qu'est-ce que va faire Jesse ?

— Ma petite, je crois qu'il vaut mieux ne pas savoir.

Jesse prit place à table, en face de Mary, qui lui dit :

— David dort déjà ; cette journée à Ilwaco l'a exténué.

Il ne répondit pas. Il ne savait jamais que dire quand il s'agissait du bébé. Il vit que le regard de la jeune femme s'attachait à ses doigts meurtris.

— Quoi que tu aies fait, reprit-elle, je suis sûre que Hestia et Livie Hagglund t'en seront reconnaissantes.

— Je ne sais pas si Hestia fait bien de donner asile à Livie.

Mary s'enflamma instantanément.

— Vraiment ? Et quel conseil donnerais-tu à cette pauvre femme ? De continuer de vivre auprès de cette brute qui est son mari, pour recevoir des coups et se faire tuer, peut-être ?

— Non, bien sûr que non ; mais si Hestia se met à accueillir toutes les femmes qui fuient leur mari, et si ceux-ci mettent le siège devant la maison, je ne serai pas assez fort pour les repousser tous.

— Il n'empêche que toute femme devrait disposer d'un lieu où elle soit en sécurité ; tu ne crois pas ?

De nouveau, Jesse resta coi.

— C'est bien souvent le souci de leur sécurité qui préoccupe le plus les femmes.

— Mmm…

— De fait, le bruit ne tardera pas à se répandre que la maison de Hestia est un endroit sûr pour les femmes en difficulté.

— Mmm…

Jesse regarda, par la fenêtre, les grands arbres agités par le vent de novembre. Il savait bien ce que faisait Mary en ce moment : elle l'intéressait à la vie de la communauté, elle le provoquait pour l'amener à prendre parti et à devenir un citoyen à part entière. Pendant douze ans, il avait vécu en marge.

A la fin du repas, Mary voulut faire la vaisselle, mais il la conduisit vers le salon.

— Laisse-moi faire, dit-il ; et repose-toi un peu.

Il lui plaisait de renouer avec les tâches ménagères qu'il accomplissait autrefois avec régularité, et dont la jeune femme s'était peu à peu emparée. Pendant un moment, il pouvait imaginer que rien n'avait changé, et qu'il vivait seul, comme avant ; mais les pleurs du bébé le ramenèrent à la réalité.

— Veux-tu aller me chercher David ? proposa Mary.

Cela, c'était sa stratégie *domestique* : multiplier les occasions de rencontre entre Jesse et le bébé.

— Je ne peux pas. J'ai les mains mouillées.

Sans protester, elle quitta le salon et entra dans la chambre ; Jesse l'entendit, qui murmurait une chanson en même temps qu'elle changeait le bébé, avant de lui donner le sein. Comme chaque fois, il revit en pensée le spectacle qu'il n'oublierait jamais : la poitrine dénudée de Mary, ces seins offerts, qui éveillaient sa concupiscence. Il n'osait appeler « amour » les sentiments mêlés qui s'éveillaient en lui. Mais savait-il vraiment ce qu'était l'amour ? Il y avait eu Emily, mais tout avait été avec elle si simple, trop simple, si rapide surtout.

La vaisselle finie, Jesse retourna dans le salon ; le bébé dormait dans les bras de Mary. Il remit quelques bûches dans la cheminée, et s'installa dans un fauteuil en ouvrant le livre qu'il avait en cours, un roman français assez déprimant.

Quand il n'était pas de garde au phare, il passait toujours des soirées très éprouvantes, parce qu'il ne savait quel comportement adopter ; le livre était pour lui un refuge, une manière de s'absenter quand même. Mais il était si troublé qu'il lui arrivait de tourner les pages sans lire, parce que trop pris par ses pensées et incapable de s'intéresser aux aventures des personnages ; le moment où Mary se levait, en lui souhaitant une bonne nuit, était toujours un soulagement pour lui, une délivrance.

— Jesse ? appela-t-elle.

— Oui ?

Il leva la tête, posa son livre à plat sur ses genoux.

— Je voudrais te demander une faveur.

La jeune femme s'interrompit, eut un regard gêné. Elle toussota.

— Dis toujours, répondit Jesse, sans conviction, et craignant le pire.

— Je voudrais que tu m'apprennes à lire.

Elle ne cesserait jamais de l'étonner !

— Lire ? répéta-t-il.

— Oui ; est-ce que c'est difficile ?

— Je n'ai jamais donné la moindre leçon, alors, je ne sais pas.

— Il faudrait que nous commencions, et ainsi nous verrions ce que cela donne.

— Tout de suite ?

— Pourquoi pas ?

Après un regard au bébé endormi, Mary ajouta, sur le ton de la confidence :

— J'aimerais pouvoir lui lire des histoires, plus tard.

Jesse éprouva, à ce moment, un fort sentiment de culpabilité : Mary ne pensait pas qu'il lirait, lui, des histoires au petit David ; et elle avait raison. Depuis douze ans, il vivait dans la compagnie exclusive de ses livres, il avait pour eux une véritable passion qu'il entendait ne pas partager avec cet enfant.

— Je pourrai toujours lui conter des histoires que je connais, reprenait Mary ; maman nous en racontait toujours, et la plupart sont encore bien présentes dans ma mémoire. Mais je veux en découvrir d'autres, et pour cela il n'y a que la lecture. Consens-tu à m'aider ?

Jesse se leva. Il savait qu'il se le reprocherait plus tard, mais il accédait au désir de la jeune femme. Sur les étagères, il choisit un vieux livre à la couverture défraîchie, aux pages cornées et salies dans les coins.

— Mon préféré quand j'étais tout jeune, dit-il en venant s'asseoir près de Mary.

Il l'ouvrit, et sur la page de garde montra une écriture manuscrite, qu'il lut :

— « Joyeux Noël à Jesse, de la part de ses grands-parents. » J'avais alors quatre ans.

— Qu'est-ce que raconte ce livre ?

C'est une suite d'histoires courtes ; la meilleure à mon goût, celle que j'ai toujours préférée, s'intitule : *Danger dans la caverne*.

— Tu veux me la lire, dis ?

— Maintenant ?

— Oui, maintenant.

En cherchant la page, Jesse eut la plus étrange des sensations. Il lui semblait avoir déjà vécu cette scène ; et c'était vrai, d'une certaine manière. Il se rappelait très bien son père entrant dans sa chambre, s'asseyant sur son lit et lui lisant l'une ou l'autre des histoires contenues dans ce livre.

Voilà sans doute pourquoi il les aimait tant : non qu'elles fussent particulièrement bonnes, mais il les associait toujours aux plus tendres souvenirs de son enfance.

Maintenant, il se disposait à les partager avec Mary et le bébé. Il se sentait si gauche qu'il commença à lire maladroitement, la voix mal posée, comme s'il déchiffrait. Il lisait sans comprendre. Au bout d'un moment, la tête de Mary se posa sur son épaule et il s'étonna de ne pas s'en agacer. Bien au contraire, il se sentit envahi d'une paix étrange, qu'il essaya d'analyser en poursuivant sa lecture. Devait-il appeler cela la paix ? Le bonheur ?

Aussitôt son esprit conçut des arguments contraires, qu'il repoussa cette fois sans leur laisser le temps de donner toute leur acidité. Et, reposant son livre, avec délicatesse il enleva le bébé à Mary qui s'assoupissait doucement.

— Il est temps d'aller au lit, mon petit.

La jeune femme murmura quelques paroles inarticulées, mais elle laissa partir son enfant et se leva pour suivre Jesse.

Ayant placé le bébé dans le lit de Mary, celui-ci sortit. Sur le seuil, pris d'une impulsion subite et irraisonnée, il revint près de Mary assise au bord du lit et lui donna un baiser sur le front. Puis, comme s'il avait commis une mauvaise action, il s'enfuit et gravit à toute vitesse les marches de l'escalier, pour s'enfermer dans sa chambre. Le dos à la porte, il resta longtemps à s'interroger sur sa folie.

Il sursauta en entendant cliqueter la poignée. Il ouvrit.

Mary se tenait devant lui, en chemise de nuit, le bébé sur un bras, une bougie à la main.

— Quelque chose qui ne va pas ? demanda-t-il.

— Oui.

— Quoi donc ? Es-tu malade, ou alors…

— Rien de tel ; mais nous ne voulons plus dormir en bas, David et moi.

— C'est impossible, murmura Jesse, d'une voix tremblante ; ce lit est trop petit pour nous trois. Je bouge beaucoup la nuit, et je risquerais d'écraser le bébé.

— Ces arguments sont ridicules ! s'emporta Mary. Dis plutôt que tu ne veux pas nous voir ; que nous te gênons !

Jesse ne répondit pas. S'il essayait d'expliquer, il ne réussirait pas à se faire comprendre. Mais il n'eut rien à expliquer car, sans un mot de plus, sans un regard pour lui, Mary se retourna et reprit l'escalier. Le cœur battant, il l'écouta descendre et claquer la porte de la chambre du bas ; c'était ce qu'elle avait de mieux à faire ; folle qu'elle était ! elle voulait de lui ce qu'il n'avait pas le pouvoir de lui donner.

Le lendemain matin, Jesse se leva tôt et sortit de la maison. Pendant la nuit, il lui était venu une bonne idée.

20

Mary s'activait dans la maison. Elle frottait les parquets, cirait les meubles, tranchait les légumes pour la soupe, préparait la pâte à pain qu'elle bourrait de coups de poing, tout cela sans cesser de surveiller le petit David, qu'elle emmena avec elle, pour lui permettre de prendre l'air, quand elle décida de travailler dans le jardin. Elle le posa dans une brouette remplie de paille et lui exposa ses griefs tout en s'épuisant sur les plates-bandes.

— Il m'énerve ! Il m'énerve de plus en plus ; non seulement il nous a interdit sa chambre, hier soir, mais en plus il disparaît ce matin, à l'aube, sans prévenir, comme si nous n'existions pas ; monsieur s'enferme dans la grange pour travailler à je ne sais quoi ! Honnêtement, mon garçon, c'est un drôle de père que je t'ai donné là.

Ce qu'elle refusait d'avouer, c'était sa peine. Elle souffrait de ne jamais sentir les bras de Jesse autour d'elle, la bouche de Jesse sur sa peau. Son amour pour lui chaque jour plus fort, elle redoutait de nourrir de vains espoirs en imaginant qu'il finirait par se rapprocher d'elle.

— C'est un sauvage ! cria-t-elle ; mais je lui dirai son fait, tu verras, mon petit ! Dès qu'il reviendra, je lui assènerai tout ce que j'ai sur le cœur !

Tandis que passaient au-dessus de sa tête les oiseaux émigrant vers des climats moins rudes, elle finit de préparer ses rosiers pour l'hiver, en les recouvrant de foin. Elle aimait ces travaux rustiques et soupirait en songeant qu'elle eût pu être heureuse, beaucoup plus heureuse. Elle ne demandait pas grand-chose : seulement que Jesse consentît à abattre le mur qu'il avait édifié entre eux et qu'il semblait surélever chaque jour davantage. Elle lui en voulait, et pourtant elle ne pouvait se résoudre à le haïr.

Il se disait volontiers égoïste, mais il lui avait ouvert sa porte, offert son toit. Il avouait sans ambages être un poltron, ce qui ne l'empêchait pas de se confronter aux vagues déchaînées pour sauver des vies humaines. Il proclamait ne pas se soucier de son prochain, et pourtant il jetait hors de la ville Ollie Hagglund coupable de violences conjugales. Jesse Morgan était un tissu de contradictions, un héros qui jurait n'avoir rien d'extraordinaire en lui, un homme sûr de ne plus jamais tomber amoureux, mais capable d'épouser une femme portant l'enfant d'un autre.

Mary entendait, venant de la grange, des grincements de scie, des coups de marteau.

— Qu'est-ce qu'il mijote ? demanda-t-elle à David.

Elle était trop fière pour frapper à la porte et le lui

demander. Puisqu'il n'avait pas daigné paraître à l'heure du déjeuner, elle n'irait pas non plus le chercher.

Quand le soleil commença à décliner au-dessus de l'horizon, quand le vent frais devint franchement froid, elle rentra à la maison pour donner un bain à David. Elle barbotait avec lui dans l'eau du bassin posé sur la table de la cuisine quand elle entendit s'ouvrir la porte. Sans se retourner elle dit simplement :

— J'ai bientôt fini ; il y a un reste de ragoût et du pain frais, si tu as faim. Je crois que David et moi irons très tôt au lit ce soir, car nous sommes fatigués.

Jesse ne répondit pas.

Elle l'entendit qui s'affairait derrière elle, mais elle résista à la tentation de se retourner pour voir ce qu'il faisait. Sortant le bébé du bain, elle le posa sur la serviette qu'elle avait préparée à cette intention, le sécha en lui déposant des baisers par tout le corps. Puis elle l'habilla, et ce fut seulement à ce moment qu'elle se retourna, posément, et s'offrit même le plaisir d'affecter une petite expression de surprise, comme si elle découvrait la présence de Jesse ; il tenait à la main l'objet extraordinaire qu'il avait passé la journée à fabriquer.

— Un berceau, dit-il sobrement.

Muette d'étonnement et d'admiration, Mary s'approcha : fait d'un joli bois blond parfaitement raboté, le berceau avait la forme d'une barque, avec deux pieds arrondis pour permettre le bercement, et une inscription gravée sur le panneau de tête.

— C'est pour le petit, précisa Jesse.

Mary ne put retenir son sourire.

— Oui, bien sûr.

Elle voulait paraître réservée, mais elle exultait ; ce berceau, c'était le premier cadeau de Jesse pour David. D'une main fébrile, elle caressa l'inscription.

— C'est son nom, que tu as gravé ici ?

— Oui : David Dare Morgan.

Jesse acceptait de donner son nom à l'enfant !

— Et tu veux qu'il dorme là, désormais.

— J'aimerais bien, oui ; ce berceau m'a donné assez de travail pour qu'on ne le laisse pas dans un coin.

— Nous t'en donnons du souci, n'est-ce pas ?

— Mmm…

— Je n'ai jamais promis d'être de tout repos.

Une ébauche de sourire se dessina sur les lèvres de Jesse.

— Au fond, tu ne me déranges pas tant que cela.

Ils se trouvaient dans la chambre du haut, dans la chambre de Jesse, *leur* chambre désormais.

— Tu es sûre que tout ira bien ? murmura Jesse après que le petit David eut été placé dans le berceau.

Il regardait Mary qui finissait d'arranger les couvertures

du petit. Elle ne répondit pas, et comme il craignait qu'elle l'eût mal compris il ajouta, en butant sur chaque mot :

— Je veux dire, tu n'auras pas mal si nous…

Elle se leva et le regarda droit dans les yeux.

— Ce qui fait mal, c'est l'attente.

Il la désirait tant qu'il craignait de devenir fou. Elle s'approchait, il lui prit la taille. C'était la première fois qu'il la touchait depuis la naissance du bébé ; comme elle était devenue mince…

Fasciné, il regardait ses mains comme si elles appartenaient à un autre que lui ; elles travaillaient, s'activaient sur les boutons de la robe qui s'ouvrait peu à peu ; ses doigts effleuraient les seins lourds, à la pointe desquels une goutte de lait perlait. Jesse trouva cette vision si érotique qu'il ferma les yeux et crispa les paupières, craignant de se jeter sur la jeune femme comme un sauvage.

Quand il rouvrit les yeux, il fut étonné de voir Mary pleurer en silence, de grosses larmes sur les joues.

— Qu'y a-t-il ? s'inquiéta-t-il ; est-ce que je t'ai blessée ?

— Non !

Elle referma sa chemise et lui prit les mains, qu'elle serra à s'en faire blanchir les phalanges. Les larmes coulaient toujours, mais elle ne songea pas à les essuyer, tandis qu'elle expliquait :

— Je ne me sens pas digne de toi. J'ai l'impression d'avoir été irrémédiablement souillée alors que je voudrais venir à toi, pure et fraîche, comme une jeune mariée doit l'être. Tu penses peut-être que je...

Jesse éleva jusqu'à ses lèvres les doigts de Mary.

— Ne me dis pas ce que je pense, surtout, ne me le dis pas.

Il rouvrit la chemise. Mary reprit :

— Pourquoi n'est-ce pas toi que j'ai rencontré en premier ?

— Songe que si tu n'avais pas rencontré Granger, tu ne serais jamais arrivée ici.

— Je sais bien, mais écoute...

— Non ; toi, écoute. Je ne sais pas qui a dit qu'un homme se devait d'épouser une vierge apeurée. Il n'y a pas de loi à ce sujet, que je sache.

— Alors, je ne te dégoûte pas ?

— Me dégoûter ? répéta Jesse, incrédule. Est-ce cela que tu penses de moi ?

— Quand tu as fermé les yeux, j'ai pensé que tu ne voulais plus me voir telle que j'étais.

— Je ne te mentirai pas. Si j'avais le pouvoir de changer le cours des événements, j'en userais, c'est sûr. C'est vrai que parfois je regrette de n'avoir pas été le premier homme à te donner un baiser, de n'être pas le père de l'enfant que tu as porté. Mais toi, n'as-tu pas à mon propos des rêves un peu semblables ?

— Quand nous nous sommes rencontrés, nous étions meurtris l'un et l'autre. Nous...

— Meurtris, c'est le mot qui convient, dit Jesse, la voix amère. Mais ensemble nous pouvons guérir. Je sais bien que nous n'abolirons pas le passé, mais il nous est possible de l'oublier, de l'empêcher tout au moins de gâcher notre présent. Maintenant, si j'ai fermé les yeux, c'est parce que tu m'as semblé si belle que j'en ai eu comme un éblouissement.

— Jesse…

— Jamais je n'ai désiré une femme comme je te désire, toi.

Tout en parlant, Jesse continuait de déshabiller Mary. Quand il eut fini de parler, elle était nue, et il la prit dans ses bras pour la porter sur le lit.

— Viens, lui dit-elle aussitôt en tendant les bras vers lui. Viens, nous avons attendu trop longtemps.

— C'est vrai, et c'est bien pour cela que nous pouvons patienter encore un peu.

— Non, oh, non !

— Rassure-toi, je ne t'imposerai plus un délai déraisonnable, reprit Jesse en se penchant sur le corps de Mary, qu'il couvrit de baisers. Il y a encore une ou deux choses très importantes que je voudrais te dire.

Mais Mary le retint entre ses bras, le plaqua contre elle. Alors, il oublia ce qu'il voulait dire, qui d'ailleurs n'était pas aussi important qu'il l'avait cru.

La nuit passa lentement ; ils firent l'amour plusieurs fois. A la fin, épuisée et comblée, Mary s'endormit dans les bras de Jesse qui, lui, ne pouvait trouver le sommeil. Il était déconcerté par ce qui se passait entre eux depuis quelque temps, par les changements qui affectaient leur vie à chaque moment. Il continuait à résister car il restait convaincu que l'amour était dangereux, mais il voulait bien se laisser faire un peu violence, peut-être parce qu'ainsi c'était plus facile pour lui ; c'était Mary qui avait demandé à dormir dans sa chambre ; elle, encore, qui l'avait *obligé* à lui faire l'amour.

Tandis que l'aube commençait à inonder la chambre de lumière grise, un bruit léger monta de la chambre du bas ; Jesse pensa que Mary, profondément endormie, ne l'entendrait pas, mais au contraire elle ouvrit les yeux aussitôt et dit :

— C'est notre fils.

Le gazouillis du bébé enflait, se mua bientôt en un cri de rage parce qu'on ne venait pas assez vite satisfaire à ses désirs.

— Tout le portrait de son père, reprit Mary en souriant ; il est d'une impatience ! Il se met en colère pour un rien.

Elle déposa un baiser sur la joue de Jesse et remit sa chemise de nuit pour descendre en hâte.

« Tout le portrait de son père… »

Jesse bourra son oreiller de coups de poing.

De garde au sommet du phare, la nuit suivante, Jesse ne put détourner ses pensées du sujet qui l'obsédait : Mary, qui dormait dans son lit. Il eût voulu l'avoir près de lui, parce que son désir pour elle s'était réveillé avec plus de force que la veille. En même temps, il ne cessait de s'interroger, de s'inquiéter. Dans quel guêpier s'était-il fourré ? Pourquoi se montrait-il si faible, lui qui s'était vanté d'être si fort autrefois ?

Mary le rendait dépendant ; il perdait sa liberté en devenant tributaire de l'amour dont, déjà, il ne pouvait plus se passer. Il s'en rendait compte, s'en agaçait, mais, si son esprit se révoltait, son cœur, déjà, lui soufflait que tout était très bien, qu'il n'avait qu'à se rendre tout à fait et qu'ainsi il n'aurait plus rien à craindre ; devant lui s'ouvraient deux voies : celle de la raison, celle de la folie. Il savait laquelle il prendrait, s'il n'y était pas déjà engagé sans possibilité de revenir en arrière.

Pour se divertir, il décida de consigner dans le journal de bord son compte rendu de la nuit en cours. Il n'avait d'ailleurs rien à signaler de sensationnel, puisque la mer était d'huile et le ciel sans aucun nuage. Par hasard, il ouvrit le volume à la première page qu'il avait écrite sous la dictée de Mary. Il relut, se souvint qu'elle l'avait beaucoup fait rire cette nuit-là ; aucune autre femme au monde n'avait ce pouvoir.

Elle n'avait pas voulu s'en tenir à ce coup d'essai et avait composé d'autres morceaux d'anthologie qu'il plut à Jesse de relire tous, bien qu'il les connût presque par cœur. Voici, par exemple, comment Mary avait commenté le sauvetage des marins russes :

« Le Seigneur Dieu lui-même avouerait que c'était une scène à faire peur et peut-être qu'il aurait hésité à se mouiller les pieds pour aller au-devant de ces pauvres gars. Mais le valeureux gardien de phare, lui, n'avait pas peur du tout ; sans hésiter, il conduisit son cheval dans la mer déchaînée, et il fit si bien qu'il les tira tous de ce mauvais pas… »

Jesse lisait. Jesse souriait. Mary avait du monde une vision très personnelle, pleine de poésie ; comme Palina, elle croyait en la destinée, à la force de l'amour ; elle y croyait pour deux, et avec tant de conviction qu'elle finirait bien par réussir à le convertir.

La naissance du petit David avait été consignée par Jesse seul, donc avec plus de sobriété :

« 30 septembre 1876, 5 heures du matin : Mary Dare Morgan a donné naissance à un petit garçon prénommé David. »

— Youhou !

Jesse sursauta, referma précipitamment le registre, se leva et s'engagea dans l'escalier. Mary n'était plus venue le voir depuis la naissance du bébé, parce qu'elle se devait de rester chaque nuit auprès de celui-ci, et si elle se dérangeait, c'était sans doute pour une raison grave.

La rencontre eut lieu au milieu des marches.

— Que se passe-t-il ?

— Rien d'inquiétant, rassure-toi.

Mary ouvrit alors son manteau et montra le précieux fardeau qu'elle portait dans ses bras. Elle expliqua :

— Il faut que j'aille chez les Jonsson ; Palina ne se sent pas bien.

Et, avant que Jesse eût eu le temps d'émettre la moindre protestation, elle lui plaça le petit David dans les bras.

— Garde-le pendant mon absence. Erik m'a dit que sa mère toussait un peu. Il ne faut pas que notre fils soit contaminé ; tu es bien d'accord avec moi ?

Un peu fâché, Jesse regarda le bébé, qui ne dormait pas, qui lui souriait. Il demanda :

— Tu ne pourrais pas y aller demain matin ?

— Je te dis que Palina est malade ; je ne vais pas la faire attendre, tout de même !

Et Mary tourna le dos, redescendit l'escalier ; Jesse lui cria :

— Je ne peux pas m'occuper du phare et de cet enfant en même temps !

— Ne crains rien, il ne te donnera aucun souci. Je viens juste de le changer et de le nourrir.

— Mais...

— A bientôt, Jesse !

La porte du bas claqua.

Jesse resta un long moment dans l'escalier. Il regardait le bébé, qui le regardait ; et cela eût pu durer longtemps.

— Mais qu'est-ce que je vais faire avec toi ? finit par murmurer Jesse.

Le petit David battit des paupières et arrondit la bouche ; ému, Jesse crut qu'il allait recevoir un sourire comme récompense pour la mission qu'il venait d'accepter un peu malgré lui, mais ce fut un cri qu'il entendit, un long cri, un prélude aux pleurs.

Ce n'était pas la première fois que Jesse entendait pleurer le bébé, mais c'était la première où Mary n'était pas dans les parages. Il était seul, bien seul, et n'avait pas la moindre idée de ce qu'il fallait faire pour mettre un terme à cette expression de mécontentement peut-être dirigé contre lui.

Son idée première fut de redescendre, de quitter le phare pour courir derrière Mary afin de lui rendre l'encombrant paquet. Mais il ne pouvait abandonner son poste, à cause des conséquences tragiques dont il serait responsable si la lumière s'éteignait en son absence. Frustré et furieux, il remonta l'escalier et, dans la chambre de garde, vérifia tous les instruments, avec un calme affecté, en essayant de ne pas entendre les hurlements du bébé. Mais, bientôt, il n'y tint plus et il cria :

— Bon, maintenant, ça suffit, moussaillon !

Il avait remarqué que Mary parlait beaucoup au bébé et que, souvent, elle réussissait à le calmer par ce moyen. D'une voix adoucie, il poursuivit :

— Tu arrêtes de pleurer, s'il te plaît.

Instantanément, l'enfant cessa ses pleurs. Il regardait Jesse, qui se félicita de cette victoire facile et commença à se demander s'il n'avait pas des dons particuliers. Hélas, il ne tarda pas à comprendre que c'était un simple répit car David, ayant pris une longue inspiration, hurla de plus belle.

— Bon ! qu'est-ce que tu veux ?

La panique l'envahissait. Il se mit à marcher en rond, en berçant l'enfant et en lui chuchotant des paroles qu'il espérait apaisantes.

— Je comprends : tu n'es pas habitué à ma voix, à ma grosse voix. Et comme cela, est-ce que c'est mieux ? Allons, c'est fini, maintenant. Calme-toi, ou tu vas te rendre malade, à force de crier comme cela.

Jesse découvrait ce que c'était que la vraie impuissance face à des éléments déchaînés. Contre l'océan en furie et menaçant d'engloutir des marins, il pouvait agir, mais contre ce petit être si fragile, que pouvait-il ? Rien !

Il en voulut à Mary qui lui avait confié cet épouvantable fardeau, sans tenir compte de ses obligations. Que ferait-il en cas d'urgence, si des naufragés avaient besoin de lui ? Il commençait à s'énerver.

— Arrête-toi, cria-t-il en secouant le bébé, de plus en plus fort, d'abord devant lui, puis très haut au-dessus de sa tête. Arrête, je te dis !

Il savait que ses mots, surtout prononcés avec une telle violence, auraient un effet contraire à celui qu'il espérait, mais il ne pouvait se retenir ; le bébé était en détresse ? Lui aussi ! et il ne voyait pas pourquoi il n'aurait pas eu le droit de l'exprimer.

Soudain lui revinrent à la mémoire des propos tenus un jour, devant lui, par Fiona MacEwan, qui avait dû soigner un petit enfant souffrant de contusions et de blessures à la tête ; sans le dire explicitement, elle avait laissé entendre que ces marques avaient été produites par le père, homme violent qui avait trouvé ce moyen excellent pour obtenir le silence, au milieu de la nuit.

Jesse se méprisa. Lui aussi était donc capable de violence, lui aussi pouvait brutaliser un petit être sans défense ?

Chanter… Mary chantait souvent pour David, et il semblait aimer cela ; oui, mais Jesse ne connaissait aucune chanson.

— J'ai une idée, dit-il au bébé. Je ne connais pas de chanson, mais il me reste des poésies, souvenirs de mes années d'université. Je peux toujours essayer de les mettre en musique pour toi. Est-ce que cela te plairait ? Je te préviens, toutefois, que je chante très mal.

Il fouilla dans sa mémoire, et se lança :

« Ecoutez, bonnes gens, l'histoire de David, roi
D'Israël. Il se promenait en grand arroi
Et soudain, alors qu'il s'y attendait le moins,
Il découvrit Bethsabée, qui prenait un bain. »

Il n'avait pas menti en disant qu'il chantait faux, d'une voix suraiguë pour couvrir les glapissements de son auditeur, mais à son grand étonnement il réussit : les cris s'espacèrent, puis cessèrent ; la petite bouche dessinait un « O » parfait, et il ne savait pas si c'était pour exprimer l'horreur ou l'admiration, mais l'essentiel était que le miracle s'était produit.

Ravi, Jesse s'arrêta de chanter ; David se remit à pleurer.

> « *David ne résista pas à la tentation.*
> *Il oublia qu'il était roi de la nation…* »

Jesse chanta longtemps, cette fois, très longtemps. Puis il murmura à bouche fermée, d'abord parce qu'il avait épuisé son répertoire et qu'il espérait ainsi endormir l'enfant ; mais celui-ci gardait les yeux grands ouverts et le regardait d'un air très intéressé, la tête un peu branlante ; ce n'était certainement pas bon. Alors, Jesse posa sa main contre cette petite tête, afin de la maintenir.

— Je me demande pourtant, lui dit-il un peu plus tard, comment je m'acquitterai de mes tâches si je te garde dans mes bras.

Pour voir, il essaya de déposer le bébé sur le sol ; un cri affreux l'avertit aussitôt que ce serait une grave erreur.

— Bon, bon, dit-il, les dents serrées ; j'ai compris, je n'insiste pas.

Il se rappela qu'il avait vu plusieurs fois Mary travailler, dans la cuisine ou dans le jardin, avec le bébé sur un bras ; ce devait être un don particulier aux femmes, parce que lui ne s'en sentait pas capable. Pourtant, il avait maintenant plusieurs tâches importantes à accomplir.

Toujours chantonnant, il commenta ses actions :

— Je vérifie le niveau du réservoir d'huile ; il ne faut pas qu'il se vide, car alors le phare s'éteindrait. Je veille aussi à ce que le mécanisme entraînant la lanterne fonctionne parfaitement.

Il travaillait plus lentement que d'habitude, mais il n'était pas trop maladroit, ce qui le remplissait d'aise.

— Voyons maintenant les différents instruments de mesure ; celui-ci est un anémomètre. Je peux naturellement évaluer par moi-même la direction et la vitesse du vent, mais avec ceci je suis parfaitement renseigné.

Il fallait maintenant monter dans la salle supérieure ; le bébé ouvrit de grands yeux en découvrant la lentille qui tournait lentement.

— On dirait un gros diamant, tu ne trouves pas ? Si on la regarde sous un certain angle, en plein jour, on peut y voir des arcs-en-ciel. Je te montrerai, quand tu seras un peu plus grand.

Jesse regretta que David n'eût pas quelques années de plus. Il lui tardait soudain de lui faire découvrir les beautés de la nature, celles de la machine sur laquelle il veillait jalousement depuis tant d'années.

Quel garçon serait David, lorsqu'il aurait grandi ? Serait-il plein d'optimisme, comme sa mère, affrontant toutes les difficultés de la vie avec un courage inébranlable, et toujours la chanson aux lèvres ? Ou, au contraire, serait-il si affecté par les coups reçus qu'il se refermerait sur lui-même, qu'il fuirait ses semblables, préférant végéter plutôt que d'être plus malheureux encore ? Serait-il comme lui, un peu ?

— C'est une erreur que je t'empêcherai de commettre. Allez, viens maintenant, tu vas m'aider à remplir le journal de bord.

Il s'installa avec lui à table, rouvrit le registre, prit la plume et avertit :

— Attention, pas de longues déclamations comme celles dont ta mère est coutumière. Il suffit d'un écrivain dans la famille.

Quand il eut fini d'écrire, le bébé dormait dans ses bras. Alors, il reposa sa plume et, les yeux pleins de larmes, il murmura :

— Pourquoi n'es-tu pas mon fils ?

21

— Si vous aviez le pouvoir de voir se réaliser votre vœu le plus cher, demanda Granger à sa femme, quel serait-il ?

Annabelle reposa son ouvrage de broderie.

— Vous me prenez au dépourvu, mon ami ; je crains de ne pouvoir vous répondre.

Elle étudia le regard de son mari. C'était toujours par là qu'elle était avertie des emportements monstrueux auxquels il se laissait aller contre elle ; mais, cette fois, rien de semblable ne semblait se préparer, Granger s'installant confortablement dans un fauteuil et buvant une première gorgée du porto d'après-dîner. Pourtant, il insista :

— Dites la première idée qui vous passe par la tête.

Annabelle commençait à s'inquiéter. Granger avait été très tranquille, ces derniers temps. Elle ne voulait pas, par des propos maladroits, l'indisposer de nouveau.

— Que pourrais-je souhaiter ? dit-elle prudemment. J'ai tout ce que je peux désirer : un mari admirable, une belle maison, des amis…

— Des amis, c'est vrai, mais vous ne les voyez peut-être pas aussi souvent qu'autrefois.

— C'est qu'ils sont toujours très occupés avec leurs enfants et…

— Et vous, vous n'avez pas d'enfants.

Légère, faussement aimable, et d'une ironie mordante, la voix de Granger toucha Annabelle comme un coup de fouet.

— Je voudrais vous donner un enfant, dit-elle en reprenant son travail de broderie, pour ne pas montrer les larmes qui emplissaient ses yeux. Je voudrais bien, mais nous avons essayé pendant si longtemps…

— Un bébé, reprit Granger ; j'en connais un, mais il a besoin d'une maison.

— Granger !

Annabelle se leva d'un bond ; son ouvrage tomba à terre. Elle n'osait y croire.

— Voulez-vous dire que nous allons finalement adopter un enfant ?

Elle avait mendié cette faveur pendant des années ; jusque-là, Granger avait toujours refusé, en répétant qu'il n'était pas sain d'élever un enfant étranger.

— Oui, nous allons adopter un enfant, confirma-t-il ; mais les circonstances sont… disons… extraordinaires. C'est pourquoi j'aurai besoin de votre coopération dévouée.

— Bien sûr, Granger ; que dois-je faire ?

*
* *

— Je voudrais bien savoir de quoi il s'agit, grommela Jesse en arrêtant la voiture devant la capitainerie du port.

— Judson a bien dit que tu devais venir immédiatement, répéta Mary, qui portait le petit David dans ses bras.

— Mais il ne t'a pas confié qui voulait me voir ?

— Non, il s'est borné à dire que tu avais une visite d'importance, et qu'il ne pouvait m'en révéler plus.

— Bizarre ; ce genre de cachotteries ne ressemble pas à Judson.

Jesse entra le premier dans le grand bureau aux murs couverts de cartes marines, et s'immobilisa : devant la table, installée sur le siège des visiteurs, se tenait une femme qui se retourna.

— Annabelle ?

Un sourire éclaira le visage de la visiteuse.

— Bonjour, Jesse.

— Qu'est-ce que tu fais ici ? Où est Granger ?

— Je suis venue seule. Il faut que je te parle.

— Quand tu as répondu à mon télégramme, tu disais que tout allait bien.

— Oui, c'est ce que je disais alors…

Annabelle porta son regard sur Mary, qui lui sourit en disant :

— Ainsi, c'est vous, Annabelle. Jesse m'a beaucoup parlé de vous. Il m'a même montré une photographie.

Annabelle sourit aussi, quoique d'une façon plus

réservée. Mais elle avait, dans les yeux, une tristesse qui ne trompait pas.

— Et moi, dit-elle, je ne connais même pas votre nom.

— Je m'appelle Mary, et voici David, notre fils.

Annabelle se tourna vers son frère.

— J'ai toujours espéré que tu te remarierais ; tu l'as fait, c'est bien.

Elle s'avança vers Mary, se pencha sur le bébé.

— C'est un bel enfant, le plus beau que j'aie jamais vu ; toutes mes félicitations !

Jesse s'aperçut alors qu'elle pleurait en silence, de grosses larmes lui coulant sur les joues.

— J'emmène le bébé chez Hestia, déclara alors Mary, gênée elle aussi. Tu sais comment ils sont, là-bas : ils se plaignent toujours de ne pas le voir assez.

Jesse approuva d'un hochement de tête. Quand la porte du bureau se fut refermée, il dit à sa sœur :

— Qu'est-ce qui ne va pas ? Tu as reçu de mauvaises nouvelles de nos parents ?

— Non, lui répondit Annabelle ; c'est même plutôt le contraire. Ils s'amusent beaucoup en Europe.

Elle ouvrit son réticule et en sortit un mouchoir, avant de poursuivre :

— En fait, c'est Granger. Mais je ne te connais plus, et je n'aurais pas dû venir jusqu'ici pour…

— Ecoute, Annabelle, je reste ton frère, tout de même. Dis-moi ce qu'il t'arrive.

La jeune femme posa la main sur son bras avec reconnaissance.

— Je savais bien que je pourrais compter sur toi. Chaque fois que j'avais un ennui, autrefois, tu m'aidais, et tu ne me grondais pas quand je me conduisais mal. C'est en souvenir de tout cela que je suis venue te voir. Tu ne me trahirais pas, n'est-ce pas ?

« L'enfant que tu viens de voir, c'est celui de ton mari », songea Jesse avec une ironie amère.

— Je sais bien que tu n'as plus aucun intérêt dans la compagnie, reprit Annabelle, mais il n'y a qu'à toi que je puisse en parler.

— Parler de quoi ?

Ses mains tremblaient ; ce détail n'échappa pas à Jesse.

— De ce que j'ai découvert récemment. J'étais dans le bureau de Granger, un jour que j'avais besoin d'une plume, et je suis tombée par hasard sur un registre. Je ne sais pas ce qui m'a pris, mais j'ai eu envie de voir ce qu'il y avait dedans, alors que d'ordinaire je n'accorde pas même un regard à tous ces papiers très ennuyeux.

— Tu prétends que tu n'as pas le sens des affaires ? s'exclama Jesse. Allons donc ! Tu n'avais pas six ans que déjà tu ne me consentais pas d'avances sur mon argent de poche sans exiger des intérêts faramineux. A dix ans, tu montais un plan de financement pour une expédition dans les îles Sandwich !

— Granger ne sait rien de tout cela.

Jesse se demanda comment ce mari pouvait ignorer à ce point la personnalité d'Annabelle, mais ce n'était pas le sujet. Il interrogea :

— Alors, qu'y avait-il dans ce registre ?

— Il ne m'a pas fallu examiner très longtemps les colonnes de chiffres pour comprendre que Granger vole la compagnie depuis des années.

Jesse se dit que, là, il devait se mettre en colère. N'avait-il pas puissamment contribué au développement de la compagnie ? Pourtant, tout cela lui paraissait si loin, et si vain. Aussi répondit-il avec un flegme parfait :

— Il n'y a qu'à confondre Granger ; c'est facile : tu demandes une entrevue à l'un des administrateurs et…

— Je ne m'en sens pas la force, avoua Annabelle en se mordant la lèvre.

— Qu'est-ce que Granger fait de l'argent qu'il détourne ?

Les pleurs d'Annabelle redoublèrent alors, et elle s'écria :

— C'est d'autant moins difficile à savoir qu'il a disparu.

— Disparu ?

— Au début, j'ai pensé que son absence serait de courte durée, et j'ai raconté autour de moi qu'il était en voyage d'affaires ; mais c'est une fable qui n'a pas pu tenir très longtemps.

Affaissée sur sa chaise, Annabelle avait la posture d'une vieille femme fatiguée.

— Où peut-il être ? demanda Jesse ; as-tu une idée ?

— San Francisco, probablement, mais je ne pourrais dire en quel endroit précis. Granger menait une double vie, et c'est dans cette ville qu'il entretenait sa maîtresse en titre.

Les pleurs d'Annabelle reprirent de plus belle alors qu'elle concluait :

— J'étais désolée de savoir que tu menais une vie solitaire, mais maintenant tu as Mary, et ton fils ; c'est plus que je n'aurai jamais.

— Anna, murmura Jesse ; c'est donc si grave que cela ?

La jeune femme partit d'un rire presque hystérique.

— Moi, j'avais mes amis, ma belle maison et mes armoires pleines de vêtements. Mais mon mari m'a abandonnée, mes amis me tournent le dos, et je n'aurai bientôt plus de maison. Alors, je suis venue à toi, en imaginant que je te trouverais aigri par douze ans de solitude. Au lieu de cela, je m'aperçois que tu mènes une vie heureuse et paisible. Quelle chance tu as, Jesse. Quelle chance tu as !

Mary, qui attendait, soucieuse, devant la fenêtre du salon, se précipita pour ouvrir à Annabelle et à Jesse, lequel, d'un imperceptible hochement de tête, répondit à la question muette qu'elle lui avait posée. Non, il n'avait encore rien dit.

Hestia s'avançait, tout sourire.

— C'est un honneur pour moi de vous accueillir, madame. J'ai lu tant de merveilleux articles sur vous dans les journaux.

— Merci, dit Annabelle.

— J'espère que ma maison ne vous paraîtra pas trop provinciale, poursuivait Hestia. Ah ! voici Livie qui nous apporte le thé.

Installée en face de Hestia et de Mary, le plateau entre elles, Annabelle interrogea :

— Votre servante…

— Ce n'est pas ma servante. Elle vit ici.

— Que lui est-il arrivé ? Elle a un œil…

Hestia rougit et se troubla.

— Une vieille blessure. Livie a eu quelques ennuis avec son…

Elle s'interrompit et, la main sur la bouche, rougit davantage encore.

— Il est vrai qu'elle n'y voit plus que d'un œil, dit Mary.

Annabelle eut alors une réaction imprévue. Très pâle, elle demanda :

— C'est son mari qui la bat, n'est-ce pas ?

— Nous n'avons pas pour habitude d'évoquer ce sujet,

répondit Hestia, mais puisque c'est vous, madame, je puis bien vous avouer que oui. Livie Hagglund s'est réfugiée dans ma maison pour échapper aux coups d'une brute.

— Est-elle en sûreté ici ? Vraiment en sûreté ?

— Certainement ; c'est une œuvre dont je suis très fière. Vous plairait-il de faire le tour du propriétaire ? Peut-être prendrez-vous chez nous des idées intéressantes.

Pendant que les deux dames s'engageaient dans l'escalier, Mary se dirigea vers la cuisine où Jesse faisait la conversation avec Mme Cloney.

— Dis-moi, qu'est-ce qu'elle t'a dit à propos de Granger ?

— Elle a des ennuis : son mari a volé beaucoup d'argent à la compagnie et il a disparu.

Des émotions contradictoires s'emparèrent de Mary : l'incrédulité, le soulagement et, curieusement, une pointe de regret ; l'angoisse aussi : s'il revenait ?

— Crois-tu qu'il soit parti pour de bon ? Loin ?

— On ne va jamais assez loin quand on a commis de lourdes fautes, répondit Jesse, la mine sombre.

Il ajouta :

— Ma sœur restera chez nous pendant quelque temps.

Mais Hestia ne l'entendait pas de cette oreille. Elle n'allait pas laisser s'installer la délicieuse Mme Clapp dans la maison de Jesse, si petite, quand elle disposait d'une magnifique chambre d'amis, tout récemment remise à neuf.

Jesse ne fut pas long à la convaincre. Annabelle semblait aussi très heureuse de pouvoir rester en ville. Quand ils se firent leurs adieux, dans le jardin, la soirée était déjà bien avancée, le vent d'ouest amenait de gros nuages noirs.

Annabelle voulut prendre le bébé dans ses bras. Elle le serra contre elle et, quand elle le rendit à Mary, elle avait de nouveau des larmes plein les yeux.

— Il est si beau, dit-elle, la voix brisée. Moi, je ne pourrai jamais avoir d'enfants.

Mary n'essaya pas de prononcer des paroles de réconfort qui eussent été sans effet, de surcroît hypocrites.

Sur le chemin du retour, elle resta silencieuse.

22

Le lendemain matin, Mary travaillait dans la cuisine quand elle entendit frapper à la porte.

— Annabelle ! quelle bonne surprise !

Elle rougit en songeant qu'elle n'était pas encore peignée et que toute sa tenue devait paraître bien négligée à cette jeune femme tirée à quatre épingles.

Annabelle eut pour elle un sourire un peu pincé — contraint, plutôt — et elle lui demanda :

— Je voudrais voir mon frère ; est-ce qu'il est là ?

— Il est encore dans le phare, car c'était sa nuit de garde. Il accomplit parfois quelques tâches de vérification avant de redescendre. Mais il ne devrait plus tarder, maintenant.

Mary invita Annabelle à entrer, la conduisit dans le salon.

— Je prépare du thé, annonça-t-elle. En voudrez-vous ?

— Volontiers ; c'est une jolie maison que vous avez là.

— Merci.

— Et comment se porte David ?

— Très bien ; c'est un bon petit, vous savez.

Pendant que l'eau chauffait, Mary se hâta d'aller dans sa chambre, afin de se peigner et d'enfiler une robe un peu plus convenable. Puis elle retourna dans la cuisine, et termina ses préparatifs afin de pouvoir aller vite dans le salon ; il ne convenait pas de laisser seule trop longtemps son invitée.

Le thé servi, Annabelle porta sa tasse à ses lèvres. Mary s'étonna de lui voir les mains trembler tellement qu'une grande partie du liquide se répandit sur la table et sur la robe de la jeune femme.

— Est-ce que vous allez bien ? demanda-t-elle en tentant de réparer les dégâts au moyen d'une serviette.

Annabelle sursauta et gémit.

— Est-ce que je vous ai fait mal ? s'enquit Mary, déconcertée.

— Non, répondit Annabelle d'une voix blanche ; mais j'ai reçu un coup sur la poitrine, et c'est encore un peu sensible. Vous comprenez, j'avais fait une grosse bêtise, et j'ai reçu la punition que je méritais.

Mary n'en croyait pas ses oreilles.

— Annabelle, que me racontez-vous là ? Punie ? Mais par qui ? Et même si on commet des erreurs, je ne vois pas pourquoi on recevrait des coups.

Elle prêta l'oreille, car elle avait cru entendre un bruit de pas à l'extérieur de la maison ; pourquoi Jesse ne rentrait-il pas ?

— Moi, c'est différent, reprenait Annabelle en versant dans son thé une, deux, trois cuillerées de sucre. Je vous ai dit que j'avais commis une grosse bêtise et c'est vrai. Quelle folie c'était que de fuir Portland ! Comme si je ne pouvais pas savoir que ma place était là-bas, auprès de mon mari, Granger.

Elle versa une quatrième, une cinquième et une sixième cuillerée de sucre dans son thé.

— Pourtant, dit Mary, de plus en plus mal à l'aise, vous avez appris hier à Jesse que votre mari volait la compagnie, et qu'il avait disparu. Il était bien normal de venir ici, auprès de Jesse, pour lui demander aide et conseil.

Annabelle dirigea sur Mary un regard fixe et éteint. Puis, d'une voix caverneuse, elle lui dit :

— Granger m'a raconté tout ce que vous aviez fait. Il m'a dit que vous aviez pris son bébé, mais qu'il allait me le donner. Il veut que ce soit le mien, désormais.

Le sang de Mary se glaça dans ses veines.

— Je suis désolée, murmura-t-elle. Jesse et moi voulions vous mettre au courant, mais je…

Annabelle lui coupa la parole.

— Ce bébé, il est à moi.

— Je sais que vous désespérez d'avoir un enfant, mais David est à moi, bien à moi. Je suis sa mère, et Jesse sera son père.

Têtue, Annabelle répéta son antienne.

— Vous avez le bébé de Granger ; mais c'est à moi de l'élever.

— Ecoutez, insista Mary. Ce que j'ai fait avec Gran… avec votre mari, c'était une erreur. Je ne savais pas qu'il était déjà marié, mais ce n'est pas une excuse. J'aurais dû me montrer forte et lui résister, au lieu de me laisser séduire aussi facilement. Cela dit, le bébé m'appartient, parce que c'est moi qui l'ai mis au monde, avec l'aide de Jesse. Et nous ne vous laisserons pas nous le prendre.

— Et c'est là que tu commets ta vraie erreur.

Mary se leva si brusquement que sa chaise tomba sur le sol ; sur le seuil du salon, Granger était là, toujours aussi beau, mais avec un regard inquiétant. Elle tourna les yeux en direction d'Annabelle, mais il était inutile d'attendre une aide de ce côté : la pauvre s'était affaissée et jetait au nouvel arrivant un regard craintif.

A la lumière de cette scène, en se remémorant certains faits de la veille, Mary comprit tout : Granger maltraitait Annabelle.

Mais elle ne voulait pas s'affoler. Elle devait rester calme, en attendant Jesse qui ne tarderait plus.

— Où est-il ? questionna Granger avec arrogance. Où est mon fils ?

Mary courut vers la chambre et prit le bébé dans ses bras, qu'elle ramena dans le salon en proclamant :

— Il n'est pas ton fils ; plus maintenant.

Mais comment eût-elle pu se défendre contre un homme aussi grand et aussi fort ? Et Jesse qui ne revenait pas ! C'est alors qu'elle eut une idée : sortir de la maison et actionner la cloche qu'on utilisait dans les cas d'urgence.

— Il ne servirait à rien de contester, reprenait Granger en ricanant. Tu sais bien que j'obtiens toujours ce que je veux.

Mary se souvint à ce moment de son état d'esprit d'antan, quand elle attendait avec impatience les visites qu'il lui rendait. Pourquoi avait-elle mis si longtemps à comprendre quel genre d'homme il était ?

— Mais nous aurons tout le loisir de parler de cela ailleurs, car il est temps de partir.

Mary se tourna vers Annabelle.

— Où…

— Je ne lui ai pas dit, murmura Annabelle.

Granger ne daigna pas répondre.

— Je vous répète qu'il faut partir et je vous prie de vous dépêcher !

Prise de panique, Mary saisit la première arme possible, sur la cheminée : le globe de verre. « Pardonne-moi, Jesse, pensa-t-elle fugacement, ton cadeau… » De toutes ses forces, elle le jeta au visage de Granger, qui s'écroula, sans un cri, dans une explosion d'éclats bleutés.

— Oh, mon Dieu ! sanglota Annabelle. Vous l'avez tué !

Mary courait déjà à la porte ; la cloche ! Elle devait

donner l'alerte. Mais au moment où elle franchissait la porte donnant sur l'extérieur une main saisit son bras. Elle se retourna : grimaçant de fureur, une plaie sanguinolente à la tempe, Granger lui jeta au visage :

— Nous réglerons nos comptes plus tard ; en route !

Assis dans la barque de sauvetage, Jesse relut la lettre qu'il avait reçue de la commission des phares lui annonçant la date à laquelle il subirait son inspection générale annuelle. Il avait beaucoup travaillé pour tout vérifier dans le phare, et maintenant il finissait avec la barque qu'il n'utiliserait jamais ; mais pourquoi aujourd'hui, précisément, alors que rien ne pressait ? Pour retarder une échéance qu'il savait inéluctable. Mary, je t'aime ; quatre petits mots qu'il devrait bien se décider à dire, d'autant plus que Mary avait certainement déjà compris qu'elle avait conquis son cœur. Quant à David, il en était fou.

Il leva les yeux et jura en s'apercevant que le soleil déclinait déjà ; et des nuages de mauvais augure montaient de l'horizon. Il avait laissé passer toute la journée sans rentrer à la maison ! Et cette nuit encore il était de garde, avait donc tout juste le temps de se restaurer avant de prendre son service. En hâte, il remonta au sommet du phare, alluma la lanterne, mit en marche la machine rotative, et redescendit l'escalier, quatre à quatre.

En arrivant aux abords de la maison, il s'arrêta : la fumée ne montait pas de la cheminée, aux fenêtres il n'y avait pas de lumière, et dans l'air ne flottaient pas les effluves d'une bonne préparation culinaire. Mary devait être fâchée contre lui. C'était sa faute !

Il entra ; un parfum subtil attira son attention : Annabelle ! Au salon, il écrasa des morceaux de verre, il reconnut les débris de son cadeau. Cette fois, oui, il était allé vraiment trop loin ; furieuse, Mary avait saccagé cet émouvant souvenir avant de partir ; définitivement peut-être.

Malade d'angoisse, il courut à la grange et enfourcha d'Artagnan pour galoper jusqu'à la maison des Jonsson.

— Jesse ? s'exclama Palina, accourue lui ouvrir ; que se passe-t-il ? Où est Mary ?

— Je pensais qu'elle était chez vous.

— Ah, mais non : je ne l'ai pas vue de la journée.

Jesse chancela comme s'il eût reçu un coup de poing en plein visage. Il songea au verre brisé ; au parfum d'Annabelle dans sa maison ; décidément, il s'était passé quelque chose d'anormal.

Un bruit de galopade retentit sur le chemin ; quelqu'un accourait : encore un événement inusité, qui renforça l'appréhension de Jesse.

Le visiteur était Judson Espy, le capitaine du port. Du plus loin qu'il put, il hurla les nouvelles qu'il apportait, mais à cause du vent qui soufflait fort, de la pluie qui commençait à tomber, Jesse entendit mal.

— … pas autorisé… le remorqueur… soudoyé… Ils doivent franchir la barre, à l'heure qu'il est.

— Qui ? demanda Jesse.

— Je ne le connais pas, dit Judson en mettant pied à terre ; un gars de la ville, bien mis et tout.

Jesse chancela. Granger ! Il eût dû se douter que Granger interviendrait. Il devait protéger Mary et s'était montré d'une insouciance criminelle. Les mains tremblantes, il lut la lettre que lui apportait Judson : Granger lui annonçait — lui notifiait — qu'il prenait la mer avec Annabelle, Mary et David.

Un hurlement de haine retentit dans la nuit. Judson proposa :

— Il faut que nous trouvions un moyen pour arrêter…

Jesse n'entendit pas. Il galopait déjà.

Il était essoufflé, exténué, quand il pénétra dans la chambre de la lanterne. En chancelant, il courut à l'armoire où il serrait sa longue-vue et sortit sur la passerelle pour inspecter la baie. Il ne tarda pas à repérer le bateau tiré par le remorqueur et déjà à un quart de *mile* au large. Il parvint même à lire le nom de ce bâtiment : *Trident*…

« Un nom original », avait dit Emily.

Une idée scandaleuse, terrifiante, s'insinua dans l'esprit de Jesse. N'était-il pas le gardien du phare ? C'était lui qui donnait la lumière permettant aux bateaux d'évoluer dans la baie et en particulier de franchir la dangereuse barre rocheuse.

— Nous sommes désolés, monsieur, avait dit le vieux

gardien du phare ; mon assistant était de garde cette nuit ; un monsieur venu de Portland l'a incité à boire, à beaucoup boire ; et ils ont même joué aux cartes. C'est comme ça qu'il a laissé s'éteindre la lumière…

Jesse rentra à l'intérieur du phare ; sa décision était prise.

23

Dans la cabine du *Trident* rudement ballotté, Mary et Annabelle se serraient l'une contre l'autre. Mary tenait dans ses bras le petit David qui, insensible à la tempête, dormait à poings fermés.

— Je suis désolée, répéta Annabelle en sanglotant. Je suis désolée…

— Chut, murmura Mary. Je sais quelle influence Granger peut avoir sur les femmes, alors, je ne vous blâme pas. Jesse non plus ne vous en tiendra pas rigueur.

— J'étais folle de lui obéir, reprit Annabelle en grimaçant de peur. Mais son raisonnement m'avait paru normal quand il me l'avait présenté : nous devions vous prendre le bébé parce que Granger était le père. Vous restiez avec nous tant qu'il fallait allaiter, puis nous vous chassions, sans autre forme de procès.

Le bateau se coucha sur les flots en furie. Annabelle poussa un cri de frayeur, avant de reprendre sa confession :

— Et moi, j'avais un tel désir d'enfant que je n'ai pas

pensé à la souffrance que je vous infligerais en arrachant celui-ci aux bras de sa mère.

— Et aux bras de son père, compléta Mary. C'est Jesse, et personne d'autre, le père de David.

Le bateau affronta une nouvelle vague, plus haute que les autres. Il monta puis descendit d'un seul coup, en piquant du nez. Sous la violence du choc, un coffre mural s'ouvrit et délivra un amas de papiers et d'objets qui se répandirent sur le sol.

— Regardez ! cria Annabelle ; un pistolet !

Mary le reconnut fort bien : c'était le Smith and Wesson à crosse de nacre que Granger avait appuyé contre sa tempe, un soir qu'elle l'avait menacé de le quitter.

A l'extérieur retentit un signal d'alarme ; craignant un incendie, Mary se précipita sur le pont, où les quatre hommes de l'équipage s'agitaient tandis que le capitaine criait à l'adresse de Granger :

— Regardez, monsieur ; le phare de Désespérance vient de s'éteindre.

— On s'en passera ! aboya Granger ; gardez le cap !

— C'est impossible, monsieur ; nous n'avons aucun repère pour franchir la barre sans danger. Si nous continuons, nous nous fracasserons sur les écueils, c'est sûr !

— Je ne veux pas le savoir !

Mary en avait assez entendu. Elle referma la porte de la cabine ; inutile de communiquer la mauvaise nouvelle à Annabelle, déjà au bord de l'hystérie. Aussi s'abîma-t-elle dans ses pensées et ses prières ; le phare ne s'était pas éteint par accident, c'était certain. Peut-être n'avait-elle pas écouté avec assez d'attention les petites leçons que Jesse lui donnait, impromptu, au détour de leurs conversations : « Redescends sur terre, avait-il coutume de lui dire, songe que la vie est un combat et qu'il faut être toujours prêt à se défendre contre les méchants » ou encore : « Le sens de l'humour ne suffit pas pour surmonter les obstacles. » Peut-être que si elle l'eût mieux écouté, et eût mis ces sages préceptes en œuvre, elle ne serait pas sur ce bateau, à se demander avec angoisse si David et elle passeraient la nuit.

— Tu avais raison, mon amour, murmura-t-elle. Tu as toujours raison, mais je suis une mauvaise élève.

Granger fit irruption dans la cabine.

— Ton imbécile de mari essaie de me jouer un tour à sa façon, éructa-t-il.

Elle le regarda dans les yeux, de la même façon que la nuit qui avait précédé sa fuite, et froidement répondit :

— Tu es un homme mort.

Il se précipita sur elle, lui prit les cheveux pour l'attirer jusqu'à lui, et lui souffla au visage :

— Compte sur moi pour vous emmener en enfer ; tous les deux !

La lampe-tempête clignotait à la proue. Cramponné à la barre, Jesse conduisait la barque vers la haute mer.

C'était une manœuvre qu'il avait exécutée des centaines de fois, mais seulement en rêve. Et si la peur était bien là, lui tordant les entrailles, ce n'était pas à cause des éléments déchaînés, mais parce qu'il craignait de ne pouvoir sauver Mary et le petit.

— Monsieur ! nous avons de la compagnie !

Granger repoussa brutalement Mary et sortit de la cabine ; dans un coin, Annabelle prostrée pleurait sans bruit.

Mary ne voulut pas être prise au piège au cas où la catastrophe se produirait. Et puis, elle préférait affronter la tempête plutôt que Granger. Resserrant donc les couvertures autour du petit David, elle rouvrit la porte et sortit sur le pont, courbée pour lutter mieux contre le vent. Elle se cramponna à la rambarde et instinctivement tourna son regard dans la direction du phare ; la lumière était toujours éteinte, mais où donc était Jesse ?

Les marins s'étaient rassemblés autour de Granger, à tribord. Mary ne tarda pas à en comprendre les raisons : un canot de sauvetage arrivait sur eux. Elle commença à reprendre espoir ; le pilote cria :

— Larguez un filin !

Il n'eut pas à répéter son ordre deux fois ; en un clin d'œil, les marins lui jetèrent une corde pour le hisser à bord, et aussitôt après, par un mouvement contraire, ils commencèrent à se laisser glisser jusque dans le canot de sauvetage.

Mary rentra en hâte dans la cabine. Elle secoua Annabelle.

— Annabelle ! un bateau vient nous secourir ; le pilote est monté à bord pour nous aider ; viens avec moi ; vite !

Sur le pont battu par les éléments, elles constatèrent que, les hommes d'équipage ayant quitté le *Trident*, il ne restait que Granger et le pilote, et que ceux-ci, au lieu de terminer l'évacuation, s'étaient engagés dans une féroce bataille. Et, une bourrasque ayant arraché le chapeau du pilote, elles le reconnurent instantanément.

— Jesse ! hurla Mary, frénétique.

Trop occupé à esquiver les coups terribles que lui décochait Granger, il n'entendit pas.

— Dieu du ciel, s'exclama Annabelle, ils vont se tuer.

— Et causer notre perte, ajouta Mary, qui voyait le bateau tanguer de plus en plus dangereusement.

Craignant pour sa vie et surtout pour celle de David, elle se rapprocha des pugilistes et cria plus fort :

— Jesse !

Il eut, enfin, un regard pour elle, très bref, mais trop long eu égard aux circonstances, car Granger sut profiter de ce bref moment d'inattention pour foncer sur lui, le prendre à la gorge et le coucher sur le bastingage, la tête en arrière. En très mauvaise posture, Jesse ne put reprendre l'avantage, malgré ses efforts désespérés.

Sous les yeux horrifiés de Mary et d'Annabelle, Granger tira de sa botte un objet long et luisant qui n'était que trop reconnaissable, et il le dirigea d'un geste sûr et rapide vers la poitrine de Jesse qui étouffait sous l'action de son autre main.

Mais alors que Mary, croyant son mari perdu, baissait la tête pour ne plus voir, une détonation lui déchira les tympans. Elle rouvrit les yeux, juste à temps pour voir Granger sauter en l'air et, les jambes et les bras écartés comme d'un pantin désarticulé, s'affaisser sur le bastingage et tomber aussitôt dans l'océan.

Les deux mains crispées sur le Smith and Wesson à crosse nacrée, Annabelle avait un regard de démente.

— Elle se rétablira, dit Fiona en sortant de la maison. Choquée — on le serait à moins —, elle n'a besoin que de beaucoup de repos pour recouvrer ses esprits. Elle a émis le souhait de s'établir chez Hestia, si toutefois vous n'y voyez pas d'objections.

Ayant recueilli l'accord de Mary et de Jesse, Fiona emmena Annabelle à Ilwaco.

— Et nous ? demanda Mary, lorsque la voiture eut disparu au détour du chemin ; nous rétablirons-nous ?

— Je l'espère, répondit Jesse, pensif. Et, même, je suis sûr que oui, à condition que tu veuilles bien me pardonner.

La jeune femme se tourna vers Jesse, d'un doigt léger dessina le contour d'une ecchymose laissée par Granger, puis effleura sa lèvre inférieure, fendue et tuméfiée.

— Un homme n'a rien à se faire pardonner d'une

femme dont il a deux fois sauvé la vie, dit-elle. Tu as pris tant de risques ! Je ne puis encore croire que tu as osé prendre la mer pour David et pour moi. Toi qui avais si grand-peur !

— J'avais encore plus peur de te perdre, murmura Jesse ; alors, je n'ai pas autant de mérite que tu m'en attribues. Car vois-tu…

Son esprit forma les mots qu'il s'était si vivement interdit de prononcer pendant longtemps, mais qu'il acceptait maintenant comme l'expression de la vérité autour de laquelle s'ordonnait, désormais, toute sa vie. Il dit :

— Tu as frappé à mon cœur et tu as ouvert une source dont je sais qu'elle ne tarira jamais.

Mary ne put répondre tout de suite, et les criailleries des mouettes au-dessus d'eux n'étaient pas seules responsables. Puis, émerveillée, elle s'écria :

— Jesse ! tu ne m'avais jamais dit que tu étais poète !

— Laisse-moi te redire cela avec plus de simplicité, plus de force aussi : je t'aime, Mary.

Elle sourit, très émue.

— Je le savais ! Je crois que je l'ai toujours su !

C'était la vérité. Très vite, son intuition lui avait soufflé que Jesse était la chance de sa vie et que ce cap du bout du monde, si mal nommé, serait au contraire pour elle celui de l'espérance et du bonheur reconquis.

DANS LA MÊME COLLECTION

Par ordre alphabétique d'auteur

JINA BACARR	*Blonde Geisha*
MARY LYNN BAXTER	*La femme secrète*
MARY LYNN BAXTER	*Un été dans le Mississippi*
JENNIFER BLAKE	*Une liaison scandaleuse*
BARBARA BRETTON	*Le lien brisé*
BENITA BROWN	*Les filles du capitaine*
MEGAN BROWNLEY	*La maison des brumes*
CANDACE CAMP	*Le bal de l'orchidée*
CANDACE CAMP	*Le manoir des secrets*
CANDACE CAMP	*Le château des ombres*
CANDACE CAMP	*La maison des masques*
MARY CANON	*L'honneur des O'Donnell*
LINDA CARDILLO	*Le tourbillon d'une vie*
ELAINE COFFMAN	*Le seigneur des Highlands*
ELAINE COFFMAN	*La dame des Hautes-Terres*
ELAINE COFFMAN	*La comtesse des Highlands*
JACKIE COLLINS	*Le voile des illusions*
JACKIE COLLINS	*Reflets trompeurs*
JACKIE COLLINS	*Le destin des Castelli*
PATRICIA COUGHLIN	*Le secret d'une vie*
MARGOT DALTON	*Une femme sans passé*
EMMA DARCY	*Souviens-toi de cet été*
CHARLES DAVIS	*L'enfant sans mémoire*
SHERRY DEBORDE	*L'héritière de Magnolia*
BARBARA DELINSKY	*La saga de Crosslyn Rise*
BARBARA DELINSKY	*L'enfant du scandale*
WINSLOW ELIOT	*L'innocence du mal*
SALLY FAIRCHILD	*L'héritière sans passé*
MARIE FERRARELLA	*Une promesse sous la neige*****
ELIZABETH FLOCK	*Moi & Emma*
CATHY GILLEN THACKER	*L'héritière secrète*
GINNA GRAY	*Le voile du secret*
GINNA GRAY	*La Fortune des Stanton*

… / …

DANS LA MÊME COLLECTION

Par ordre alphabétique d'auteur

JENNIFER GREENE	*Le cadeau de l'hiver*
JILLIAN HART	*L'enfant des moissons*
METSY HINGLE	*Une vie volée*
KATE HOFFMANN	*Destins d'Irlande*
FIONA HOOD-STEWART	*Les années volées*
FIONA HOOD-STEWART	*A l'ombre des magnolias*
FIONA HOOD-STEWART	*Le testament des Carstairs*
FIONA HOOD-STEWART	*L'héritière des Highlands*
LISA JACKSON	*Noël à deux***
RONA JAFFE	*Le destin de Rose Smith Carson*
PENNY JORDAN	*Silver*
PENNY JORDAN	*L'amour blessé*
PENNY JORDAN	*L'honneur des Crighton*
PENNY JORDAN	*L'héritage*
PENNY JORDAN	*Le choix d'une vie*
PENNY JORDAN	*Maintenant ou jamais*
PENNY JORDAN	*Les secrets de Brighton House*
PENNY JORDAN	*La femme bafouée*
PENNY JORDAN	*De mémoire de femme*
BRENDA JOYCE	*L'héritière de Rosewood*
MARGARET KAINE	*Des roses pour Rebecca*
HELEN KIRKMAN	*Esclave et prince*
ELAINE KNIGHTON	*La citadelle des brumes*
ELIZABETH LANE	*Une passion africaine*
ELIZABETH LANE	*La fiancée du Nouveau Monde*
CATHERINE LANIGAN	*Parfum de jasmin*
RACHEL LEE	*Neige de septembre*
RACHEL LEE	*La brûlure du passé*
LYNN LESLIE	*Le choix de vivre*
MERLINE LOVELACE	*La maîtresse du capitaine*
JULIANNE MACLEAN	*La passagère du destin*
DEBBIE MACOMBER	*Rencontre en Alaska*****
DEBBIE MACOMBER	*Un printemps à Blossom Street*
DEBBIE MACOMBER	*Au fil des jours à Blossom Street*
DEBBIE MACOMBER	*Retour à Blossom Street*
DEBBIE MACOMBER	*La baie des promesses*

... / ...

DANS LA MÊME COLLECTION

Par ordre alphabétique d'auteur

DEBBIE MACOMBER	*Les secrets de Rosewood Lane*
DEBBIE MACOMBER	*Le printemps des rêves*
DEBBIE MACOMBER	*Un Noël sous le givre******
MARGO MAGUIRE	*Seigneur et maître*
ANN MAJOR	*La brûlure du mensonge*
ANN MAJOR	*Le prix du scandale**
SUSAN MALLERY	*Un parfum d'été*
KAT MARTIN	*Lady Mystère*
ANNE MATHER	*L'île aux amants****
CURTISS ANN MATLOCK	*Sur la route de Houston*
CURTISS ANN MATLOCK	*Une nouvelle vie*
CURTISS ANN MATLOCK	*Une femme entre deux rives*
MARY ALICE MONROE	*Le masque des apparences*
CAROLE MORTIMER	*L'ange du réveillon*****
BRENDA NOVAK	*L'écho du souvenir*
DIANA PALMER	*D'amour et d'orgueil****
DIANA PALMER	*Les chemins du désir*
DIANA PALMER	*Les fiancés de l'hiver*****
DIANA PALMER	*Le seigneur des sables*
DIANA PALMER	*Une liaison interdite*
DIANA PALMER	*Le voile du passé*
PATRICIA POTTER	*Noces pourpres*
MARCIA PRESTON	*Sur les rives du destin*
MARCIA PRESTON	*La maison aux papillons*
EMILIE RICHARDS	*Mémoires de Louisiane*
EMILIE RICHARDS	*Le testament des Gerritsen*
EMILIE RICHARDS	*La promesse de Noël***
EMILIE RICHARDS	*L'écho du passé*
EMILIE RICHARDS	*L'écho de la rivière*
EMILIE RICHARDS	*Le refuge irlandais*
EMILIE RICHARDS	*Promesse d'Irlande*
EMILIE RICHARDS	*La vallée des secrets*
EMILIE RICHARDS	*Du côté de Georgetown*
EMILIE RICHARDS	*Un lien d'amour******
EMILIE RICHARDS	*L'héritage des Robeson*
NORA ROBERTS	*Retour au Maryland*
NORA ROBERTS	*La saga des Stanislaski*
NORA ROBERTS	*Le destin des Stanislaski*
NORA ROBERTS	*L'héritage des Cordina*

… / …

DANS LA MÊME COLLECTION

Par ordre alphabétique d'auteur

NORA ROBERTS	*Love*
NORA ROBERTS	*La saga des MacGregor*
NORA ROBERTS	*L'orgueil des MacGregor*
NORA ROBERTS	*L'héritage des MacGregor*
NORA ROBERTS	*La vallée des promesses*
NORA ROBERTS	*Le clan des MacGregor*
NORA ROBERTS	*Le secret des émeraudes*
NORA ROBERTS	*Un homme à aimer**
NORA ROBERTS	*Sur les rives de la passion*
NORA ROBERTS	*La saga des O'Hurley*
NORA ROBERTS	*Le destin des O'Hurley*
NORA ROBERTS	*Un cadeau très spécial***
NORA ROBERTS	*Le rivage des brumes*
NORA ROBERTS	*Les ombres du lac*
NORA ROBERTS	*Un château en Irlande*
NORA ROBERTS	*Filles d'Irlande*
NORA ROBERTS	*Pages d'amour*
NORA ROBERTS	*Rencontres*
NORA ROBERTS	*Une famille pour Noël*****
NORA ROBERTS	*Passions*
NORA ROBERTS	*La promesse de Noël*
NORA ROBERTS	*Contre vents et marées******
ROSEMARY ROGERS	*Le sabre et la soie*
ROSEMARY ROGERS	*Le masque et l'éventail*
ROSEMARY ROGERS	*La maîtresse du rajah*
JOANN ROSS	*Magnolia*
JOANN ROSS	*Cœur d'Irlande*
MALLORY RUSH	*Ce que durent les roses*
EVA RUTLAND	*Tourments d'ébène*
PATRICIA RYAN	*L'escort-girl****
DALLAS SCHULZE	*Un amour interdit*
DALLAS SCHULZE	*Les vendanges du cœur*
DALLAS SCHULZE	*La promesse d'un enfant*
KATHRYN SHAY	*L'enfant de l'hiver*
JUNE FLAUM SINGER	*Une mystérieuse passagère*
ERICA SPINDLER	*L'ombre pourpre*
ERICA SPINDLER	*Le fruit défendu*
ERICA SPINDLER	*Trahison*
ERICA SPINDLER	*Parfum de Louisiane*
ERICA SPINDLER	*Un parfum de magnolia*
ERICA SPINDLER	*Les couleurs de l'aube*
LYN STONE	*La dame de Fernstowe*

… / …

DANS LA MÊME COLLECTION

Par ordre alphabétique d'auteur

CHARLOTTE VALE ALLEN	*Le destin d'une autre*
CHARLOTTE VALE ALLEN	*L'enfance volée*
CHARLOTTE VALE ALLEN	*L'enfant de l'aube*
SOPHIE WESTON	*Romance à l'orientale******
SUSAN WIGGS	*Un printemps en Virginie*
SUSAN WIGGS	*Les amants de l'été*
SUSAN WIGGS	*L'inconnu du réveillon***
SUSAN WIGGS	*La promesse d'un été*
SUSAN WIGGS	*Un été à Willow Lake*
SUSAN WIGGS	*Le pavillon d'hiver*
SUSAN WIGGS	*Retour au lac des Saules*
SUSAN WIGGS	*La maison du Pacifique*
SUSAN WIGGS	*Neige sur le lac des Saules*
SUSAN WIGGS	*Rendez-vous sous le gui******
SUSAN WIGGS	*Les amants du Pacifique*
LYNNE WILDING	*L'héritière australienne*
LYNNE WILDING	*Les secrets d'Amaroo*
BRONWYN WILLIAMS	*L'île aux tempêtes*
REBECCA WINTERS	*Magie d'hiver***
REBECCA WINTERS	*Un baiser sous le gui*****
JOAN WOLF	*Le blason et le lys*
SHERRYL WOODS	*Refuge à Trinity*
SHERRYL WOODS	*Le testament du cœur*
SHERRYL WOODS	*Le rêve de Noël******
LAURA VAN WORMER	*Intimes révélations*
KAREN YOUNG	*Un vœu secret***
KAREN YOUNG	*L'innocence bafouée*
KAREN YOUNG	*La mémoire blessée*

* *titres réunis dans un volume double*

** *titres réunis dans le volume intitulé* : Magie d'hiver 2007

*** *titres réunis dans le volume intitulé* : Passions d'été

**** *titres réunis dans le volume intitulé* : Magie d'hiver 2008

***** *titres réunis dans le volume intitulé* : Magie d'hiver 2009

7 TITRES À PARAÎTRE EN AVRIL 2010

Composé et édité par les

éditions Harlequin

Achevé d'imprimer en Allemagne
par GGP Media GmbH, Pößneck
en janvier 2010

Dépôt légal en février 2010
N° d'éditeur : 14795